KB239424

어느 날 나는
바깥으로 들어갔다

어느 날 나는
바깥으로 들어갔다

_일러두기
이 책에 실린 인터뷰들은 2009년 6월에서 12월 사이에 이뤄졌습니다.
내용에 언급되는 연도와 인터뷰 대상자의 나이는 인터뷰 시점을 기준으로 한 것입니다.

어느 날 나는
바깥으로 들어갔다

최윤필 지음

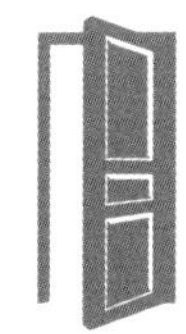

글항아리

문패를 '바깥'이라고 달기로 했다. 큰 흐름의 바깥, 스포트라이트의 바깥이라는 의미려니 여겨졌으면 좋겠다. 주류 혹은 집단 가치의 울타리를 넘어서고자 하는 도전적 의미의 아웃사이더도, 세勢에 쫓겨 변두리로 밀려난 주변인도 이 마당의 손님이 될 수 있다. 대개는 사람이겠지만, 공간이나 잊힌 시간, 또 그 시간 속의 이야기도 초대될 것이다.

바깥은 안과 맞버텨야만 서는 단어다. 그래서 경계境界가 필요하다. 하지만 나의 경계는 아주 허술하고 느슨할 것이다. 이따금 "어떻게 이게 바깥이야?!" 하며 시비 삼고 싶은 경우도 있을 것이다. 경계의 경계警戒가 삼엄하지 않은 사회, 안과 바깥이 평화롭게 바뀌기도 하고 섞이기도 하는 세상, 아예 구분이 무의미해지는 마당을 우리는 바란다.

편집국 동료들의 우려 속에 '연재를 시작하며'라는 머리글을 달고 신문에 글을 싣기 시작한 게 지난해 6월이다. 유재

석, 강호동 같은 1등의 이름이나 자극적인 몇몇 단어들이라
야만 독자의 시선을 사로잡는, 그래서 억지로라도 1등 곁에
얼씬거려야 버틸 수 있는 요즘 같은 때에 철없이 웬 바깥이냐
는 우려였다. 나도 그 판단이 대체로 그르지 않을 거라 짐작
했고, 그래도 상관없다고 생각했다.

신문사를 그만두고 18개월 남짓 '딴 짓'을 하다가 여의
치 않아 재입사한 직후였다. 복직을 허락하며 내 선배는 매주
한 면씩 써야 한다는 조건을 달았는데, 부족한 재주에 열의마
저 미지근했던 나로서는 다행스럽게도, 그 조건에 내용과 질
의 단서는 없었다. 그래서 큰 부담 없이 시작했고 대체로 자
유롭게 썼다. 그리고 얼마 전, 연재를 끝냈다.(지시를 받는 자리
에 있는 자의 화법으로는 '~가 끝났다'라 쓰는 게 옳겠으나, 여기선
'~끝냈다'라 쓰고 싶다.)

　　말보다 몸짓, 표정에 이끌리는 편이다. 언어의 전개보다
호흡과 침묵의 질감, 말의 몸통보다 말려 있는 꼬리의 양상에
주목한다. 거기서 얼핏 보이는, 말이 덧대거나 누락시킨 다른
층위의 진실을 나는 미쁘게 생각한다. 최근 읽은 다니엘 켈만
의 소설 『나와 카민스키』의 한 구절─진실은 오로지 분위기
속에만 존재하는 거야. 그려진 형태가 아니라 색채 속에. 정
확하게 포착된 소실점은 진실하고는 전혀 상관이 없어─에
나는 주저 없이 밑줄을 그었다.

　　문학은 눌변으로 시작되는 것이라 했던 소설가 이인성의
지적에 나는 수긍한다. "눌변이란 침묵이 최선이라는 걸 알면
서도 침묵할 수 없는 자들의 서투름이라고나 할까. 더듬거리
는 꼴에도 결국 삶을 사랑하므로 침묵으로 초월하지 못한 자
가, 또는 그런 초월을 거부한 자가 침묵하듯 말하는 방식…."
(『식물성의 저항』에서)

‘바깥’에서 만난 이들의, 말과 세상살이의 어눌함이 나의 둔함을 감싸고 이끌어 이 연재가 이어져왔다. 그들을 찾고 또 만나러 다니면서 나는 꽤 오래전부터 ‘꿈’이라는 단 하나의 단어를 만지작거리곤 했다. 그들은 꿈을 꾸는 이들이었고, 나는 그 꿈을 엿보며 멋대로 해몽이란 걸 한 셈이다. 그리고 이따금은 그들의 꿈 뒤에 숨어서 내가 하고 싶은 이야기, 내가 꾸고 싶은 꿈 이야기를 하기도 했을 것이다.

지금 나는, 켈트 신화의 후예들이 전해온 민요의 한 구절—사랑하는 모든 것들이 멀리 있는 이들은 끝내 꿈꾸는 자일 수밖에 없어요—을 흥얼거리고 있다. ‘그들’의 꿈과 ‘나’의 꿈이 겹치는 공간, 우리의 이니스프리가 하늘처럼 넓고 푸르렀으면 좋겠다.

어떤 글에, 시골집을 못 찾아 자동차로 한참 헤맸노라 엄살을 부렸더니 내비게이션을 사주겠다고 전화하신 분이 있었다. 여러 차례 이메일로 기사에 대해 비평해준, 끝내 이름조차 알려주지 않은, 어떤 분은 연재가 끝난 뒤 녹차 선물을 보내왔다. 내가 아는 한 작가는 연재된 글들을 모티프로 동화를 써도 괜찮냐고 묻기도 했다. '바깥'의 독자가 아주 없지는 않았다는 말을, 염치없이 내 입으로, 하고 싶은 모양이다. 하지만 그분들이 응원한 것은 내가 아니라 '바깥'의 손님들이었을 테니, 내가 염치를 따질 일은 아니다.

2010년 1월

최윤필

인터뷰를
진행한 날

2009

01 허리우드클래식 김은주 사장 ： 11월 17일

02 직업혁명가 이일재 ： 12월 2일

03 퇴역마 다이와 아라지 ： 8월 23일

04 떠돌이 영화감독 신지승 ： 9월 7일

05 연극배우 택배기사 임학순 ： 12월 7일

06 인디밴드 타바코쥬스 ： 8월 4일

07 천하대신 할머니 ： 11월 12일

08 수영 국가대표 배준모 ： 7월 7일

09 탈북청소년 대안학교 셋넷학교 박상영 교장 ： 8월 11일

10 절판되는 책 ： 11월 24일

11 산악계의 휴머니스트 한왕용 ： 6월 17일

12 IMF 명퇴 1세대 정석희 ： 7월 22일

13 풀피리 연주가 오세철 ： 10월 28일

14 성 베네딕도 요셉수도원 ： 9월 14~15일

15 시간강사 ： 8월 25일

16 손 모델 허현숙 ： 9월 29일

17 비무장지대 DMZ ： 7월 18~19일

18 군무 발레리나 안지원 ： 7월 1일

19 미얀마 난민 조모아 ： 12월 16일

20 다큐감독 최기순 ： 12월 22일

21 작곡가 문대현 ： 6월 24일

22 우표 ： 9월 2일

23 가수 주정이 ： 10월 20일

24 막걸리 ： 11월 5일

25 출판사 개마고원 장의덕 사장 ： 9월 17일

26 최근덕 성균관장 ： 10월 7일

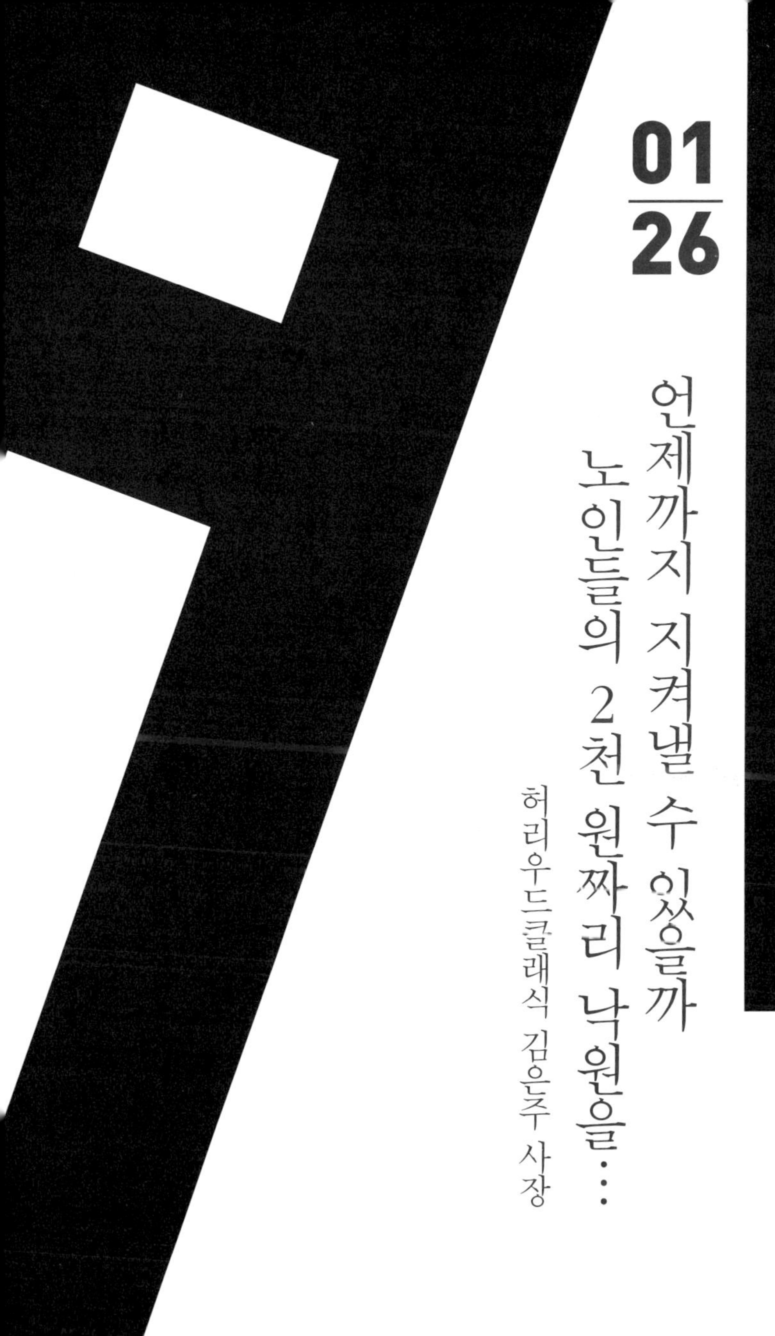

언제까지 지켜낼 수 있을까

노인들의 2천 원짜리 낙원을…

허리우드클래식 김은주 사장

이제 삼십대 중반에 불과하지만 김은주 사장은 칠팔십 객 노인들이 의지하고 있는 든든한 보루다. 여러 가지로 힘든 상황이지만 영화계 밥을 오래 먹었고 아직 젊은 그는 사방으로 뛰어다니며 극장 정상화에 애쓰고 있다. 힘들지만 보람된 하루하루가 그녀를 웃게 한다.

서울 탑골공원 뒤편
종로구 낙원동
284번지 일대.

2000~3000원짜리 국밥집과 수십 년씩 된 떡집들이 있고, 그만큼 오래된 악기상가들이 줄지어 층지어 모여 있는 곳. 저물녘 미로 같은 건물의 어느 모퉁이를 돌면 낡은 색소폰 가방을 자부인 양 버겁게 들쳐 멘 장발의 악사나 "미친 듯이 사랑을 찾아 헤매면서도 단 한 번도 스스로를 사랑하지 않았"던 젊은 시인의 영혼이라도 마주치게 될 것 같은 곳. 두어 걸음 나서면 하루하루 상전벽해가 따로 없는 인사동이고 종로 한복판이다. 유수의 세월 따라 낙원동의 풍경도 사람도 국밥 가격의 보폭만큼이나 느리게 변했겠지만 그래도 왠지 한량없이 그리 있었고 있을 것만 같은, 빛바랜 흑백사진 같은 곳. 그 동네의 랜드마크처럼 왕복 4차 도로를 가랑이 사이에 끼고 만 40년을 종로 복판을 내려다보며 오연히 서 있는 건물 꼭대기 층에 허리우드극장(1969년 8월 개관)이 있다.

「킹콩」「타워링」 같은 블록버스터 개봉관이었고, 한창때는 매표객이 건물을 한 바퀴도 넘게 에워싸기도 했다는 곳이다. 언젠가부터 복합상영관이 대세를 이루면서 허리우드극장은 급격히 시들어갔다. 서울 10대 개봉관으로 어깨를 겨루던

대한·서울·국도·중앙·명보·단성사·피카디리·스카
라·국제극장이 대부분 건물을 새로 짓거나 리모델링하며
'복합 전열'을 갖추는 동안에도 허리우드는—입지가 입지인
지라—제대로 손을 써보지 못했다고 한다.

'21세기를 여는 젊은 극장 허리우드'라는 10년도 더 된
홍보 간판을 달고 선 허리우드클래식을 찾아갔을 때 붙어 있
던 상영작 포스터는 한진희·정윤희 주연에 김민희가 아역으
로 출연했던 1981년 작 「사랑하는 사람아」였고, 2회 상영 관
객은 30명(객석 300석) 정도였다.

영화는 막바지로 가면서 대사 반 흐느낌 반이었고, 객석
의 훌쩍임과 헛기침도 따라 빈번해졌다. 슬픔이나 한恨 같은
추상의 단어가 실어 나르지 못하는, 그래서 꼭 눈물 콧물 같
은 단어여야만 피가 통하는 문맥이 있고 감정이 있다고 나는
믿는다. 평균 연령 칠십대는 됨 직한 관객들은 유서 깊은 신
파의 위력 앞에 파문처럼 흔들렸고, 그 물결은 '한 냉소 한
다'던 사십대 초반의 감성까지도 적셨다.

'새드 무비'가 끝나고 불이 켜지자마자, 1년 전 극장 간
판을 '허리우드클래식'으로 바꿔 달고 실버 극장 출범을 선
포한 젊은 사장 김은주(35)씨가 들어선다. "어르신들 영화 잘
보셨어요? 할아버지 또 우셨죠?!"

앉은 자리에서 곧장 관객들의 작품 평가가 시작된다.

"똑순이 쟤가 지금 서른여덟인데 열 살 때 찍은 거여, 연기 참…."

"김사장 언제 후편 틀어? 애랑 엄마랑 저렇게 떼놓는 거보고 가면 잠을 못 잘 것 같아."

"난 세 번째 보는데 그래도 눈물이 나네."

"정윤희 진짜 예쁘네. 얼굴에 칼도 안 댔을 텐데…."

경기 구리시에서 점심 챙겨 먹고 나서서 혼자 버스, 전철 갈아타고 왔다는 권숙희(70) 할머니는 극장에 늦게 도착하는 바람에 영화 전반부를 못 봤다며 다음 상영 시간을 기다리고 앉아 있었다. "옛날 여자들은 저렇게 한이 많았어." 단골 관객으로 안면을 튼 듯 주변에서도 한마디씩 거들고…. 영하의 추위는 매서웠지만, 스크린 꺼진 극장 안은 노년의 따사로운 사랑방으로 변해가고 있었다.

김사장은 마주앉자마자 법전만큼 두툼한 종이 뭉치를 꺼내 보였다. "오늘이 사흘째예요. 어르신들이 자청해서 해주신 서명이 벌써 1000건이 넘어요." 극장 운영이 어려우니 시市에서 총대를 메야 한다는 청원 서명이었다.

어려우세요?

"3년 전에 산 스포티지 승용차를 지난달에 팔았어요. 직원 월급은 줘야겠고, 자본금은 1년 새 다 까먹었고…. 집도 얼마 전에 내놨어요."

자본금은 얼마쯤?

"3억 원 정도 들고 시작했어요. 1년에 극장에 5~6억 원은 들어가요. 직원 6명 인건비에 운영비, 임대료, 로열티, 필름 값 등등 빠듯하게 써도 그쯤 돼요."

도와주는 데는?

"여기저기 협찬 제안서를 냈는데 SK케미칼이 매달 1000만 원씩 1억2000만 원을 지원해줬어요. 여기가 극장으로선 국내 유일의 노동부 지정 '사회적 기업'이거든요."

서울시는 안 돕나? 실버벨트인가 뭔가 한다던데.

"지난해(2008) 10월에 시청에 들어갔더니 예산이 없어 곧장은 어렵다고 하시대요. 실버극장 취지에는 공감하신다며 선포식 날 높은 자리에 있는 분들도 오셨고, 주무 부서도 극장 홍보에 힘을 보태셨어요. 그래서 올해 또 찾아갔는데 전망이 썩 밝지만은 않나봐요. 예산 항목 새로 만드는 게 그렇게 어렵다네요."

입장료를 올리시지. 임대료도 좀 깎고.

"지금 2000원(57세 이상)씩 받아요. 어르신들 찾아오시는 것만도 고마운데 더 부담드릴 순 없죠. 임대료는 우리 형편에는 좀 부담스럽긴 하지만 시세로 따지면 합리적인 선이에요. 제가 어찌 해봐야죠. 인건비라도 아끼라며 얼마 전부터 어르신

사람이든 사물이든, 공간이든 시간이든, 모든 밀려나고 사라지는 것들에는 사연이 있고 맥락이 있다. 사연이 안타깝고 논리가 부조리해도 거기에는 도덕과 당위의 맥락으로 치환되지 않는 시스템의 힘이 있다.

들이 돌아가며 검표 일을 대신해주고 계세요."

경기 성남지역 초중등학교 교장 출신 모임인 성남시교육삼락회 회장을 맡고 있다는 이상무(72)씨는 거의 매주 한 프로도 빼먹지 않고 챙겨 보는 단골이라고 자신을 소개했다. "우리 회원들이 120번(서울시 통합민원전화)에 전화도 수차례 했어요. 여기 지원하라고. 관에서 해도 벌써 했어야 할 일을 이 젊은 여사장한테만 내맡겨놓는 게 말이 됩니까."

전산학을 전공하고 외환은행에 취직해 영화카드 업무 맡아 하던 중 외환위기가 터지면서 담당 부서가 해체됐고, 그사이 알게 된 극장 사장들의 제안으로 영화 홍보 업무를 시작하게 됐고, 수완을 인정받아 서대문의 옛 화양극장(현 드림시네마) 기획·마케팅 총괄 일을 5년 정도 했고, 스카라극장 대표로 발탁돼(2004년 12월) 1년 남짓 일했는데 건물 문화재 지정 소식에 놀란 주인이 극장을 허는 바람에 손을 털어야 했고, 드림시네마로 다시 옮겼는데 그 일대에 재개발 계획이 서는 바람에 다시… "그러다 허리우드를 맡아 차고앉게 된 거죠.

그때가 2008년 4월입니다.”

드림시네마 시절 그는 「더티 댄싱」 「영웅본색」 「미션」 등 고전 영화 배짱 상영으로 매스컴을 탄 바 있다. 붓으로 그린 옛날식 영화 간판을 고집했고 극장 로비에서는 LP판을 틀기도 했다. “한 노부부가 우리 영화가 너무 좋다며 막 우시는 겁니다. 어떤 분은 밥 사겠다고 저를 찾아오셨고, 어떤 분은 ‘이런 영화 계속 해달라’고 부탁하시고⋯.” 그러는 동안 그의 마음도 조금씩 그쪽으로 기울었을 것이다. 그래서 허리우드 맡아보라는 극장주의 제안을 덥석 움켜쥐었을 것이고, 실버극장을 시작했을 것이다. “어르신들이 이런저런 이유로 멀티플렉스 극장을 불편해하세요. 시스템도 적응 못 하겠고, 분위기도 영 낯설고, 또 그쪽 영화도 자기 세대가 감당하긴 힘들다는 분이 많으세요.”

허리우드 운영 1년 남짓 사이에 그는 낙원동 일대에서, 적어도 할아버지 할머니 사이에서 유명 인사가 됐다. “큰 짐 들고 가면 어르신들이 대신 들어주기도 하고, 비 맞고 가면 우산도 씌워주세요. 인사하며 지내는 어르신이 못 해도 400분은 될걸요?!” 작은 관심과 배려에도 크게 감동하는 그의 ‘어르신들’ 처럼, 그도 어르신들이 이따금 건네는 양갱 하나, 캔 음료수 하나에 크게 울컥인다. 외로운 사람들이 대개 그렇듯.

그는 여건이 되는 대로 허리우드클래식의 로비를 노인들의 휴식 공간으로 꾸미고 싶다고 했다. LP판으로 「별들의 고 어떤 것을 밀어내고 사라지게 하는 데 앞장서는 것(혹은 사람 혹은 논리)들은 그 시스템의 내력벽耐力壁 뒤에 숨어 도덕적 부담을 덜고, 그러면서 시스템을 두텁게 굳힌다.

향」 같은 옛날 영화음악도 틀고, 엿치기 같은 놀이판도 벌이고, 팔각 성냥통을 테이블마다 놔두고 무료할 때는 탑 쌓기도 할 수 있는 그런 '허리우드클래식'을 꿈꿀 때, 그는 다음 달 직원 월급 걱정으로부터도 잠시나마 벗어난다. 대한노인회 이사인 서울시의회 보건복지위 홍광식 부위원장도 김사장의 팬인 듯했다. 그는 "서울시장이 노인복지 얘기는 많이 했지만 표 나게 뭘 한 건 없어요. 예산 심의 중인데 쉽진 않겠지만 어떻게든 해봐야죠"라고 말했다.

가장 바람직한 해법은, 하나마나 한 말이겠지만, 허리우드클래식이 경영적으로 자립하는 것일 테다. 그러자면 노년뿐 아니라 청년과 중·장년의 취향과 욕구까지 만족시킬 만한 좋은 영화를 더 많이 상영하고 홍보해야 한다. 그래서 허리우드클래식이 특정 연령의 문화적 섬이 아니라 취향 따라 노소가 모여 함께 어울리는 공간이 되는 것이다. 그런데 그게 모두 돈이 드는 일이다. 김사장은 「애수」 같은 외국 명화 한 편 상영하는 데 로열티만도 5000만 원씩 줘야 한다고 했다.

사람이든 사물이든, 공간이든 시간이든, 모든 밀려나고

사라지는 것들에는 사연이 있고 맥락이 있다. 사연이 안타깝고 논리가 부조리해도 거기에는 도덕과 당위의 맥락으로 치환되지 않는 시스템의 힘이 있다. 어떤 것을 밀어내고 사라지게 하는 데 앞장서는 것(혹은 사람 혹은 논리)들은 그 시스템의 내력벽耐力壁 뒤에 숨어 도덕적 부담을 덜고, 그러면서 시스템을 두텁게 굳힌다. 시대의 조류潮流라고도 부르고, 지배적 가치라고도 부르는 그것들이 시대와 사회를 아우르는, 데카르트의 용어로 말하자면, 보편 이성에 닿아 있었던 때와 경우를, 서글프게도 우리의 역사책은 소개한 적이 없다. 그래서 인류는 부조리를 견디는 내성을 다윈의 비정한 가르침처럼 키워와야 했고, 그것이 때로는 맹목의 행복으로 보이기도 한다. 지금도 낙원동과 허리우드극장 언저리를 슬픈 얼굴로 헤매고 있을 것 같은 시인이 생전에 단 한 번도 스스로를 사랑하지 못했던 것은 어쩌면 세상에 대한 충분한 내성이 없었거나 충분히 맹목적이지 못했기 때문일지 모른다.

서울시는 최근 실버극장 허리우드클래식이 5만 관객을 돌파했다는 보도자료를 냈고, 대다수 신문과 방송은 "이제 (허리우드클래식이) 명실 공히 어르신들의 대표적인 문화 공간으로 자리매김하고 있다"고 보도했다. 그 말을 전하자 김은주 사장은 말없이 저렇게 웃기만 했다.

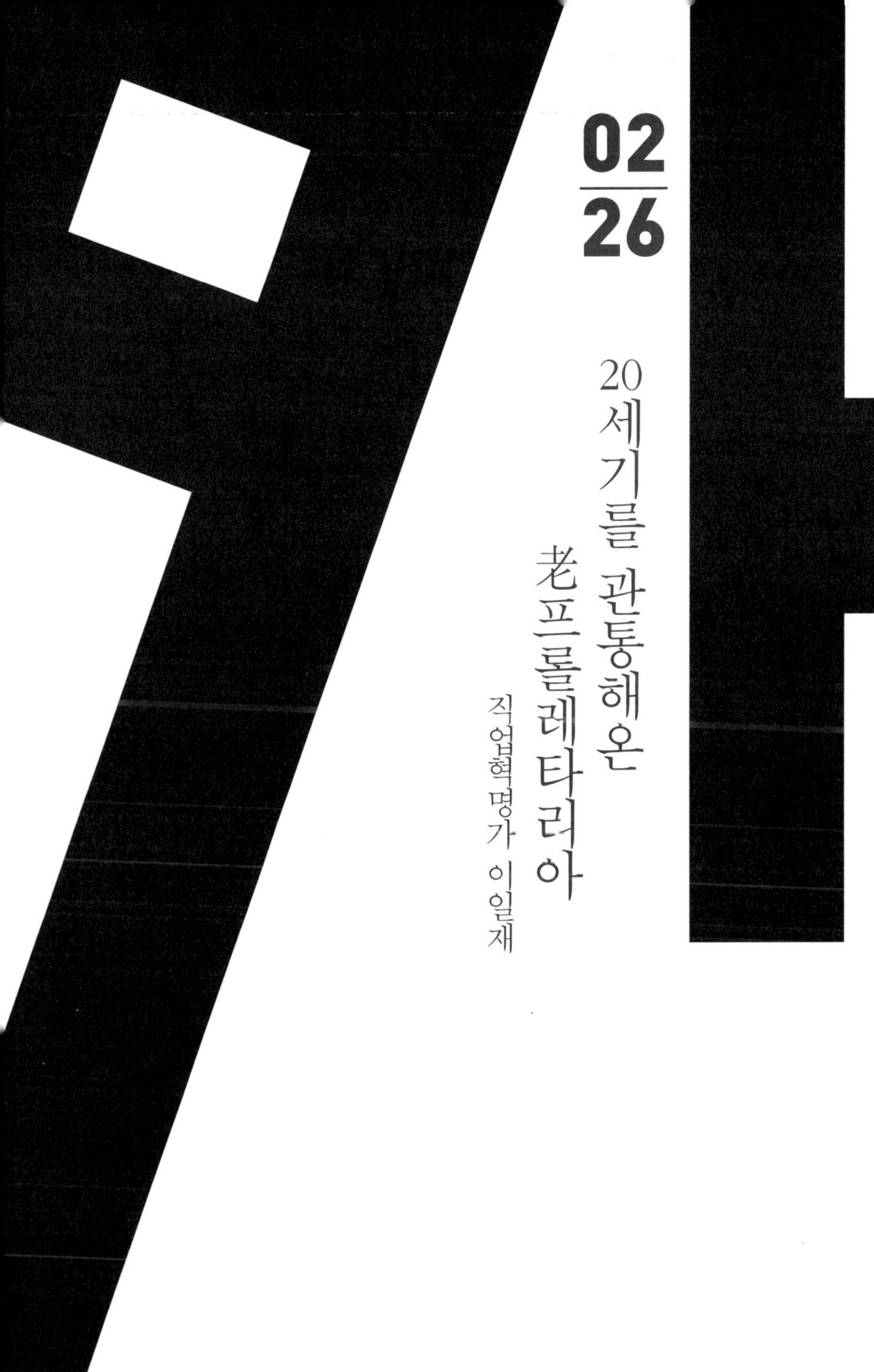
02
26
20세기를 관통해온
老프롤레타리아
직업혁명가 이일재

일제의 폭압과 이데올로기의 다름에 유난을 떨었던 한국의 20세기를 노동운동가로 사회주의자로 꺾임 없이 관통해온 그는 '직업혁명가'라고 할 만한 삶을 살았다. 빨치산 때 얻은 구완와사(안면마비)가 옥고로 더욱 악화됐지만 눈빛만은 송곳처럼 살아 있다.

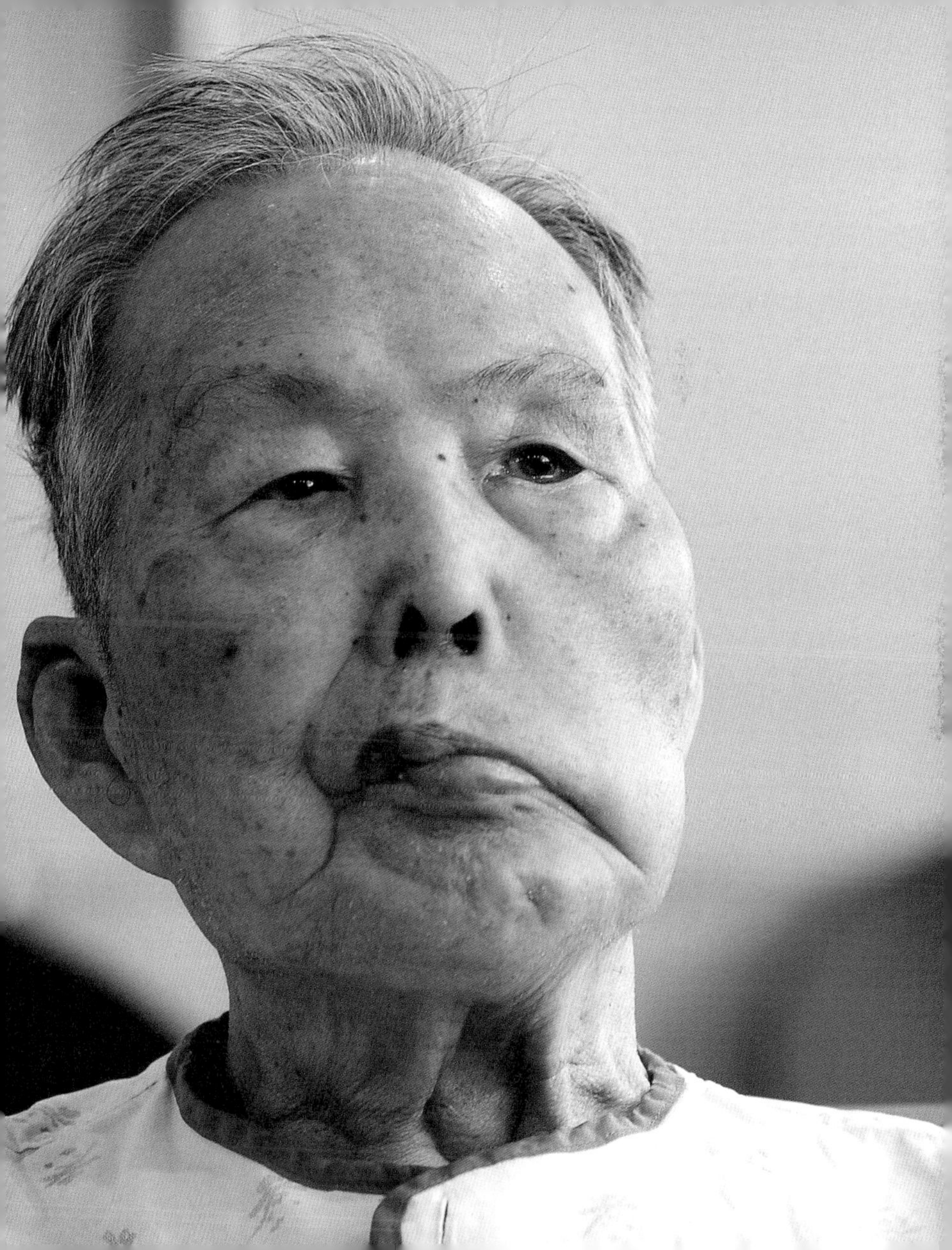

"특별한 병명을 말하기가 그런 게…
전반적으로 다 안 좋으십니다.
정신력으로 버티고 계신 것 같아요."

이일재씨. 1923년 대구 생. 6년제 보통학교를 마친 뒤 곧장
제화공장에 취직해 화학공장, 담배공장, 군수공장, 철도회사
등을 전전하며 항일 노동조합운동, 해방 직후 조선노동조합
전국평의회(전평) 활동, 조선공산당 입당, 대구 9 · 23 총파업
과 10월 항쟁 주도, 미 군정 법령13호 맥아더 포고령 위반 구
속, 문경탄광 파업 주도 구속, 팔공산 빨치산 정치위원, 1950
년 4월 총상 입고 체포, 친지의 도움으로 풀려난 뒤 노동운동
재개, 1968년 7월 남조선해방전략당 사건으로 무기징역 선
고, 1988년 가석방, 대구노동정책연구소 활동, 민주노총 지
도위원, 사회주의정치연합 준비모임, 2008년 11월 입원….
　일제의 폭압과 이데올로기의 다름에 유난을 떨었던 한국
의 20세기를 노동운동가로 사회주의자로 꺾임 없이 관통해온
'직업혁명가'의 송곳 같은 이력이다.

　경북 성주군 성주효병원 노태맹 원장은 "오래 버티시긴
힘들 것"이라 귀띔했지만, 이일재 선생은 꼿꼿했다. 눈빛은
미동 없이 찌를 듯했고, 꼭 다문 입술은 차돌처럼 단단해 보
였다. 화법도 다부졌다. 빨치산 시절 한뎃잠으로 얻은 구완와

사(안면신경 마비)가 긴 옥고로 악화돼 발음은 선명하지 않았지만, 그는 군더더기를 추려낸 어절들을 툭툭 끊듯 힘을 실어 말했다. 30분 남짓 인터뷰하는 동안 딱 한 번 웃었는데 그게 정말 웃음이었는지는 불확실하다. 미소에 버무려질 만한 문맥이 아니었기 때문이다.

그는 우리에게는 드문 정통 사회주의자다. 그는 민족주의에 기댄 적 없이 오직 마르크스-레닌의 사적 유물론을 신봉했고, 프롤레타리아 해방 세상을 사상의 조국으로 가슴에 품어온 이다. 어렵사리 그를 수소문했고, 지방의 한 노인요양병원에 입원해 있다는 소식을 듣고부터는 마음이 다급했다. 왜 그랬는지는 모르겠다. 어쩌면 그가 우리가 기억하는, 혹은 애써 잊고자 하는 어떤 시간의 흔적 아니면 마지막 증인처럼 여겨졌기 때문인지 모른다. 억지로라도 만나 목소리라도 듣고 싶었고, 대화를 나누기 힘든 상황이라면 그의 눈빛만이라도 보고 싶었고, 그리고 묻고 싶었다. 회한은 없으시냐고. 여전히 역사를 낙관하시냐고.

"마스크 벗어버리소. 잘 안 들리요." 신종플루 때문에 병원 측이 건넨 마스크를 그는 마뜩찮아 했다.

후회 없으십니까.
"스탈린주의자로 산 시기가 있어요. 1953년에 스탈린은 죽지만 이후에도 그 망령은 끈질기게 남아 우리 사회주의 운동과 노선을 병들게 했어요. 소련 중심주의, 인민 경시 관료주의…. 지금은 누구나 그 과오를 이야기하지만 그때는 그게 안 보였어. 그거밖에 없었거든. 구라파에서도 요즘엔 그람시 이후의 경향들 이를테면 '노동자위원회' 같은 조직들이 전면에 섭디다."

연전에 국제 공산주의자 모임인 ICC(International Communist Current)에 개인 자격으로 초청받아 오세철 연세대 명예교수와 함께 네덜란드에 갔던 일, 거기서 보고 듣고 느낀 감회 등을 그는 이야기했다. 그러더니 "ICC 지부가 일본에도 있고, 아프리카에도 있는데 우린 없다"고 아쉬워했다.

인간적 회한을 여쭌 겁니다.

"없어, 그런 건."

가족에게도?

"불고가사不顧家事라. 직업운동가가 다 그렇지. 나 때문에 고생한 사람들에겐 미안한 마음 있지만 어쩌겠어."

곁에 앉아 있던 오십 줄의 아들 정건씨가 빙긋 웃으며 그를 흘겨봤는데, 그는 눈길조차 주지 않았다. 아홉 살에 아버지와 생이별해 친척집에 얹혀살았고, 연좌제에 묶여 취직도 힘들었다는 아들이다.

왜 그랬는지는 모르겠다. 어쩌면 그가 우리가 기억하는, 혹은 애써 잊고자 하는 어떤 시간의 흔적 아니면 마지막 증인처럼 여겨졌기 때문인지 모른다. 억지로라도 만나 목소리라도 듣고 싶었고, 대화를 나누기 힘든 상황이라면 그의 눈빛만이라도 보고 싶었고, 그리고 묻고 싶었다. 회한은 없으시냐고. 여전히 역사를 낙관하시냐고.

이씨가 병석에 눕자 주변 사람들이 '이일재 동지 후원회'라는 걸 만들었고, 그가 쓴 짤막한 회고록과 다양한 정치이론·정세분석 문건들을 모아 『노동자평의회와 공산주의 길』이라는 책을 냈는데, 그 한 귀퉁이에 이씨는 자신과 동년배로 지금은 작고한 한 정치인의 실명을 거론하며 "(그의) 한평생을 내 생활의 한 시간과도 안 바꾼다"고 쓰기도 했다.

여전히 역사를 낙관하십니까.

"프롤레타리아 승리의 믿음은 한순간도 흔들린 적 없어. 그랬으니 여태 이렇게 살았고, 그 삶에 대한 자부심이 내겐 있어."

그는 시종 엄격한 표정으로 꼿꼿이 인터뷰에 응했고, 나는 브레히트가 1930년대 코민테른 시절의 혁명가들을 위해 썼다는 시 「후손들에게」의 한 구절을 떠올렸다.

우리가 스러지며 흘린

피 속에서 떠오른 그대들은

우리의 허물을 말하기 전에

모쪼록 기억하라

우리가 헤쳐 나온

그 어두운 시대를

(…)

우리는 부드러움의 바탕을 마련하고 싶었으나

스스로는 부드러울 수 없었다

이씨의 삶은 한국 사회주의운동사와 별 무리 없이 맞물린다. 조부 이기양은 항일독립운동가였고 그와 함께 남조선 해방전략당 사건으로 투옥된 뒤 옥사한 삼촌 이강복도 공산주의자였다. 외삼촌 최세기는 트로츠키주의자에 가까운 아나키스트였다고 한다. 어려서부터 그는 어른들의 대화와 책을 통해 공산주의의 매력에 젖어든다. "트로츠키의 『배신당한 혁명』, 사카이의 『계급투쟁의 필연성』, 고바야시의 『게공선』 등을 읽었고 고리키, 톨스토이도 많이 읽었어. 물론 일어본이었지." 그는 프롤레타리아를 동경했고 보통학교를 졸업하던 열여섯 살에 당당히 프롤레타리아가 된다. 그리고 훗날 제주 4 · 3 항쟁의 주역으로 활약하는 김달삼, 경성트로이카의 핵심 이재유 등과 교유하며 조선공산당에 입당, 당 지역 간부로 활동한다. 1946년 9월의 전평 총파업과 대구 10월 항쟁을 주도한 뒤 수배되고, 구속·출소 후 대구 팔공산 빨치산 유격대에 가담해 정치위원으로 활동한다. 산속에서 보낸 그 1년 남짓의 기간을 그는 온 생애를 통틀어 가장 행복했던 때로 기억한다. "춥고 배고픈 건 아무것도 아니야. 우리는 아무 감시 간섭 없는 해방구 안에서 우리의 신념대로 살았거든."

2008년 10월 진실화해위원회는 이씨의 40~60대 20년과 육신의 건강을 앗아간 남조선해방전략당 사건이 당시 중앙정보부에 의해 조작된 것이었다고 발표했다. "우린 노동운동 세력을 규합해 네트워크를 구축하자는 게 목표였어. 그런 내용을 담아 권혁재 선생이 '남조선해방전략론'이라는 문건을 썼는데, 그게 빌미가 돼 북한 찬양고무, 내란, 간첩, 반국가단체 구성이란 혐의가 날조된 거야." 주범으로 몰린 권씨는 이듬해 사형당했고, 이씨의 삼촌 이강복은 옥사를, 함께 투옥됐던 이형락은 1985년 출소 후 자살했다. 모진 고문 끝에 무기징역을 선고받은 이씨는 1988년 가석방됐고, 10년 전인 1999년 김대중 정부에 의해 사면 복권됐다. 사건 당시 재판부는 남조선해방전략당을 조총련 하부 조직으로 발표했다. 이씨는 "내 선배들이 북에 가서 미제의 프락치로 몰려 사형당했어. 우린 북한에 대해 비판적이었어"라며 "통혁당이 학생과 지식인, 인텔리 중심이었다면, 우린 노동 현장에 오르그(조직가)로 활동하면서 노학 연대를 지향했다"고 말했다.

미 군정 당시 경북도청이 있던 대구 경상감영공원. 2006년 10월 열린 '대구 10월 항쟁 60주년 추모제'에서 연설하는 이일재씨.

어엿한 성년으로 자라 있던 아들에게 출소 후 이씨가 건 넨 첫마디는 "노동운동가 한 사람 소개해달라"는 거였다고 한다. 보안감호 속에서도 그는 현장활동을 통해 시대적 격절 감을 극복했고, 당시부터 벌써 비정규노동자 조직화에 열성 을 보였다. 한 후배 운동가는 "1년 전만 해도 파업 현장, 농 성 현장을 우리보다 먼저 찾아다니시며 노동자들과 토론하 셨다"고 말했다. 쓰러지기 직전까지 그는 젊은이들과 함께 40년 전의 꿈이자 전 세계 공산주의자들의 꿈인 노동자 전위 정당 결성을 위해 동분서주했다고 한다. 2008년 사노련(사회 주의노동자연합) 사건으로 곤욕을 치른 오세철 연세대 명예교 수는 "선생은 주류의 교조적이고 권위주의적인 공산주의 운 동과 달리, 외롭지만 꼿꼿이 밑으로부터의 혁명운동을 실천 한 공산주의자"라며 "서유럽의 탈마르크스주의 이론서들도 모두 섭렵해 젊은 동지들과 장시간 토론을 마다하지 않았고, 모든 토론과 회의 과정에서는 철저하게 평의회 정신과 방식 을 지키면서 이를 어기는 젊은 동지들을 나무라셨나"고 회고 했다.

이씨 연배의 활동가들 가운데 정통 공산주의자는 드물 고, 그나마도 대부분 세상을 떴다. 그는 외롭다고 했다. "이 야기할 상대가 별로 없어요. 대구에도, 서울에 가도…" 그러 더니 "감상적 민족주의나 친북 노선은 딱한 노릇"이라고 덧 붙였다. "민족 문제가 없다거나 주요하지 않다는 건 아니지.

하지만 민족주의자가 곧 국가주의자거든. 재벌 회장도 국민이고, 나도 국민이라고 해버리면 계급모순이 덮여버리잖아."

그는 자신이 매듭짓지 못한 전위당 건설을 두고도 미련은 없다고 말했다. "역사의 흐름에는 시발점도 종착점도 없는 거거든." 그의 자부는 흔들림 없는 전위로 산 생애 끄트머리에 선 회고의 자부가 아니라, 끊임없이 이어져갈 역사의 흐름 그 선두에 선 자로서의 자부인 듯했다. 요컨대 그의 형형한 눈빛은 자신의 승리, 프롤레타리아의 승리가 아로새겨진 '미래의 역사 교과서'를 응시하고 있었다.

브레히트는 시 「후손들에게」의 마지막 연을 이렇게 맺는다.

그러나 그대들이여, 사람이 사람을 돕는

그런 때가 도래할 때

우리를 기억해다오

관대한 마음으로

서구 자본주의의 20세기를 공산주의자로 살아낸—혁명가로서가 아니라 참여관찰자로서—역사학자 에릭 홉스봄은 자서전 『미완의 시대』 첫머리에 "내가 얻으려는 것은 역사의 이해이지 동의나 승인, 연민이 아니다"라고 썼다. 직업혁명가인 이씨가 자신의 책을 통해 원한 바는 아마 홉스봄과는 달랐을 것이다.

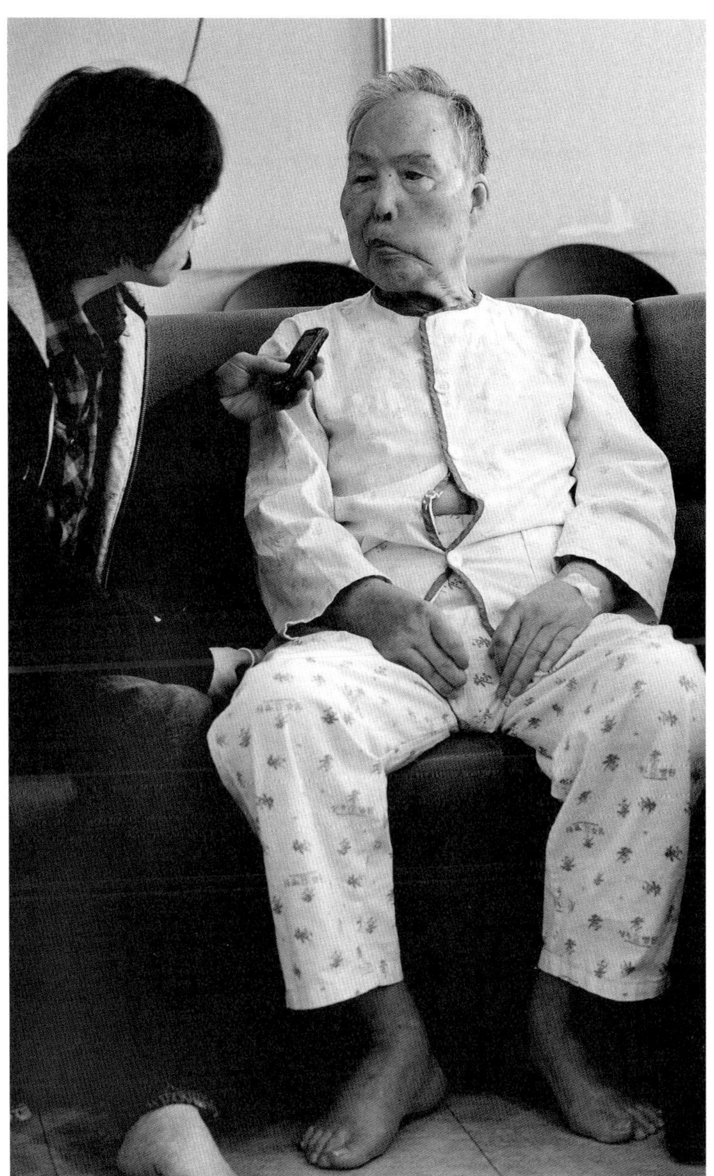

인터뷰 내내 아들 정건씨는 아버지의 곁을 지켰고, 사진을 찍자 "활동하실 때 사진 보내드릴 테니 그걸 써주세요. 운동가시잖아요"라고 말했다.

그는 "아버지의 삶에 백 퍼센트
공감하지는 않지만 그 삶의 가치는
인정하고 존중한다"고 했다.

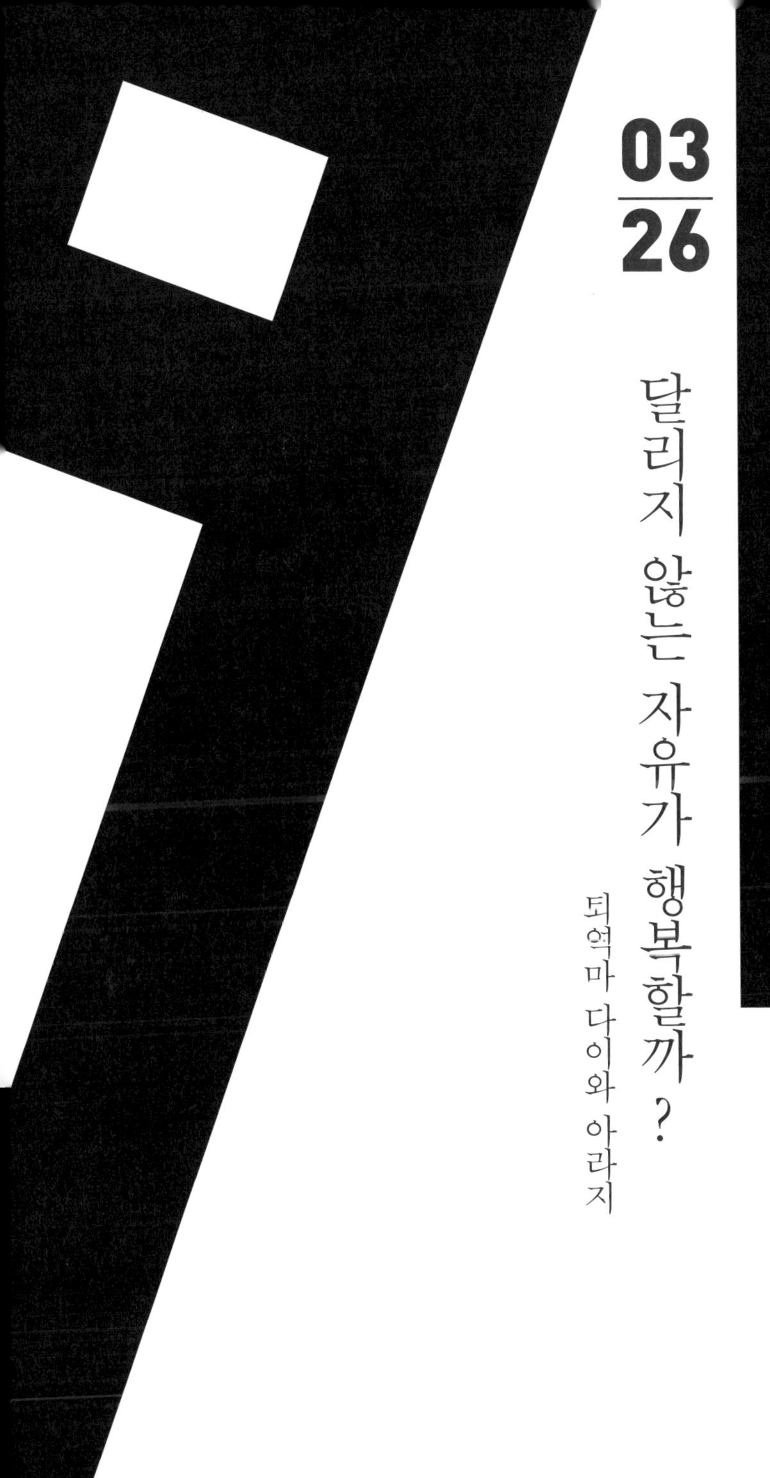

달리지 않는 자유가 행복할까?

퇴역마 다이와 아라지

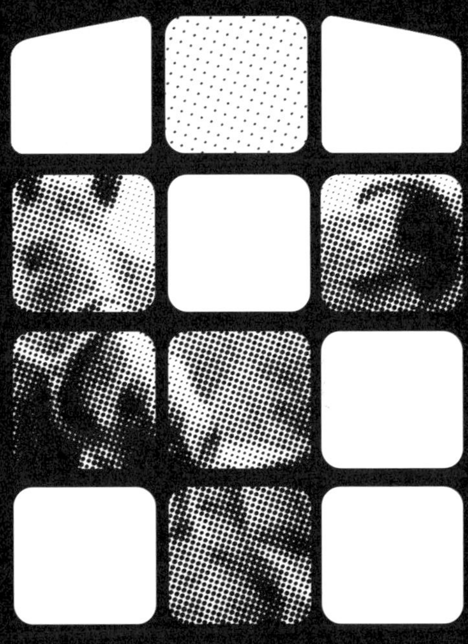

경주마에겐 제 혈통을 남길 수 있는 종마로의 변신이 최고의 영예라고 한다. 그 영예란 물론 인간의 관점에서 그렇다는 의미다. 태어나 만 10년을 경주마로 살았던 다이와 아라지에게 그 것이 영예인지 어쩐지는 알 수 없었다.

웽웽대며 앵겨드는
파리들이 성가신 듯
육중한 몸을 흔든다.

그때마다 고여 있던 오후의 햇살은 호두나무 살빛처럼 깊이 번득이며 미끈한 근육의 결을 따라 흐른다. 유영하는 물고기처럼 목과 꼬리의 엇갈린 흔들림에 근육과 동맥들도 완벽한 리듬과 균형으로 움찔거린다. 세포 하나하나가 간직한 질주의 기억… 폭발을 예비하던 긴장의 맥박이 3평 남짓 되는 옹색한 마방 안에서도, 그 절제된 심줄의 율동 속에서도 희미하게 감지되곤 했다. 날은 맑았고 전북 정읍 초원목장의 볕은 따가웠지만, 제가 선 땅의 탄력이 아직은 낯선 듯 발굽으로 툭툭 쳐보며 이따금 고개를 들고 아득히 먼 곳을 응시하던 퇴역 경주마 '다이와 아라지'의 눈빛은 내달음의 갈망으로 서늘했다.

2009년 4월 26일 서울경마공원 2000미터 혼합1군 시합. 녀석은 어쩌면 그날 경주가 자신의 생애 마지막 시합임을 알고 있었는지 모른다. 얼마 전 생일까지 지났으니 꽉 차고 넘치는 열 살. 두세 살이던 2001~2002년 일본 무대에서 일곱 번을 뛰어 단 한 번도 상금등수 안에 들지 못했고, 해서 내쳐지듯 팔려온 게 이곳 한국 무대였다.

다이와 아라지는 2003년 5월 이래 68차례의 경기에 출전해 14번을 우승했다. 상금 획득 등수(1~5위)에 든 것만도 46차례. 전미全美 챔피언이었던 부마夫馬 '아라지'의 명성에는 못 미쳐도, 그만하면 자족하기에 부족하지 않은 성적표. 우승마끼리 겨루는 대상경주에서는, 실력은 충분하다는 전문가들의 중평에도 불구하고 단 한 번도 우승하지 못했고, 그래서 꽃다발 메고 팬들의 환호 속에 뿌듯하게 나설 퇴역식은 기대할 수 없는 무관의 제왕. 그리고 마지막 경주….

그날 다이와 아라지는 자신이 누볐던 트랙과 작별하듯 넉넉한 호흡으로 달렸고, 함께 달린 열한 마리의 손자뻘들을 모두 앞세운 채 마지막으로 결승선을 통과했다. 생애 처음이자 마지막 꼴찌였고, 스스로 누린 자신만의 퇴역식이었다.

그 경기를 치르고 난 며칠 뒤, 조교사 서정하씨는 경마 팬 사이트에 다이와 아라지의 퇴역 결정을 알렸고 몇몇 팬은 답글을 남기기도 했다.

- 정말 기억에 남는, 불꽃 추입追入(추월을 뜻하는 경마 용어)의 대명사였죠.
- 제가 본 말 중에 가장 멋진 엉덩이를 가진 말이었어요. 우리끼리 은퇴식 해요.

석 달 뒤인 2009년 7월 다이와 아라지는 전북 정읍의 한 자마 생산목장으로 거처를 옮겨 경주마가 아닌 씨숫말로 남은 생애를 시작했다.

팬들의 추억처럼, 다이와 아라지는 '불꽃 추입의 대명사'
였고, 녀석은 승패의 결과보다 과정의 드라마를 즐기는 말이
었다. 다이와 아라지를 처음 맡아 근 5년간 관리했던 조교사
박희철씨의 말이다. "다이와 아라지는 제 바깥쪽으로 지나가
는 건 대수롭잖게 여겼지만 제 안쪽에서 누가 파고들면 결코
용납하지 않으려고 기를 썼던 묘한 성격의 말이었어요. 그걸
안 뒤로는 초반엔 체력을 안배하며 안쪽 레인에서 뛰게 하다
가 중반 이후 맨 바깥 레인으로 나서도록 기수들에게 지시하
곤 했어요."

육상 100미터의 우사인 볼트와 같은 압도적 카리스마도
좋지만, 극적인 감동으로 치자면 아무래도 수영 400미터에서
박태환이 보여준 막판 폭발력과 역전의 짜릿함이다. 다이와
아라지는 그런 경주마였다.

주력 종목은 1900미터와 2000미터 급 중장거리. 심장이
터져라 2분 남짓 달리고 나면 말의 몸무게는 10~15킬로그램
씩 예사로 빠지고, 500킬로그램에 육박하는 제 몸의 중량을
주체하지 못해 휘청댈 정도로 기진맥진한다. "다이와 아라지
는 자기가 이긴 걸 아는 것 같았어요. 경주에서 우승한 뒤에
는 더 거뜬해지는 체력과 근성을 갖춘 말이었어요."

"녀석은 제 시선을 피한 적이 없어요. 복종은커녕 묘한

불꽃처럼 달리던 무관의 제왕, 다이와 아라지는 퇴역한 뒤 정읍의 목장으로 옮겨져 한가한 일상을 보내고 있다. 말의 평균 수명이 스물여섯에서 여덟쯤이라는 점에 비춰본다면 열 살은 인간으로 따지면 삼십대에도 채 못 미치는 나이다.

적의 같은 걸 보였죠. 심지어 저를 물기도 했어요"라며 박 조교사는 다이와 아라지에 대한 기억을 더듬었다. 말과의 인연 23년, 한 해에만도 열 마리 이상의 말을 퇴역시키고 새로운 말을 수하로 받아들이는 조교사 경력 7년의 그는 "녀석이 보고 싶다"고 말했다. "다이와 아라지는 조교사인 저까지 끝내 이겨먹은 말이었고, 버려진 말에게도 눈길을 줄 필요가 있다는 사실을 가르쳐준 말이었어요."

2006년 말 이후 다이와 아라지의 성적은 급격히 꺾이기 시작했다. 여덟 살이라는 나이와 체력의 한계가 거론됐고, 주변에서는 조심스럽게 은퇴 시기를 저울질했다. 서정하 조교사가 녀석을 맡은 게 그즈음인 2007년 3월이다. "기량이며 체력이 눈에 띄게 하향세였어요. 훈련을 시켜보면 크게 나쁜 데는 없었지만 나이가 있으니 탈 안 나게 관리해주다가 은퇴시켜야겠거니 생각했죠." 하지만 그해 4월 2000미터 경주에서 다이와 아라지는 12마리 중 2등을 한다. 다음 달 2300미터에서도 2등, 또 다음 달 2000미터 3등…. 2008년 6월의 대상 경주에서는 기라성 같은 젊은 챔프들을 제치고 3등으로 결승선을 타넘기도 했다.

은퇴 애기를 꺼내던 사람들은 민망한 듯 다이와 아라지의 '회춘回春'을 들먹였지만, 그럴 때 더 적합한 단어는 오기傲氣일 것이다. 영화와 드라마들이 즐겨 그려온바, 늙은 챔프의 혼신의 불꽃 투혼 같은 것. 일본에서 한국으로, 이 마사에서 저 마사로 옮겨질 때마다 근성을 자극하던 묘한 열패감…, 온 존재의 무게를 실어 '나 아직 안 죽었다'고 외치는 마지막 포효 같은 것이었을지 모른다.

말의 경주가 언제 시작됐는지는 책마다 엇갈린다. 어쩌면 말들은 제 종種이 지구에 터를 잡은 이래로, 인간의 역사가 시작되기 훨씬 전부터 서로의 어깨를 견주며 종의 본능으로 달렸을 것이다. 그리고 경주가 제도로 정착된 것은 말의 속도를 인간의 가치체계—이를테면 전투력의 우위나 위엄의 표상 따위—안으로 포섭한 이후일 것이고, 우열을 가려 돈을 분배하는 상업 경주가 시작된 것은 극히 최근의 일이다.

거기에 인간이 개입한 이래로 말은, 대다수 가축화한 동물들이 그러하듯 우생의 논리 속에서 철저히 관리됐고, 따라서 지구상의 모든 경주마는 수천 년을 이어온 빛나는 족보의 후광을 거느리고 있다.

대신 인간이 정한 우생의 기준을 거스르는 말들, 가치의 경계를 벗어난 말들은 당연히 무대 바깥으로 밀려나게 된다. 2009년 들어 이 해 7월 말까지 서울경마공원에서 퇴역한 경주마는 총 524두. 그 가운데 유원지나 승마장 등으로 팔려간 게 226두이고, 안락사 당하거나 육용으로 팔려간 말도 상당수라고 한다. 번식마로 전업한 것은 35두에 불과했다.

그러므로 다이와 아라지는 경주마로서는 영예로운 노년의 궤도에 진입한 셈이다. 2세마들의 기량이 뒷받침돼야겠지

인간이 정한 우생의 기준을 거스르는 말들, 가치의 경계를 벗어난 말들은 당연히 무대 바깥으로 밀려나게 된다. 2009년 들어 이 해 7월 말까지 서울경마공원에서 퇴역한 경주마는 총 524두. 그 가운데 유원지나 승마장 등으로 팔려간 게 226두이고, 안락사 당하거나 육용으로 팔려가는 말도 상당수라고 한다. 번식마로 전업한 것은 35두에 불과했다.

만, 최소한 얼마간은 자신의 이름이 그들의 이름 뒤에 따라다
닐 것이다.

말의 발정기는 2~6월이고, 다이와 아라지가 기거하는
목장에는 16두의 미끈한 암말들이 그를 기다리고 있다. 간식
을 제하고 하루 두 끼의 정찬 때마다 녀석은 주인이 홍삼 가
루와 미네랄, 비타민 따위를 섞어 만든 사료로 제 몸을 보하
고 있다.

이제 더는 힘든 훈련도, 승부의 스트레스도 없다. 세상은
더 이상 달리지 않아도 된다고, 대신 아비보다 나은 자손을
잉태시키라고 말한다. 녀석에게 허락된 운신의 공간은 턱없
이 비좁아졌지만, 누리게 된 시간의 부피는 한없이 확장됐다.
그래서 녀석은 행복할까. "권태보다는 지옥을 달라"고 했던
시인을 우리는 알고 있다.

폭염이 드세니 외출을 삼가라는 일기예보 아나운서의 멘
트를 들으며 서울경마공원을 찾던 날, 내 손에는 수첩 대신
노老시인의 신작 시집(허만하, 『바다의 성분』)이 들려 있었다.

관람석은 만원이었고, 젊고 싱싱한 말들은 그야말로 혼
신의 힘으로 주로走路의 모래땅을 짓이기며, 시인이 '틈새의
말'이라는 시에서 표현한 것처럼 "자기 발굽 소리 한 치 위에
떠" 날고 있었다.

몽골 풀밭을 내닫던 태고의 내력을 간직한 존재들. "자기

가 열어젖히는 아득한 지평선이 다시 멀리 펼쳐지는 새 지평선이 되는 변신을 아는” 그 경이의 말들이 출발 주로에 나란히 모여 “가늘게 떨며 사라지는 화살의 운동과 팽팽하게 당겨진 시위에서 자리 잡은 운동 직전의 완벽한 정지 그 틈새”에 서 있었다. 푸른 근육의 탱탱함과 73세 노시인의 저 팽팽한 시적 긴장이 대치하는 ‘틈새’에 서서, 나는 저 먼 농장의 옹색한 마사에서 이 주로를 떠올리고 있을 늙은 퇴역마 다이와 아라지를 상상했다. 그리고 프랑스 철학자 베르트랑 베르줄리의 책 『슬픈 날들의 철학』의 한 구절을 떠올렸다. 그는 시험의 끊임없는 긴장과 고단함을 위로하며 “싸워야만 한다는 사실보다 더 나쁜 것은, 싸워서 지켜내야 할 그 무엇도 없다는 사실”이라고 적었다. 늙음, 퇴역, 섭리 따위의 쓸쓸한 단어들과 함께, 섭리는 섭리이기에 복종해야 하는 것이지 정당해서 복종하는 것은 아니라 했던 파스칼의 저 차가운 위로도 떠올렸던 것 같다.

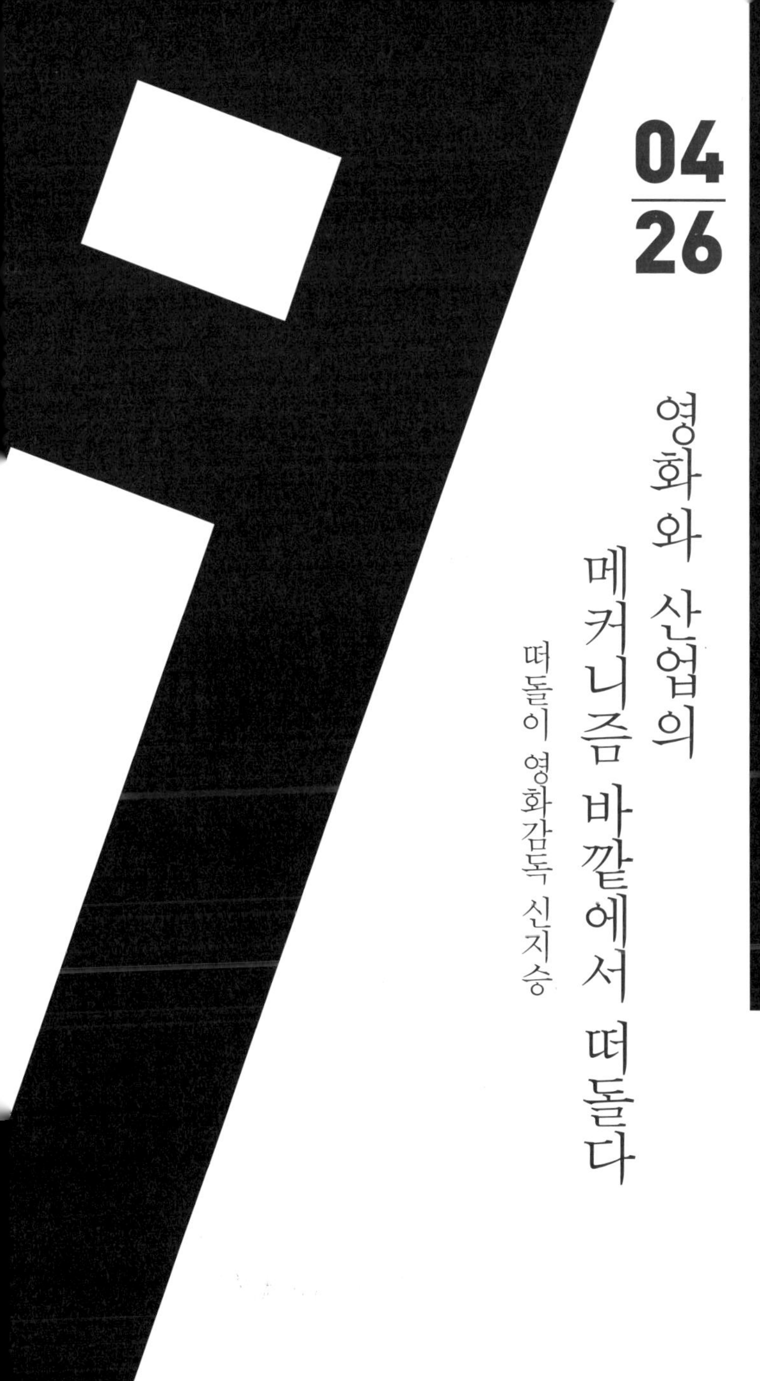
04
26

영화와 산업의

메커니즘 바깥에서 떠돌다

떠돌이 영화감독 신지승

영화감독 신지승씨가 총감독을 맡고 마을 사람들이
저마다 스태프 역할을 하며 마을영화를 함께 찍고 있
다. 느닷없이 무슨 영화냐고 하던 마을 사람들도 쭈뼛
거리며 '나도 끼워달라' 고 나선다.

그가 만날 장소로 제안한 곳은
경기 양평군 용문면의
작은 구멍가게였다.

내비게이션 없는 회사 취재차를 빌려 빗길에 주소 하나 달랑 들고 나선 터여서 길을 묻느라 대여섯 번은 멈춰야 했고, 그 횟수만큼 그와 통화를 해야 했다. 꽤나 헤맨 데다 차도 밀려 약속 장소에 도착했을 때는 많이 늦은 뒤였고, 오래 기다렸을 그는 험한 곳에 살아 미안하다는 듯 수줍게 웃으며 챙겨온 비 옷을 건넸다. "여기서부터는 승용차가 못 들어가는 길입니다. 10분 정도 걸으셔야 해요." 그는 산 쪽으로 난 좁은 길을 가 리켰다. 전국 시골 마을을 10년 동안 누벼온 떠돌이 영화감독 신지승(47)씨다.

그에겐 5톤 트럭을 개조해 만든 촬영차량을 끌고 방물장 수처럼 이 동네 저 동네 산지사방 기웃거리며 떠도는 게 일이 다. '필feel이 꽂히는' 마을을 만나면 주민들과 무릎 맞대고 앉아 영화 한 편 찍자고 꼬드긴다. 남녀노소, 용모 불문 출연 할 수 있고, 연기가 불편하면 스태프로 참여해도 된다. "영화 찍어서 세상에 알려지면 나도 좋지만 마을에도 좋은 일 아니 냐. 물론 출연료는 없다. 혹 돈을 벌게 되면 반은 내 몫, 반은 마을 몫이다. 대신 영화 찍는 동안 먹여주고 재워달라." 이 황

당무계한 꼬드김에 누가 넘어갈까 싶은데, 그렇게 찍은 영화가 번듯한 중·장편만 60여 편이라고 한다.

이른바 '마을 영화'다. "늘 성사되는 건 물론 아니죠. '쓸데없는 소리 한다'며 두말없이 등 돌리는 마을도 있고, '도대체 뭘 팔러 온 거냐?'고 묻는 분들도 있죠."

그는 돈과 스타 대신 시간과 열정으로 영화를 만드는 사람이다. 집에 머물 때는 편집도 하고, 주민들과 마당에서 영화 감상도 하고, 텃밭 일궈 농사도 짓는다. 그의 집 마당에는 "삼계탕 집에서 구출해왔다"는 육계 몇 마리가 토실하게 살이 올라 뛰어놀고 있었고, 한 귀퉁이에는 샐비어 몇 송이도 새치름하게 피어 있었다.

"시나리오요? 주민들의 스타일과 마을의 사연에 맞춰요. 성근 시나리오를 들고 시작해 영화를 찍으면서 주민들과 함께 촘촘히 채우고 고쳐가는 식이죠. 기령 이장 댁에 장에 내다 팔 송아지가 있다면 그 송아지를 차에 싣는 장면부터 영화가 시작될 수도 있어요." 강원 홍천군 동면 월운리 이야기다. "그런데 놀란 송아지가 느닷없이 차에서 뛰어내리는 바람에 이장님이 트럭 밖으로 내동댕이쳐진 겁니다. 30분가량 기절을 하셨어요. 주민들과 상의해 그것도 연기의 일부로 쓰기로 하고 시나리오를 변경했죠."

쭈뼛거리며 에돌던 이들도 자기보다 못나고 못 하는 옆집 '할매 할배'가 연기하는 모습을 보고는 '나도 끼워달라'며 나선다. 낯선 촬영장비 다루는 걸 어깨 너머로 보다가 헤드폰 끼고 동시녹음 마이크를 들기도 하고, HDTV 디지털 동영상 카메라를 메기도 한다.

감독 자리에도 주민이 앉아, 대사나 연기가 상의한 데서 벗어나면 여지없이 제동을 건다. 웃음이 끊이지 않는 그 축제 같은 마당에서 신지승씨의 역할은 총감독이다. "어지간하면 주민들한테 맡겨요. 그러다 영 영화가 산으로 간다 싶으면 개입하죠."

그러니까 그의 영화는 엄연한 극영화다. 배우도, 시나리오도, 연기도 있다. 다른 점이라면 그의 배우들은 영화와 함께 점차 배우가 된다는 점이고, 시나리오도 끊임없이 움직이다가 영화의 완성과 함께 매듭지어진다는 점이다. 영화의 전부를 주민들과 함께 만든다는 점에서 감독 한 사람의 예술적 감각에 전적으로 기대는 독립 · 예술영화와 다르고, 자동차 기름 값 빼면 돈 한 푼 안 들인다는 점에서 저예산 영화와도 다르다. 그는 극장을 영화의 무덤이라고 생각하는, 그래서 철저히 영화산업 메커니즘의 바깥을 떠도는 영화인이다.

그렇게 영화 한 편을 찍는 데 짧게는 열흘, 길면 한 달씩 걸린다. 그동안 그와 스태프들—영화판에서 만난 PD 출신 아내 이은경씨와 가끔 찾아오는 영화 전공 학생들로, 당연히 무보수다—은 주로 마을회관에서 먹고 잔다. 내가 그를 찾아

갔을 때는 3년 전 전남 담양의 한 마을에서 스태프로 참여했던 당시 고등학교 1학년생 신해인(지금은 상명대 영화과에 다닌다)씨가 그의 작업을 도우며 영화를 배우고 있었다.

10여 분을 걷자 숲속 빈 언덕 위에 그의 주거지 겸 작업실인 컨테이너 박스가 나타난다. 마당 끄트머리엔 꽤 너른 단상이 설치돼 있고, 그 양쪽 끝에 당간지주처럼 굵고 긴 쇠파이프가 꽂혀 있다. 스크린 프레임인 셈이다. 스크린과 컨테이너 박스 사이의 평평한 땅은 배추 모종이 심겨진 텃밭이고, 텃밭 너머 비스듬히 누운 관람석에는 돌이 층층이 박혀 있다.

여기가 극장인가보죠?
"매달 마을분들 모셔서 영화를 상영하죠. 외지에 나가 사는 자녀들도 초대받아 자주 와요. 돌 사이에 핀 꽃과 배추들, 닭들과 함께 즐기는 영화관이죠."

(골짜기 위로 보이는 비석 없는 무덤들을 가리키며) 저기는 VIP석이네요.
"저 너머부터가 마을 공동묘지예요."

무섭지 않으세요?
"멧돼지는 무섭죠. 밤에는 집 밖으로 잘 안 나와요."

고려대 사학과 82학번인 그는, 그즈음 대학을 다닌 이들이 더러 그랬듯 강의실보다는 바깥에 머물 때가 많았고 극예

술연구회라는 동아리에 들어 연극판을 주로 기웃거렸다고
한다.

　졸업 후 방송사, 드라마 외주를 맡는 독립프로덕션 연출부
에서 미니시리즈 제작에 참여하면서 영상세계를 만난다. "1992
년에 종로에다 2평짜리 공간을 빌려 영화연구소 'OFIA(Our
Future In The Angle)'를 만들었어요. 낮에는 영화 찍고, 밤에는
예술영화 보며 토론하는 모임이었죠."

　예술영화 전용관은커녕 '시네마떼끄'라는 개념 자체가
낯설었던 시절. 당시에 이미 유명했던 이명세 감독과 영화감
독 지망생 정지영 감독과 친해진 것도 그즈음부터라고 한다.

　"유학생 등을 통해 하나둘 구한 필름 자료가 3000편쯤
됐어요. OFIA는 당시에 꽤 알려져서 영상자료원에서도 제 테
이프를 얻어갈 정도였어요. 그런데 한 7년 정도 그 생활을 하
다보니까 돈도 떨어지고 건강도 나빠지데요." 절터 다큐멘터
리를 찍다가 찾은, 지금의 주소지로 그는 1999년 거처를 옮
긴다.

　양평으로 들어온 뒤에도 얼마간은 35밀리 작업을 진행했
고, 그 가운데 하나가 「몽유도원도」라는 작품이다. "아역배우
도 있었는데 그즈음 안면을 튼 동네 꼬마들이 놀러 와 열심히
구경하더니 자기도 끼워달래요." 그래서 시켜봤더니 직업 배
우보다 오히려 자연스럽고 생기 넘치더라고, 그러면서 차츰
영화에 대한 생각이 달라지기 시작하더라고 그는 말했다.

"세련미를 추구하다보면 연기 잘하는 사람을 선별해야 하고, 그러자면 누군가를 배제해야 하죠. 또 완성도를 꾀하자면 제가 훨씬 깊이 개입해야 하고요. 그건 바라지 않습니다."

마을영화라는 장르는 그렇게 탄생했다. "영화를 보는 사람과 만드는 사람의 이분법을 극복할 수 있다고 생각했어요. 아니, 영화에 대한 고정관념은 모두 극복하고 싶었죠." 청소년영화제에 출품하는 고등학생의 작품도 5000만 원은 들고, 대학생쯤 되면 1억 원 예산은 예사다. 저예산 영화라는 「집으로」도 제작비 7억 원에 홍보비 7억 원이 들었다고 한다.

그는 '영화 천만 관객 시대' 라는 통계의 맹점, 영화 대중화 시대의 허구를 꼬집기도 했다. "작가주의 영화는 형이상학의 무덤에 갇혀 대중에게 스며들지 못했죠. 예술영화 전용관들도 줄줄이 문을 닫고 있잖아요. 대중영화도 마찬가지입니다. 1960~70년대만 해도 시골 군 단위마다 드물지 않게 개봉관, 재개봉관이 있었지만 지금은 다 사라졌습니다. 평생 영화 한 편 못 봤다는 분들이 허다해요." 2007년 '한국영화연감' 에 따르면 1년간 영화 관객 수는 1억5877만 명, 1인당 세 편(번) 정도는 영화를 봤다는 계산이지만, 그 통계 숫자는 대도시 젊은 세대의 영화 편식에 기댄 허상이라는 것이다.

그 틈 사이에 그의 고민이 있을 것이다. 축제와 예술 사이, 아마추어리즘과 프로페셔널리즘의 사이를 그는 10년째 헤쳐 나오고 있다.

그는 이따금 달빛 아래 숲속이나 야외 마당에서, 혹은 빈 창고에서 순회 마을영화제를 연다. 그럴 때면 다들 배우이고 스태프인 주민들은 다른 마을 사람들의 연기와 영상처리 기법을 보며 훈수도 두고, 또 그러면서 배운다.

몇 년째 영화를 찍는 마을도 있다. 그가 사는 마을은 당연히 10년째 찍고 있고, 처음엔 그를 외면했던 월운리도 5년째 작업을 진행하고 있다. 그사이 초등학생이던 아이는 고등학생이 되었고, 세상을 뜨는 바람에 더 이상 출연하지 못하는 노인도 있다. 완성한 영화며, 시나리오, NG 장면 파일 등은 월운리의 방대한 영상아카이브를 이뤘고, 온전히 마을의 역사가 됐다. 주민들은 빈 창고 하나를 영상자료실 겸 마을극장으로 개조하는 중이다.

그의 영화가 스타 배우들의 상업영화만큼 세련되기는 힘들 것이다. 또 전문 예술영화 수준의 완성도를 획득하기 어려울지 모른다. 하지만 그는 "세련미를 추구하다보면 연기 잘하는 사람을 선별해야 하고, 그러자면 누군가를 배제해야 하죠.

또 완성도를 꾀하자면 제가 훨씬 깊이 개입해야 하고요. 그건 바라지 않습니다"라고 말한다. 그 틈 사이에 그의 고민이 있을 것이다. 축제와 예술 사이, 아마추어리즘과 프로페셔널리즘의 사이를 그는 10년째 헤쳐 나오고 있다.

그 여정의 기록을 그는 근자에 책으로 묶어 냈다. 『떠돌이 감독의 돌로 영화 만들기』다. 보석들만 모아 만드는 보석영화도, 잘나고 독특한 것들만 모아 만드는 수석영화도 아닌, 삶의 공간 어디서든 볼 수 있는 그냥 돌멩이로 만드는 영화라는 의미다.

책이 나온 뒤 몇몇 방송에서 그의 이야기를 소개하기도 했는데, 그는 영화의 내용이나 가치보다 제작 스타일에만 주목하는 것 같아 속상하다고, 작품들의 가치와 장르의 의미도 봐줬으면 한다고 말했다.

그의 꿈은 자기 식대로 버젓한 마을영화제를 만드는 것이다. 전국 군 단위마다 200여 개의 마을이 있는데 절반쯤이라도 마을영화를 찍어서 추수 끝낸 뒤 모여 우열을 가리고 잔치도 벌이는 필름 페스티벌을 여는 것이다. 외지 손님에게는 참가비를 받고, 민박을 할 수도 있을 것이다. "10억 원 정도면 충분합니다. 드라마 세트장 지어주는 데 40~50억 원씩 쓰는 지자체도 많잖아요."

영화 역사가 100년이 됐고, 한국 영화가 첫발을 내디딘 지도 어언 90년이다. 그의 영화는 전위적이지만, 어쩌면 영화가 탄생하던 그 원년의 모습이 그러했을지 모른다.

그를 만나고 온 지 석 달쯤 뒤에 그가 기쁜 소식을 메일로 전해왔다. 그의 '전 국민이 참여하는 마을영화' 프로젝트가 영상진흥위원회 주최 영화산업진흥을 위한 아이디어 공모에서 최고상을 수상했다는 것이었다. 그는 "명실상부한 세계 초유의, 영화인과 민초들이 한데 어울리는 민초영화제, 세계 마을영화축제를 개최하려고 한다"며 들떠 있었다. '영화'와 '산업'의 메커니즘 가장 바깥을 누비며 그는 한국 영화의 미래를 만들어가고 있다.

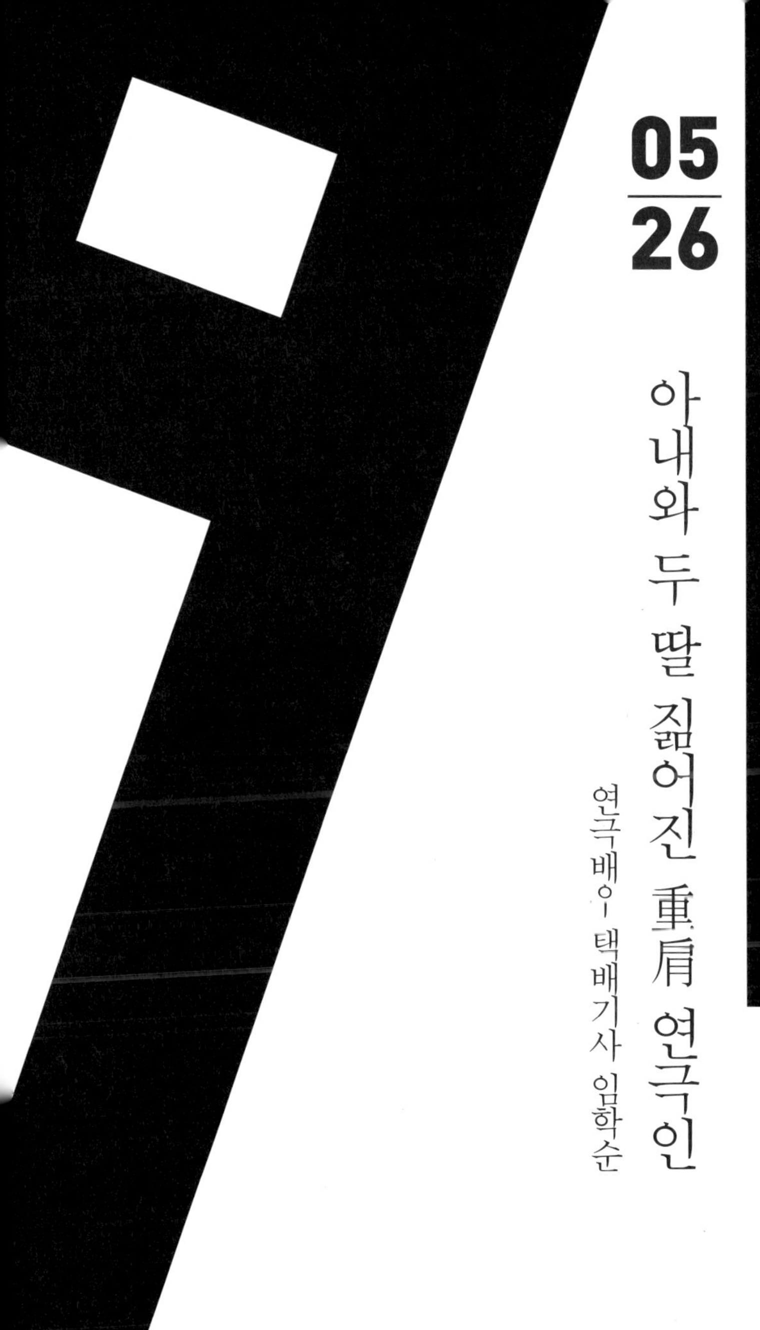

05
26
아내와 두 딸 짊어진 重肩 연극인
연극배우 택배기사 임학순

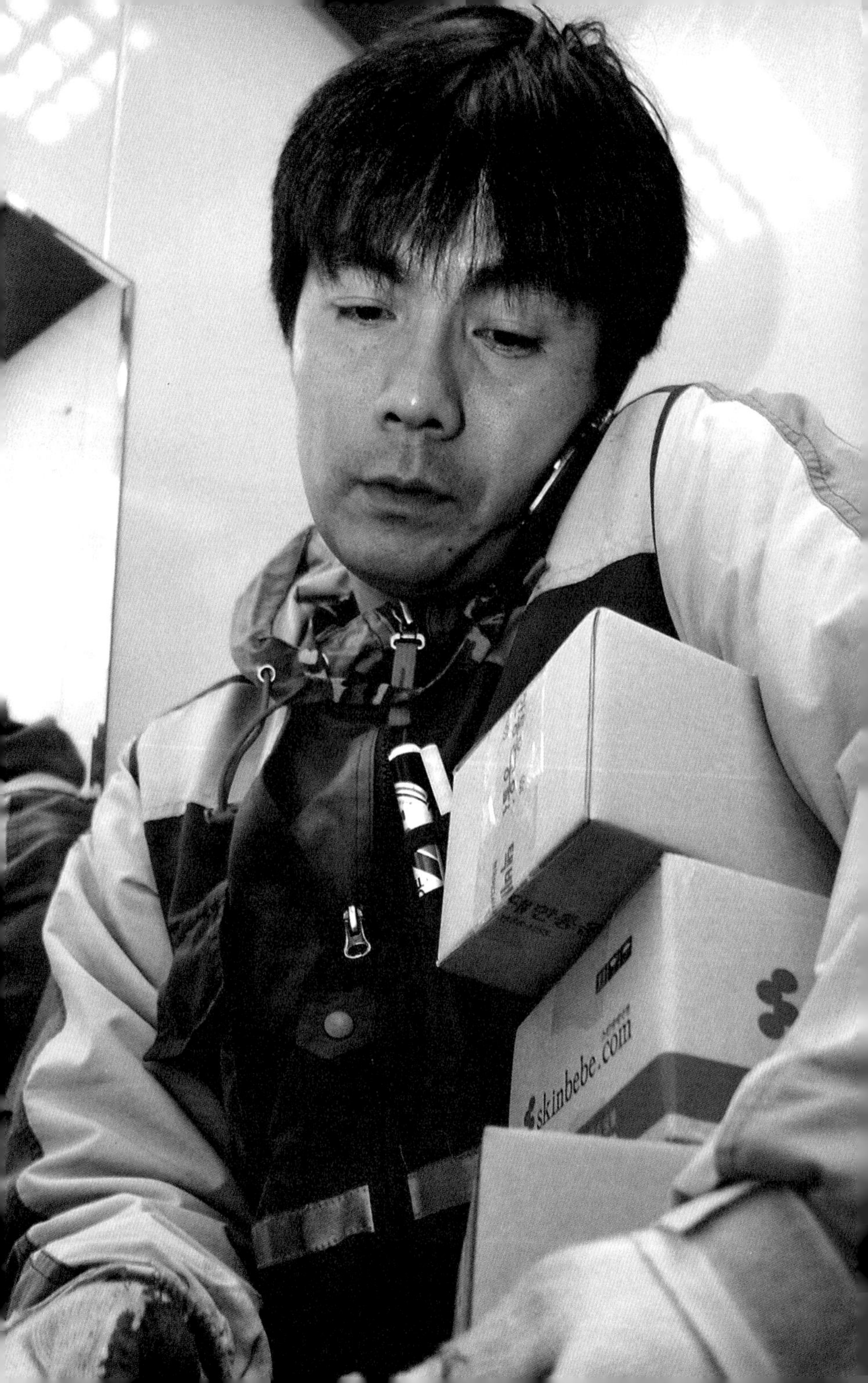

skinbebe.com

대학로의 연극은 가격이 천차만별이다. 1만 원짜리 연극도 있고 비싼 건 8만 원도 한다. 입장료가 1만 원에 불과한 연극이 채 한 달도 못 버티고 막을 내리면 배우에게 돌아오는 수입은 아예 없다. 그러니 1년 수입이 30만 원인 배우가 나오는 것이다. 그런 힘든 과정을 거쳐 중견 배우가 되더라도 일반 월급쟁이 수입도 안 되는 출연료 때문에 고용주에게 느닷없이 해고 통보를 받는 일도 허다하다. 그러면 처자식 딸린 몸, 갈 데가 어디겠는가. 몸 쓰는 곳밖에.

그의 사연을 들은 건
서너 달 전이었다.
공연을 준비하던 한 연극 연출가가
주연 적임자로 점찍어둔 배우에게
연락했더니 "연극 그만두고 택배 일
시작했다" 더라는 거였다.

사연을 전한 이는 연극판 사람들의 '딱한' 사연들을 정말 딱하게 여겨지도록 곡진히 이야기했는데, 나는 이야기의 진의는 아랑곳 않고 택배 일을 얕잡는 듯한 뉘앙스를 트집 잡아 '생계를 위한 노동보다 예술이 더 값지다는 거냐' '예술 하는 사람들의 밥은 누군가가 책임져야 한다는 거냐' 따위의 말도 안 되는 논리로 어깃장을 놓았던 것 같다. 뭐 합네 하면서 주변 사정 안 보고 저 끌리는 일에만 매달리는 순정에 대한 반발심에다 모종의 열등감까지 버무려 까탈을 부린 거였다.

불현듯 그가 떠오른 건 노老혁명가 이일재씨를 만나고 상경하던 차 안에서였다. 꼬집어 말하자면 이씨의 한마디, '불고가사不顧家事' 란 말이 손바닥의 잔가시처럼 불편했기 때문이었다. 자신의 신념이나 열정에 등 돌리는 이들 중에는 보란 듯 자신의 옛 자리에 침을 뱉음으로써 새로운 의지와 입지를 굳히려는 이들이 있다. 반면에 애써 잊고자 머물던 자리로 눈길조차 돌리지 않으려거나, 늘 동경하며 가난한 집 문풍지처럼 흔들리는 이들도 있다. 그는 어느 쪽인지 궁금했고, 전자라면 변신의 명분을, 후자라면 스산한 소회라도 듣고 싶었다. 요컨대 끝내 불고가사할 수 없었거나, 못 한 이의 변명이 내겐 필요했다.

임학순(37)씨. 모 대학 중퇴. 모 대학 연극과 93학번 재입학. 1996년 「요한, 지옥에 가다」로 데뷔. 2000~2005년 극단 '연우' 전속 배우. 30여 편 1000여 회 공연. 「장군 슈퍼」 「춘천 거기」 「라이어, 라이어」 등 주연. 아내와 여덟 살, 여섯 살 두 딸을 둔 가장. 현재 택배 기사.

약속 장소에 30분가량 늦게 나타난 그는 "일이 늦게 끝났다"고 미안해했는데, 더 미안한 질문들을 해야 할 입장이었던 나는 그의 사과에 오히려 더 안절부절 못하다가 "커피 들고 오겠다"고 일단 자리를 피했다. 뭐가 됐건 또 어찌 됐건 니는 구경꾼일 뿐이다. 구경꾼이, 어떤 이의 '먹고사는 일'의 대차대조표를 들춰보자고 덤비는 건 아무래도 무례한 짓이다. 인터뷰 사이사이 그도 자신의 어떤 대답에 스스로 무참해지곤 했을 것이다. 하지만 표정은, 재미없는 희곡 대본을 읊조리듯, 내내 대체로 덤덤했다.

택배 일은 언제부터.

"올(2009) 2월부터. 중고로 1톤 탑차 한 대 사서 '지입제' 방식으로 일하고 있다."

지입제라면.

"대한통운 협력사 중에 K종합물류라는 데가 있다. 현재 거기 직원인데, 쉽게 말해 대한통운 일을 우리 회사가 하청받아서 직원들에게 분배하는 시스템이다."

그럼 월급제인가.

"월급은 없고 택배 건당 800원꼴로 받는다. 각자 담당 지역이 있는데 물량이 많은 곳은 일이 많은 대신 수입이 좀 낫고, 일거리가 적으면 적게 가져가고… 그런 식이다."

연료비는.

"기름 값과 보험료, 밥값 등등은 각자 부담해야 한다."

하루 일과는.

"아침 6시, 늦어도 6시 30분까지는 출근해야 한다. 물품 받아서 각자 동선動線 감안해서 차에 옮겨 싣는 작업을 '까대기'라고 하는데, 까대기 끝나면 흩어져서 배달하는 거다. 아침에 받은 물량은 무슨 일이 있어도 그날 소화해야 한다. 퇴근은 저녁 8시 전후면 할 수 있는데, 늦어지면 10시를 넘기기도 한

다. 9월부터 연말까지 성수기인데 요즘이 바쁜 철이다."

주소지에 수령인이 없을 때, 고객이 물건을 못 받았다거나 파손됐다고 하는 경우에는 전적으로 택배 기사가 책임을 져야 한다. 물건 값을 물어내야 하는 경우도 드물지만 있다. 낯선 일이라 힘들겠다고 하자 그는 "끊었던 담배를 다시 피우고 있다"고 말했다.

추웠지만 우리는 커피숍 옥상으로 자리를 옮겼다. 그도, 나도 담배가 필요했다. 그는 최대한 심상하게 말하려는 눈치였고, 나도 대수롭잖은 척 들었다. 우리에겐 니코틴보다 어둠이 더 필요했는지 모른다.

대학 토목과를 다니다 1년 만에 자퇴하고 다시 공부해 다른 대학 연극과로 진학한 일, 군대 마치고 이 극단 저 극단 기웃거리던 조·단역 시절 이야기, 연극판 사람들 이야기, 점차 연극 맛—연극계에서는 그걸 '조명맛'이라 한다 했다—에 중독돼가던 나날들 그리고 극단 연우 시절 이야기.

"아내도 연우에서 만났어요. 처음엔 그냥 열심히 연기하는 보기 좋은 동료였죠. 어쩌다 연애를 하게 됐고, 얼마 뒤부터는 헤어져 집에 가기 싫어지데요. 그러던 어느 날 공연 마치고 대학로 실비집에서 비지찌개 시켜놓고 소주 한잔 하면서 대뜸 청혼을 했는데 냉큼 좋대요. 연애 6개월 하고 2001년 11월에 결혼했습니다."

개런티도 변변치 않았을 때다. "대신 겁 없이 자신만만하던 때였죠. 또 연극 하는 사람들은 나만 그런 게 아니라, 원래 뇌 구조가 그런 거 치밀하게 생각 못 하게 생겨먹었나봐요. 왜 애들은 날 때 지 밥그릇은 챙겨 나온다고들 하잖아요. 정말 그런 줄 알았어요."

공연을 하면 대개 연습하는 데 한두 달, 공연하는 데 한 달씩 걸린다. 그렇게 묶어 두세 달 동안 연극 한 편에 매달려 당시 받던 개런티가 20~30만 원. 그나마도 이런저런 사정으로 몇 달씩 밀리기 예사고, 아예 못 받는 경우도 생긴다. 그가 연극으로 그렇게 돈을 벌기 시작한 건 2004년 무렵부터라고 했다. 그해에 첫애가 태어났고, 이듬해 둘째가 생긴다.

첫애 가지면서 연극을 그만뒀던 아내가 둘째 임신 소식을 알리던 자리. 그는 별생각 없이, 아니 아내도 원하리라고 생각한 바대로 '우리 낳지 말자'고 말한다. 그런데 평소 그에게 존칭을 쓰던 아내가 갑자기 펑펑 울면서 그러더란다. '야, 너 그렇게 자신이 없냐?' 그는 "그 말 듣는 순간 마음 한구석이 풀썩 무너지면서 동시에 다른 한쪽이 불쑥 솟아나는 것 같더라"고 말했다. "제가 기억하는 아내의 명대사 중 하나예요."

그렇게 '센' 척하던 아내지만, 역시 마음은 그게 아니었던지 얼마 뒤부터 이따금 고민을 털어놓더라고 했다. "제 사정, 연극판 사정 뻔히 아는 사람이니 그전에는 정말 아무 말

"배달한 수량만큼 내 몫을 받으니 택배가 연극보다는 더 정직한 노동인 것 같다"고 임학순씨
는 씨익 웃었는데, 그 웃음이 그가 들려준 여러 사연들보다 더 많은 것을 이야기하는 듯했다.

없었거든요. 가만히 들어보면 그 사람 말이 다 옳아요. 저도 차츰 돈 되는 연극을 찾게 되더군요. 흥행이 될 만한 공연, 장기 공연, 개런티가 보장되는 공연들이 있거든요." 주연급인 그가 그간 '돈 되는 공연'에 출연해 받은 최고 개런티는 월 200만 원이라고 했다. "첫애 낳고부터 올해(2009) 초까지 거의 하루도 쉬지 않고 공연했어요. 낮에는 어린이연극 공연 하고 밤에는 제 공연 하고, 틈틈이 다음 공연 연습하고…."

그러다 올 초, 6개월 뒤 재계약 조건으로 1년 계약을 맺어 시작한 작품의 첫 반기 마지막 공연이 끝나던 날 그는 일방적으로 해약 통보를 받는다. "저보다 적은 개런티로 주연을 맡을 사람이 있었나봐요. 제겐 아무런 상의도 없이 그 배우에게 연습을 시켰더군요. 알던 사람한테 뒤통수를 맞은 거죠." 그런 일도 없지는 않다고 했다. 계약된 개런티를 못 받는 경우도 있고, 제작자가 갑자기 잠적해버리는 경우도 있고, 어쩔 수 없어 그러는 사람도 있고, 나쁜 사람도 있고.

그는 비교적 잘 풀린 배우에 속한다. 아쉬운 소리 해가며 공연해본 적 없고, 하는 공연마다 '대박'은 아니어도 적자는 안 났고, 그가 출연한 작품이 상을 타기도 했고, 적으나마 개런티도 꾸준히 벌어왔다. 조·단역으로 연기 배우던 연우 시절, 주연급 선배에게 "그래도 무대에 나가 있는 시간은 형보다 내가 더 길다"면서 기죽지 않았고, 무대에서 시종 칼 차고 마네킹처럼 서 있으면서도 '내가 주연이다' 생각하며 더 미안한 질문들을 해야 할 입장이었던 나는 그의 사과에 오히려 더 안절부절 못하다가 "커피 들고 오겠다"고 일단 자리를 피했다. 뭐가 됐건 또 어찌 됐건 나는 구경꾼일 뿐이다. 구경꾼이, 어떤 이의 '먹고사는 일'의 대차대조표를 들춰보자고 덤비는 건 아무래도 무례한 짓이다. 인터뷰 사이사이 그도 자신의 어떤 대답에 스스로 무참해지곤 했을 것이다.

버텼다는 그다.

그래도 그 일 겪고 나니 환멸이 생기더라고 했다. "쪼들려도 어떤 자부심 같은 게 있었는데… 정말 비정규직이 이런 거구나 싶데요. 배신감도 들고요." 그 길로 그는 돈벌이를 찾아 나섰고, 그나마 큰 기술 없이 할 만하겠다 싶던 게 택배 일이었다고 했다.

매일 100개가 넘는 물건을 주소 찾아다니며 배달하려면 정신없지만, 그 짬에도 낯익은 이들의 연극 공연 포스터가 눈에 띄면 싱숭생숭해진다고 했다. 그사이 그의 아내는 공인중개사 자격증을 따서 중개업소에 취직했다. "지금처럼 둘이 2년 정도 벌면 아내가 가게를 열 수 있을 것 같아요. 아내에겐 미안하지만 그때는 다시 무대로 돌아갈 생각입니다. 며칠 전에 어린 딸이 제 엄마한테 그러더래요. '아빠 택배 안 하면 좋겠다'고, '연극배우 하면 좋겠다'고. 그 녀석이 뭘 안다고…"

자신의 신념이나 열정에 등 돌리는 이들 중에
는 보란 듯 자신의 옛 자리에 침을 뱉음으로써
새로운 의지와 입지를 굳히려는 이들이 있다.
반면에 애써 잊고자 머물던 자리로 눈길조차
돌리지 않으려거나, 늘 동경하며 가난한 집 문
풍지처럼 흔들리는 이들도 있다. 그는 어느 쪽
인지 궁금했고, 전자라면 변신의 명분을, 후자
라면 스산한 소회라도 듣고 싶었다.

바보 같은 질문이지만 정말 궁금해서 물었다. '연극이 왜 그리 좋으냐'고. "무대에 있을 때, 관객을 마주하고 설 때, 나라는 인간이 그나마 빛을 발한다는 걸 전 알거든요. 그리고 그런 제 연기를 찾아서 봐주시는 팬들도 많지는 않지만 있거든요."

경력 15년이면 중견中堅 배우쯤 되냐고 묻자 그는 "맞다"고 했다.

"연극판에 있는 한 선배가 그러데요.
제 어깨에 아내와 딸 둘을 얹고 있으니
'중견重肩' 배우라고…"

그가 앉은 택배 트럭의 비좁은 운전석이 중견 배우 임학순씨의 모노드라마 무대였는지 모른다.

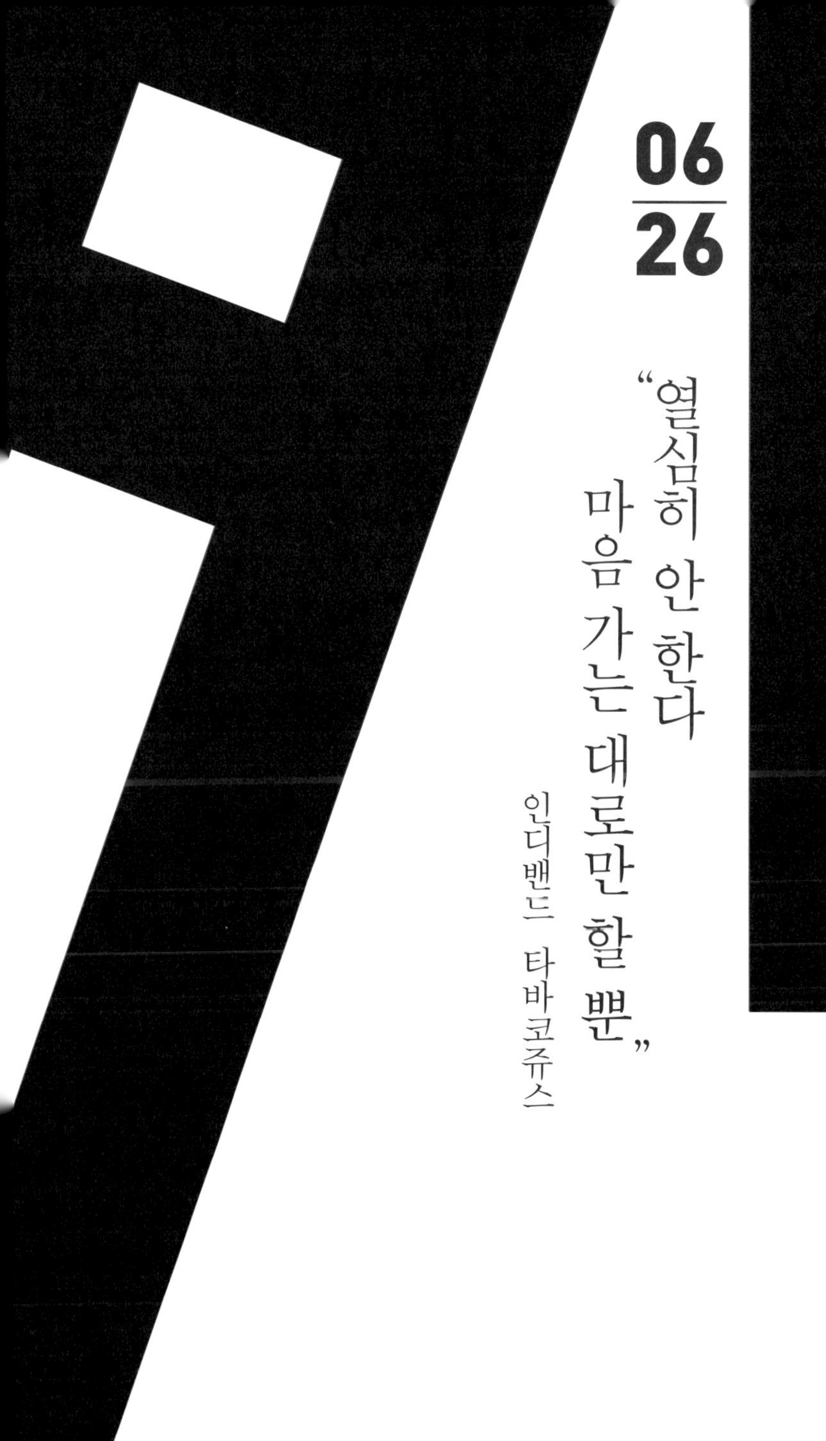

06
26
"열심히 안 한다
마음 가는 대로만 할 뿐"
인디밴드 타바코쥬스

홍대 권역에서
활동 중인
인디밴드 숫자는
알 길이 없다.

1000개쯤은 된다는 이도 있고, 못해도 500개는 넘을 거라는 이도 있으니 그 사이 어디쯤 될 것이다. '타바코쥬스'도 그들 가운데 하나다.

2004년 결성해 3년쯤 뒤에 디지털 싱글 앨범을 냈고 2009년 초 정규앨범('쓰레기는 어디로 갈까요?')까지 구웠으니, 이합집산이 흉도 아닌 그 바닥 풍토에 비춰보자면 꽤 근성 있는 팀인 듯도 한데…, 들리는 얘기는 꽤나 갈끄럽다.

그들의 소속사인 인디레이블 '루비살롱' 대표 리규영씨조차 그들을 서슴없이 까는데, "홍대 최고의 찌질이들"도 모자라 아예 "한마디로 진상들"이라더니, "공연 뒤풀이장의 쓰나미"라는 남들이 보는 흉까지 옮겨 전할 정도다. 품행을 두고 하는 말들일 텐데, 홍대 근방에서 '인디' 한다는 이들에게 품행의 경중이 얼마나 큰 평가의 잣대인지는 모르지만, 아무튼 그렇다는 것이다.

그들의 음악은 어떨까. 기타 하나만 둘러메도 '내 음악'에 대한 자부심이 레드 제플린 뺨친다는 그 바닥을 6년 넘게 누벼온 이들이다. 내가 눈 씻고 뒤져본바 유일했던, 그들의 음악에 대한 한 음악평론가의 평이다. "홍대 앞에서 가장 찌질한 가사에 단순하기로 따지면 천하제일의 음악을 결합했다… 스리코드 펑크 외에, 그들이 할 수 있는 음악은 없다."

'스리코드'란 도미솔, 도파라, 솔시레의 가장 '소박한' 화음을 일컫는데, 좋게 말해 꾸밈없는 음악이고 노골적으로 말하면 단순 유치한 음악이라는 의미다. 그래도 그들은 겸연쩍게 웃을 뿐 좀처럼 토를 다는 법이 없다. 항변이라도 해보라고 보챈다면, "그러니 어쩌라고?" 하며 반문할, 그런 팀이다.

타바코쥬스의 소속사 루비살롱은 인디계 최고의 레이블이라 할 만한 회사다. 홍대 밴드생활에 지쳐 인천으로 낙향한 리규영씨가 2006년 피신처 삼아 부평역 광장 건너편 모텔촌 한 귀퉁이에 차린 라이브카페 겸 작업실이었다.

자본금 1000만 원(선세보증금). 음악 하면서 안면을 텄던 팀들이 자의 반 권유 반으로 하나둘 들러 공연도 하고 음반도 내곤 했는데, 운이 트였던지 리씨의 안목 덕이었던지 그의 주변은 금세 화려해졌다.

'2008 한국대중음악상' 록 부문상을 수상한 갤럭시 익스프레스, 첫 음반을 대한민국 100대 명반 반열에 올린 이장혁 밴드, 데뷔 앨범 1만 장 판매라는 경이로운 기록의 검정치마 등 인디계의 스타급 밴드들을 휘하에 거느리게 된 것이다.

로큰롤의 불모지 인천에 세운 록 게릴라들의 허름한 비

트가 한국 최정예 인디록 군단 사령부가 된 셈이다. 타바코쥬스는 루비살롱의 1호 팀인데, 후발 팀들이 하나둘 별처럼 떠올라 대형 홀에서 전 좌석 매진 공연을 연이어 펼치는 동안에도 그들은 늘 처음처럼 소박했다.

"디지털 싱글 발매 공연 관객은 달랑 3명이었어요. 한마디로 망했죠. 앨범도 물론 망했습니다. 올해 초 정규앨범 발매 공연에는 100명 정도는 왔어요. 앨범도 500장이 다 팔려 1000장을 더 찍었는데 지금 500장쯤 남아 있어요. 그것만 해도 많이 좋아진 거죠."

리대표의 말이다. 타바코쥬스의 보컬 겸 리더인 권기욱(33)과 기타 겸 보컬 권영욱(28)은 형제다. 둘은 툭하면 다투고 툭하면 음악 관둔다며 번갈아 나자빠지는데 한두 달 그러다가 다시 뭉치는, 그래서 찌질이라 불려도 할 말 없는 이들이다. 술 마시느라 공연 펑크 내는 건 예사여서 공연 전에 그들에게는 술을 안 주는 게 홍대 클럽가의 불문율. 드럼의 백승화(27)는 자타 공인 "드럼만 안 되고 다른 건 다 되는", 그래도 타바코쥬스에서는 상식적으로 가장 버젓한 멤버다. 원년 멤버인 베이스의 조파니는 "취직해서 돈 벌겠다"고 얼마 전 팀을 떠났다고 한다.

"베이스가 떠났으니 자기들도 또 음악 관두겠대요. 조파니 없으면 안 된다는 겁니다. 그리 의리 있는 놈들도 아닌 것 같고 그리 좋은 베이스도 아닌 것 같은데, 세션 구해서 좀더 해보자고 해도 막무가내로 못 한대요. 그런가보다 했더니 또 얼마간 놀고 와선 다시 시작했어요. 지금 공연 멀쩡하게 하고 다녀요. 찌질이들…"

이들이 그나마 홍대 바깥에 알려진 건 음악 덕이 아니라 영화를 통해서다. 계원예대 애니메이션과를 졸업해 영화사를 기웃거린 이력이 있는 드럼의 백승화가 ENG카메라를 하나 빌려 루비살롱 다큐멘터리(「반드시 크게 들을 것」)를 찍었고, 그걸 2009년 부천국제판타스틱영화제에 출품했다가 덜컥 상을 타게 된 것이다.

영상 속 리더 권기욱의 인터뷰 장면. "요즘 내가 나루토(일본 작가 마사시 키시모토의 액션 만화와 애니메이션)를 보고 있는데 느낀 게…, 존나 열심히 안 하면 안 될 것 같아. 근데 우린 열심히 안 하잖아. 우린 안 될 거야 아마…"

그 천연덕스러운 달관의 자학과 느긋한 페이소스가 그들의 영화를 본 극소수의 관객 사이에서 화제가 됐고, 한 방송사 개그 프로 담당자가 전화까지 했다고 한다. 그 콘셉트를 개그의 소재로 쓰겠다는 거였는데, 하필 전화를 건 타이밍이 권 브라더스의 취중醉中이었던 것. "대뜸 '꺼져, X까, X발…'로 응수했다는 겁니다. 그 미친 XX들이…"(리규영 대표)

실제로 그들은 성실하지도 않고, 열심히 하지도 않는다.

그러면서도 끈질기게 음악을 하는 것은 "그냥 좋아서"다. 백승화의 말이다. "구성원들이 좋아하는 음악이 다들 달라요. 너바나를 좋아하는 친구도 있고, 모던팝을 좋아하는 친구도 있죠. 우리 음악은 펑크 풍이고… 열심히 안 한다고들 하는데 그랬기 때문에 우리가 아직 안 깨지고 즐겁게 음악을 할 수 있었다고 봐요."

각자의 음악적 취향을 고집하지 않고 조금씩 맞춰왔다는 얘기인데, 이를 뒤집어보자면 '열심히 안 하려고 나름 무지 열심히 했다' 는 타바코쥬스 식 항변인 셈이다. 테크닉도, 음악도 일류는 못 된다는 평에 대해서도 그는 "솔직히 인정한다"고 말했다. 그러면서 이렇게 반문한다. "그래도 일류들이 반드시 좋은 음악을 한다고 말할 순 없지 않나요?"

스리코드 음악은 고집인가 능력인가 묻자 기타의 권영욱은 "실력이 안 된다"고 유쾌하게 답한다. "우리 음악에 그 코드면 충분해요. 그래서 불만 없어요. 우리 음악 좋아하는 사람도 몇 명은 있고…." 그는 하지만 "이제 조금 질린다"고, "앞으로는 코드 한두 개 더 넣어서 해볼까 생각 중"이라고 말했다.

그는 가을쯤 대여섯 곡을 묶어 세 번째 앨범을 내보자고 멤버들끼리 느슨하게나마 약속을 했고, 형과도 싸우지 않고 가급적 잘 지내려고 노력하고 있으며, 최근에는 별로 싸우지도 않았다고 말했다. 그 말을 전하자 리대표는 "안 믿는다"고

인터뷰를 끝낸 뒤 그주 주말에 있을 공연 사진을 찍기로 했다. 서울 강남구 삼성동 코엑스 TTL존. 그날 타바코쥬스의 공연에는 리더 보컬 권기욱이 숙취에 눌려 불참했다. 드럼 백승화는 "홍대 공연 때는 더러 있는 일이지만, 외부 공연에서는 드문 경우"라며 미안해했다. 외부 공연 자체가 그들에게는 드문 경우일 것이다.

각자의 음악적 취향을 고집하지 않고 조금씩 맞춰왔다는 얘기인데, 이를 뒤집어보자면 '열심히 안 하려고 나름 무지 열심히 했다'는 타바코쥬스 식 항변인 셈이다. 테크닉도, 음악도 일류는 못 된다는 평에 대해서도 그는 "솔직히 인정한다"고 말했다. 그러면서 이렇게 반문한다. "그래도 일류들이 반드시 좋은 음악을 한다고 말할 순 없지 않나요?"

했다. "두고 봐야죠. 연습을 해야 녹음을 하지!"

그러면서도 리대표는 그 '미운 오리새끼'들이 아주 밉지는 않은 모양이다. 그 역시 고등학교 때부터 밴드를 기웃거렸고, 타바코쥬스 못지않은 '홍대의 망나니'로 불린 이력이 있다.

"우리 레이블에서 가장 먼저, 또 가장 많이 뜬 팀이 갤럭시 익스프레스인데, 그들이 대형 무대에서 공연할 때 타바코쥬스는 소주병 뒹구는 자취방에 앉아 통기타랑 문방구에서 산 실로폰 들고 놀잖아요. 그 차이를 두고 누가 더 행복한지, 누가 더 즐거운지 비교할 수는 없지 않을까요?"

리대표는 "그래도 최근에는 타바코쥬스를 불러주는 데도 꽤 있다"고 뿌듯해했다. "이런저런 영화제에서 그 다큐멘터리를 상영한 뒤 공연을 올리겠다는 제의를 가끔 해와요. 주안

영상센터와 CGV 극장 어딘가에서도 그런 요청이 있었고…."

　소속사라고는 하나 루비살롱이 타바코쥬스나 갤럭시 익스프레스와 맺은 계약은 없다. 그냥 좋아서 함께하는 거고, 마음이 떠나면 그만둔다는 암묵적인 합의만 있는 셈이다. 돈은 좀 벌었냐고 묻자 리대표는 "카드 값 걱정 월세 걱정 안 하고, 다른 돈벌이—그는 전기기사 자격증이 있다—안 해도 버틸 정도 됐으니 그만하면 많이 번 셈"이라고 말했다.

　"지금 루비살롱이 주목받는다고는 하지만 이게 오래가리라 믿지는 않아요. 금세 스타가 됐다가 금세 소비되고 사라지는 세상이잖아요. 내일 그만둬도 좋다고 생각해요. 그런 각오로 더 열심히 하자는 게 아니라, 정말 그런 마음으로 내 마음 가는 대로 하고 싶은 대로 하자는 거죠."

　그 말이 결국 타바코쥬스의 밴드 이야기, 음악 이야기일 것이디. 영화에서 카메라를 든 백승화가 리내표에게 "록이 뭐라고 생각하냐"고 묻는데 그는 이렇게 대답한나. "아무것도 아냐. 아무것도 없지. 공연 끝나면 텅 비고 다들 돌아가잖아. 한 판 놀았으면 끝이야…."

　같은 질문을 자기 팀 멤버에게 묻는데, 조파니가 대뜸 휴대폰을 꺼내 들더니 수화기에다 대고 통화하듯 고함을 내지른다. "그걸 내가 어떻게 알아?! 이 @# &&*퍼센트 미친 X아!"

　술자리에서는 다들 피하고, 이류라고 깔봐도 그들은 '뭐

어때'로 일관한다. 자신들의 음악에 거창한 의미를 달지 않고, 꿈이니 열정이니 하는 올가미로 현재를 옥죄지도 않는다. 돈이 떨어지면 여자친구가 일하는 액세서리 가게에 나가 핀을 팔면서도 그들은 기타를 쥐고 주섬주섬 자취방에 모여 스리코드의 소박한 화성으로 「눈물의 왈츠」를 열창한다.

다들 골초면서 정규앨범 첫 트랙 곡명이 '담배를 끊어요'다. 술이라면 사족을 못 쓰면서 "술은 입에 대지도 말아요~"라고 노래한다. 또 어딘가에서 자신들을 불러주면 신이 나서 달려갈 것이고, 술자리에 발목을 붙들리지만 않는다면 또 이류들의 공연을 신나게 즐길 것이다.

별빛이 흐르는 저기 저 호수를 건너면

누구도 찾지 않는 더러운 내 집이 보이네

아무도 없어도 혼자 밥 먹어도 괜찮아…

얼굴 좀 파랗고 키가 좀 작아도 괜찮아

지나가는 연인들 날 보고 웃어도 괜찮아

900년 동안 애인이 없었지만 괜찮아…

드넓은 우주에 혼자 좀 있어도 괜찮아

–타바코쥬스 프로젝트 컴필레이션 앨범에 수록된

「요다의 하루」 중에서

그들의 노래를 듣다보면, '찌질이들'이라는 말이나 이미지가 마케팅 전술은 아닐까 하는 의심이 들기도 한다. 가령 시종 "내가 니 애비다! 야 임마!"를 외쳐대는, 영화「스타워즈」의 패러디 곡「I'm your father」나「좀비 떼가 나타났다네」의 "가진 자 못 가진 자 끝없는 욕망 속에 차라리 죽고 싶은 좀비 떼가 나타났다네" 같은 가사에는 뭔가 있는 듯도 한데⋯. 그 말에 리대표, 싱긋 웃으며 한마디.

"그놈들 노는 거 봤어요?
안 봤으면 말을 하지 마세요."

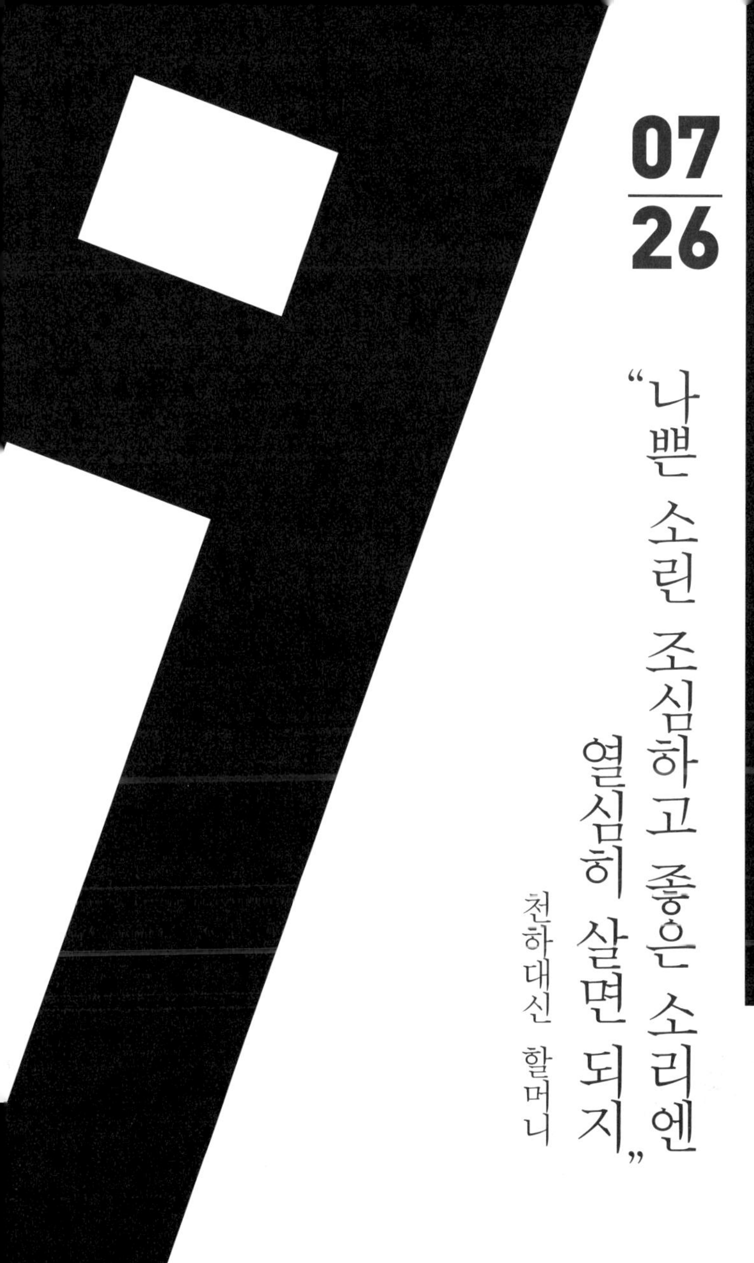

07
26

"나쁜 소리 조심하고 좋은 소리엔
열심히 살면 되지"
천하대신 할머니

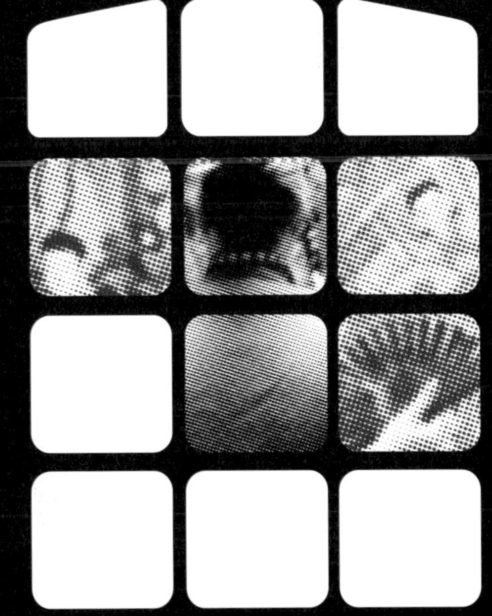

"신종플룬가 뭔가 하는 거 때매
손님은 없어도 연말은 연말인가 보네,
네놈들이 연락하는 거 보니….
미신이다 뭐다 하며 또 헐뜯기나
하겠지 뭐. 오든지 말든지 맘대로 해라."

경기 부천시 소사구에 신당神堂을 열고 30년 넘게 무당으로 살고 있다는 '천하대신'(69) 할머니는 전화기에다 대뜸 욕부터 쏟아냈다. 영매 전래의 화법이 그런 것인지, 초인간이라는 존재론적 우월의식 때문인지, 단순히 영적 역량을 과시하기 위한 쇼맨십인지는 몰라도, 그가 구사하는 인칭대명사는 대부분 '연놈'이거나 '새끼' 또는 '자식'이었고, 청산유수 마디마디 욕설과 '무식한 놈' 따위의 타박이었다. 그래도 인터뷰 내내 히죽대며 견딜 만했던 것은 무기巫氣 띤 눈초리에 처음부터 기가 눌린 탓도 있겠고, 시커먼 속을 훤히 들여다보고 있을지 모른다는 짐작에 주눅이 든 탓도 있겠지만, 뭣보다 그의 사설조 이야기의 재미에 금세 빠져들었기 때문이었다. 말맛은 덜하겠지만 부득이 그가 구사한 용어나 표현은 순화해서 옮긴다.

언제부터?

"남편 내쫓고 그다음 해부터 신기神氣가 들었으니 햇수로 치면 한 삼십 년 되나?"

<u>신기라면 신병 · 무병이라고 하는 그건가?</u>
"심한 경우는 살인도 하고, 어떤 이는 아프다고 드러눕고, 또 누구는 산으로 들로 밤마실을 다닌다더만 난 꿈만 좀 산란했어. 자다가 소리소리 지르고 손뼉 치면서 일어나기도 하고…. 수월하게 (신을) 받은 셈이지. 집안 대대로 무당 내력이 있어서 그랬나봐."

<u>내력이요?</u>
"엄마도 언니도, 고모도 무당이었거든."

<u>남편은 왜?</u>
"재미난 얘기 하나 해줄까?"

<u>예.^^</u>
"됐네, 이 사람아!"

<u>….(--;)</u>

경남 충무(통영)의 떵떵거리는 선줏집으로 시집을 가 활어 장사를 크게 하며 한동안 잘살았는데 풍랑에 배가 엎어지는 바람에 가세가 기울고 남편이 방황하더니 바람까지 피우

더라는 이야기, 아들 하나 낳자마자 남편이라는 작자를 내쫓았더니 그 길로 집 나가 안 돌아오는 바람에 '이날 입때껏 요 모냥 요 꼴' 로 살아왔다는 이야기, 대신大神 할머니가 들어오려고 그 분란을 일으킨 것인지 이듬해부터 머리가 세고 신병이 들더라는 이야기, 팔자가 사납다보니 입도 걸어지고 성질도 괴팍해졌다는 이야기를 술술 풀어놓더니…, 30년 저편의 이야기 한 토막을 삼키며 혼잣말하듯 이런다. "마누라가 내쫓는다고 냉큼 나가서 안 오냐, 그 미친놈은…."

천하대신 할머니를 알게 된 건 순전히 네티즌을 통해서였다. 신병 징후를 경험한 몇몇 사람이 도움을 요청하는 글을 인터넷 지식검색 사이트에 올렸는데 그 답변들 가운데 여럿이 '부천 어디어디 가면 어떤 이가 있으니 가봐라, 무턱대고 내림굿 안 해주고 여럿 돌려보냈다더라' 는 내용이었다. 신부가 되려면 서품을 받아야 하고 목사가 되려면 안수를 받아야 하듯, 무당이 되려면 선배 무당에게 신굿(내림굿)을 받아야 하는데 그 비용만도 대개 수천만 원씩 든다. 천하대신 할머니는 그 수입 마다하고 호통 쳐서 되돌려 보내더라는, 요컨대 믿을 만한 무당이라는 게 요지였다.

"왜 그러는지 나도 몰라. 신이 알려주지. 저년은 불려먹을 년, 저년은 못 불려먹을 년, 또 저년은 불려먹긴 해도 사기나 쳐먹을 년…." '불려먹는다' 는 게 무슨 의미냐고 묻자 "저런 맹맹이가 뭔 기자를 한다고…" 끌끌 혀를 찬다. "그래도 다들 신병이 나서 고통스러워서 찾아왔을 이들 아니냐"고 따지듯 묻자, 되돌아온 답은 "허수(기가 쇠해 생기는 헛병) 든 년이 한둘인 줄 알아?"였다. 멍하니 고개만 끄덕이고 앉아 있는 나를 향해 그는 "정말 굿 해줘야 할 년을 내치면 내가 죽어. 그래도 어지간하면 이 짓 안 하고 시집가서 애 낳고 평버~엄한 부인으로 예쁘게 사는 게 좋지"라고 했다.

무당(그리고 무교)이 천시되고 배척당해온 것은 어제오늘 일이 아니다. 허황된 귀신이나 좇는 못 배운 이들의 습속, 그 습속을 부추기는 삿된 이들의 사기놀음 정도로 그 판 자체를 부정하는 이들도 적지 않다. 조선에 주자학이 들어오고 유학이 정치·사상 엘리트의 지배 이념으로 자리 잡으면서 배척의 기세는 등등해졌고, 해방 이후 기독교를 모태로 한 서구 문화가 유입되면서 형세는 더 험악해졌다. 박정희 정권은 근대화의 이름으로 서낭당이며 장승을 도륙하고 전국의 굿당을 눈에 띄지 않는 산속 깊숙이 내몰아버렸다.

이화여대 최준식 교수는 『무교: 권력에 밀린 한국인의 근본신앙』이라는 책에서 무교에 대한 오해와 편견을 신랄하게 비판하고, 무교가 한국 기층문화의 핵이라고 주장하며 그 근거들을 조목조목 들춘 바 있다. "무교를 이렇게 (저속한 미신으로) 보는 것은 우리의 눈으로 우리 전통을 본 게 아니라 타자의 시각으로 보았기 때문이다. 그 타자란 유교가 될 수도 있고 그리스도교가 될 수도 있으며 근대화한 서양이 될 수도 있다." 그의 말처럼 무당에 대한 타자화된 시선은 무당 자신들에게도 내재화돼 어떤 무당은 '무속인'이라 불러달라고도 한다지만, 최교수는 "무속이라는 말이야말로 조선 사대부와 같은 기득권 세력들이 무교를 폄하하여 저속하다는 의미에서 붙인 이름"이라고 지적했다.

조선의 사학자 이능화(1869~1943)는 우리 역사에서 무속의 의미와 형태, 가치를 방대한 조사를 통해 집대성한『조선무속고』라는 역저의 처음을 단군신화로 연다. "(조선 민족은) 천왕 환웅과 단군왕검을 하늘에서 내려온 신, 혹은 신과 같은 인간이라 했다. 옛날에는 무당이 하늘에 제사하고 신을 섬겼으므로 사람들에게 존경을 받았다. 그러므로 신라에서는 무당이라는 말을 왕자의 호칭으로 삼았고('차차웅'은 고유어로 무당을 뜻한다), 고구려에는 사무師巫라는 명칭이 있었다…."

『한국문화의 뿌리를 찾아』라는 책을 쓴 미국 태생의 여성 종교미술사학자 존 카터 코벨은 신라 황남대총 금관의 가지며 곡옥, 금환 등에서 아득히 먼 옛날의 토템 신앙과 무교적 상징을 읽어내기도 했다. "이 금관은 경이로운 음악적 소리를 내는 관이자 악을 물리치는 힘의 상징인, 복합적 차원의 보물로 과시되었을 것이다. 그때의 원초적 힘은 복잡 미묘한 구성과 정교한 세공에 깃들인 채 오늘날 밀폐된 진열장 유리 뒤에 누워 있지만 그 옛날 이 금관이 음악적 기능을 지녀야 했던

뒷모습이라도 찍게 해달라고 사정사정한 뒤에야 천하대신 할머니는 대신大神방울과 부채 등 무구巫具를 챙겨 들었다. 신당 중앙에는 약사여래 부처님이, 좌우측으로는 산신할아버지와 장군님, 대신할머니 등 만신萬神이 줄줄이 모셔져 있었다.

한사코 숨고 싶은 충동과 한껏 드러내고 싶은 욕망 사이에서 그는 머뭇거렸고, 그 머뭇거림은 문화민족주의의 비호 아래 전통—종교 제의가 아니라—의 이름표를 달고서야 대중 앞에서 굿판이나마 벌일 수 있는 한국 무교의 스스러움과 다르지 않아 보였다.

것은 무속에서 음악이 매우 중요한 요소였기 때문이다."

옛 문헌을 들추지 않더라도 무巫와 전통의 고리를 확인하는 일은 그리 어렵지 않다. 최준식 교수는 10개 이상의 별신굿과 마을굿이 무형문화재로 등재돼 있고, 유네스코 무형유산으로 등록된 한국의 문화 가운데서도 무교에 뿌리를 둔 것이 여럿이라 밝힌다. "강릉 단오제는 물론이고, 판소리도 남도 굿판인 시나위판에서 유래한 것으로 악사나 무당이 노래하던 것이 다른 요소와 섞이면서 발전한 것이다."

천하대신 할머니는 점 보러 오는 이들의 천태만상과 무당으로서 보람을 느꼈던 일화, 굿 이야기, 점 이야기, 대신 할머니가 엉터리로 가르쳐주는 바람에 난처한 지경에 빠졌던 일, 이따금 자신이 모시는 신과 육두문자로 다투기도 한다는 이야기 등을 무용담처럼 들려줬다. "어떤 년들은 일주일에 두세 번씩도 점 보러 다닌대. 잡지에 실렸다더라, TV에 나왔다더라, 누가 용하다더라 하면서…. 복채만 해도 그게 얼마야. 미친 것들이지. 그런 것들 찾아오면 미워. 지들이 지 발로 찾아다니면서 헐뜯고 지랄들을 하거든. 우리 말 믿거나 말거나야. 나쁜 소리 하면 좀 조심하고, 좋은 소리 하면 정성 쓰면서 힘내서 더 열심히 살고, 그럼 되는 거지. 너무 미치지도 말고, 헐뜯지도 말란 말이야." 무당들에 대해서도 한마디 꼬집었다. "내림굿 받을 지경에까지 온 애들은 거의 집안 망할 대로 망하고 지칠 대로 지친 애들이거든. 수천만 원이 말이 돼? 빚내서 굿 하고 카드 긁고 외상 하고… 그건 무당이 아니라 도둑년이지."

한국 무교가 어엿한 종교로서 그리고 전통문화의 한 축으로서 인정받지 못한 데에는 학자들이 지적하듯 다양한 이유—체계적 교단을 형성하지 못했고, 여성 중심이었고, 정통의 교리나 율법이 뚜렷하지 않다는 점 등—가 있을 것이다. 여타의 거대 종교와 달리 이성과 합리의 근대정신에 맞설 만한 조직적 역량을 갖추지 못했기 때문일 수도 있다.

천하대신 할머니는 사진 촬영은 고사하고 본명조차 밝히길 꺼렸다. "사돈도 봐야 하는데 얼굴 팔리면 안 된다"는 게 이유였다. 그러면서도 "신문에 선전돼서 돈 많이 벌게 되면 절반은 너 떼어주마"라고 말하기도 했다. 한사코 숨고 싶은 충동과 한껏 드러내고 싶은 욕망 사이에서 그는 머뭇거렸고, 그 머뭇거림은 문화민족주의의 비호 아래 전통—종교 제의가 아니라—의 이름표를 달고서야 대중 앞에서 굿판이나마 벌일 수 있는 한국 무교의 스스러움과 다르지 않아 보였다.

주강현씨가 『굿의 사회사』라는 책 머리말에 쓴 것처럼, 우리는 어쩌면 남에게 안방을 내주고 스스로는 초라한 객으로 이 시대를 살아가는지도 모른다. '마당은 삐뚤어졌어도 장구는 바로 쳐라' 라는 속담도 있다. 속담 그대로 장구를 바로 치자는 말이지, 열심히 치자는 말은 아니다.

박태환 선수 훈련 파트너라고요?

수영 국가대표 배준모

그는 태어나서 수영밖에 해본 것이 없기 때문에 수영을 한다고 말했다. 수영이 좋기도 하지만 싫을 때가 더 많다고 한다. 이런 그의 마음에 세상은 박태환의 기록 파트너라며 흠집을 낸다. 하지만 그는 엄연히 국가대표이며 국내 대회 5관왕까지 차지한 실력파다. 앞으로 그가 물살을 가를 때마다 기록이 조금씩 앞당겨져서 그리 길지 않은 시간이 흐른 뒤에는 그에게 있어 수영이 싫을 때보다 좋을 때가 더 많아졌으면 한다.

수영 국가대표 배준모(21)를
아는 이는 많지 않다.
그를 주목하는 이는 더 없다.

드물게 그를 호명할 때는 대개 박태환 선수와 함께였다. 언론은 그를 '박태환의 기록훈련 파트너'라 부르곤 했다. 훈련 파트너? 그 말이 처음부터 불편했다. 혼자 하는 훈련도 있겠지만, 일단 팀이 꾸려지면 훈련은 팀 훈련이고, 서로가 늘 서로의 훈련 파트너다. 그러니 그 단어 자체에 기우뚱한 의미는 없다. 그런데도 그 말에서 노골적인 모욕감을 느낀 것은, 워낙 걸출한 선수가 곁에 있다는 우연한 맥락의 영향이겠지만, 삐뚜름하게 생각하려는 습관 탓일지 모른다. 아무튼 나는 그 단어가 못마땅했다. 가드로 얼굴만 간신히 가린 채 챔피언의 매서운 주먹질에 제 몸을 내맡기던 한 복싱 영화의 '스파링 파트너'도 연상됐다. 비애랄까 연민이랄까 하는 감상에 젖게 하는 그 뉘앙스가 싫어서였다.

2009년 7월이던가. 로마 세계수영선수권대회를 앞둔 태릉선수촌에는 팽팽한 긴장감이 감돌고 있었다. 인터뷰를 주선한 수영 국가대표팀 노민상 감독이 '허락'한 인터뷰 시간은 달랑 30분. 훈련하는 모습을 먼발치에서라도 봐야겠기에 약속 시간보다 두어 시간 일찍 선수촌을 찾은 터였다. 그는 동료들과 함께 웨이트 트레이닝장에 있었다.

"저 아이예요. 벤치프레스에 누워 있는 녀석 있죠?" 노감독에겐 '태환이'도, 맞형 정두희 선수도 '아이'인 듯했다. "준모는 태환이랑 동갑내기 친구예요. 두 녀석이 여덟 살 때던가, 수영 갓 시작했을 때 제 집에서 며칠씩 묵다 가곤 했죠. 당시 준모 트레이너가 제 후배였거든요."

그는 어떤 선수인지 물었다. "순하고 착한 아이죠. 몸도 되고 재능도 있는데, '독기'가 부족해요. 없진 않겠지만 좀체 드러내질 않아요. 태환이는 지고는 못 견디는 악바린데…." 낯선 기구와 씨름 중인 박태환 선수 곁에는 전담 트레이너가 붙어 서 있었고, 혼자인 그는 벤치프레스에 누워 제 몸보다 훨씬 무거워 보이는 무게와 맞서고 있었다.

"준모는 탄력이 좀 아쉬워요. 태환이가 막판 스퍼트 할 때 봤죠? 순간적으로 폭발하듯 치고 나가는 힘, 그게 준모한테는 부족해요. 얼마 전부턴 그걸 집중적으로 키워주고 있죠. 지금은 조정기라 부하를 좀 줄인 상태이고요." 대회가 임박하면 근육운동 강도나 훈련 양은 줄이고 상대적으로 휴식 시간을 늘린다. 대신 순간 훈련 강도를 높임으로써 선수들의 경기 컨디션을 극대화하게 되는데 이 기간이 '조정기'다. 선수들에게 나눠줄 연습 프로그램을 슬쩍 훔쳐봤더니 오후 네 시부터 입수入水해서 헤엄쳐야 할 거리가 무려 7000미터다. 노감독은 대수롭지 않다는 듯 "독하게 할 땐 1만5000미터씩도 한다"고 말했다.

박태환 선수의 기록훈련 파트너라는 게 있냐고 물었더니 노감독은 정색을 한다. "태환이가 워낙 잘하니까 신문이나 방송에서 그런 식으로 쓰는데, 모두가 대표선수이고, 모두가 서로의 훈련 파트너죠. 서로 자극받으면서 함께 경쟁력을 키우는 관계라는 얘깁니다. 다들 꿈이 있고, 욕심들이 있는데 그런 식으로 말하면 애들도 상처받고 나도 재들 훈련시킬 명분이 없어져요. 일찍부터 잘하는 애 있고, 늦게 치고 나가는 애도 있거든요. 지금은 모두 과정에 있는 겁니다. 아름다운 마무리를 위한 과정이죠." 노감독은 "그래서 태환이가 선수촌에 들어온 뒤로는 웬만한 인터뷰는 다 사절하고 있다"고, 나 듣기 좋으라고 한 말이겠지만 "이번엔 인터뷰 취지가 내 마음과 같아서 허락했다"고 말했다.

노감독은 언젠가 한 인터뷰에서 자유형 800미터 계영에 대한 욕심을 내비친 바 있다. 알다시피 계영은 네 명이 하는 경기이고 모두 잘해야 승산이 있는 종목이다. 그런 의미에서 계영 욕심을 내는 거냐고 물었더니 노감독은 "태환이 있을 때 기회를 잡고 싶은 욕심도 있고, 태환이 응원하는 국민들이 다른 선수들도 좀 봐줬으면 하는 바람도 있죠. 200미터 기록으로 1분48초대 두 명, 1분47초대 한 명만 있으면 아시안게임 금메달은 욕심내볼 만한데, 지금 50초대에 세 명 정도가 있어요. 개들이 치고 나갈 수 있게 훈련하고 있습니다." (한국 신기

록은 박태환 선수가 2008년 베이징올림픽에서 세운 1분44초85다.)

수영장 앞뜰에서 그런저런 얘기들을 주고받는 사이 인터뷰 약속 시간이 됐고, 선수들이 하나둘 모여들기 시작했다. 고개를 약간 숙이고 걷던 배준모 선수는 우리를 보자 쭈뼛거리며 다가왔다. 시간에 쫓겨 곧장 인터뷰를 시작했지만 그의 대답은 느긋했다.

하루 일과는.

"7시에 밥 먹고 8시 30분에 수영장 가서 30분 스트레칭, 11시 30분까지 운동하고, 12시에 식사하고, 잠깐 쉬다가 오후 2시 40분쯤 웨이트장 가서 몸 풀고, 4시에 수영장 와서 7시까지 운동하고, 저녁 먹고 10시쯤 자요."

그는 일곱 살 때 고향 대구에서 처음 수영을 배운다. 코치의 권유로 범물초등학교에 입학해 수영부에 들었고, 범물중-대구체고를 거치면서 청소년 수영의 강자로 꽤 이름을 날렸다. 물론 그때도 그의 앞에는 늘 박태환이 있었다.

메달도 많이 땄겠다.

"초등4학년 때 소년체전 유년부에 출전해 3등 했고, 태환이가 2등. 6학년 땐 자유형 200미터에서 태환이가 1등, 저는 3등. 중3때 소년체전 800미터에서 1등을 했는데, 그때 태환이는 200미터랑 400미터에 나갔었어요. 그런 식이었어요."

　　그는 '태환이'를 앞세워 제 성적을 말했고, 말끝마다 쑥
스러운 듯 웃었다. 2008년 전국체전에서 배준모 선수는 5관
왕이었고, MVP였던 박태환 선수도 5관왕이었다.

함께 출전한 종목에서 금메달을 딴 적은?
"없어요."

한 번도?
"네, 한 번도."
　　그 말에 우린 함께 웃었다.

밉겠다.
"밉죠. 괴물 같아요. 우리나라 자유형 선수라면 다 그런 생각
할 거예요. 어릴 때부터 대회 나갈 때마다 태환이가 어떤 종
목에 나가는지 신경을 곤두세우곤 했으니까요. 그래도 태환
이 없이 1등 해봐야 국내 1등이잖아요. 태환이가 있으니까 도
움이 많이 돼요."

어떤 도움?
"폼 보면서 배우고, 경험 들으면서도 배우고… 이런저런 얘기
를 많이 해줘요."

　　선수촌에서 그는 박태환 선수와 늘 한방을 쓴다. 2008년

감독은 그의 독기가 이제는 좀 발할 때가 되지 않았나 내심 기대하는 눈치였지만, 배준모 선수는 "어찌 하다보니 국가대표가 됐다. 이기고 싶지만 뜻대로 잘 안 된다"고 말하며 저렇게 웃기만 한다. 인터뷰 내내 머쓱해하면서 그는 "남들 세 번 저을 때 전 네 번 저으려고 노력해야죠"라며 또 빙긋 웃는다.

올림픽 전에도 6개월을 함께 지냈고, 지금도 룸메이트다.

다툰 적은 없나.
"없어요."

한 번도? 기분 상한 적도?
"네, 한 번도요."

　그러면서 방 청소도 태환이가 더 자주 한다고, 쓰레기통 비우려고 보면 태환이가 벌써 비워놔 머쓱해지는 때가 많다고 덧붙였다.

이기고 싶을 텐데.
"그런데, 워낙 잘하니까… 늘 앞에 가니까… '아 또 앞에 가는구나' 그렇게 되죠 뭐. 이기고 싶시만 뜻내로 살 안 돼요. 하하하."

독기가 부족하다던데.
"저도 그런 것 같은데요."

독기 없이 어떻게 국가대표가 되나.
"모르겠어요. 어찌 하다보니까… 하하."

국가대표 강용환 선수는 후배 준모를 "힘들어도 힘들단 말 좀체 안 하고, 컨디션이 안 좋아도 늘 묵묵히 열심히 하는 착한 후배"라고 말했고, 박태환 선수는 친구 준모를 "기록이 좀 안 나와도 늘 밝고, 주위와 분위기를 맞춰주는 어른스러운 친구라 동갑이어도 많이 의지하게 된다"고 말했다.

최근에 그가 단거리 주력 훈련프로그램을 짜준 코치진에게 장거리로 바꿔달라고 '어필' 했고, 코치진도 흔쾌히 수락한 일이 있다고 한다. "극히(!) 이례적인 경우"라며 노감독은 은근히 기뻐했다. 아쉽게 생각하던 배준모의 '독기'를 느꼈기 때문이다. 배준모 선수는 "단거리만 하면 800미터는 못 하거든요. 800미터도 제 종목이니까 하는 데까지 해보고 싶어요"라고 말했다.

그래도 그의 주 종목은 200미터다. 그의 기록은 1분50초99. 400미터가 주 종목인 박태환 선수의 200미터 기록보다 6초 남짓, 거리로 따지면 10미터가량 뒤지는 기록이다. 그 만만찮은 차이를 그는 대수롭지 않다는 듯 말했다. "누군가 저보다 앞에 있으면 그게 누구건 차이가 얼마건, 그가 두 번 찰 때 전 세 번 차고, 세 번 저을 때 네 번 저으려고 노력해야죠. 그러다보면 언젠가는… 하하하." 종목당 국가별 두 명만 출전할 수 있는 세계선수권에 그가 출전하는 종목도 자유형 100·200·800미터. 200미터에는 박태환 선수랑 함께 출전한다.

그는 "기록 잘 나오면 좋고, 힘들 때는 정말 싫고, 좋을 때보다 싫을 때가 더 많지만, 그래도 수영이 좋다"고 말했다. 어리둥절한 표정으로 그게 도대체 뭔 말이냐고 물었더니 또 빙긋 웃는다. 그가 지닌 독기랄까 근성이랄까 하는 것들이 드러난다면 그 스밈의 무늬 역시 저런 숫된 미소와 어수룩한 고백의 형식이 아닐까 싶었다.

그는 아직 세계대회에서 메달을 목에 건 적이 없다. 이번 선수권대회 결선 진출도 어렵다고 한다.(1분46초대는 돼야 한단다.) 요는 자신의 기록 경신인데, 노감독은 47, 48초대를 욕심내고 있고 그는 "우선은 49초가 목표"라고 말했다. "조금씩 줄이다보면 언젠가는 되겠죠." 그러고는 또 웃는다.

식상하지만 수긍하지 않을 수 없는 말, 승부는 냉정하다. 더욱이 수영은 0.01초를 따져 승패를 가르는, 물처럼 차가운 기록경기다. 수영이 왜 좋으냐고 물었더니 그는 물처럼 담백하게 대답했다. "태어나서 해본 게 수영밖에 없고, 그래서 싫어도 해야 하는 게 수영"이라고. 그 대답이 자신이 듣기에도 너무 맹물 같았던지 "기록 잘 나오면 좋고, 힘들 때는 정말 싫고, 좋을 때보다 싫을 때가 더 많지만, 그래도 수영이 좋다"고 덧붙였다. 어리둥절한 표정으로 그게 도대체 뭔 말이냐고 물었더니 또 빙긋 웃는다. 그가 지닌 독기랄까 근성이랄까 하는 것들이 드러난다면 그 스밈의 무늬 역시 저런 숫된 미소와 어수룩한 고백의 형식이 아닐까 싶었다.

수영에는 이변이 드물다지만 그래도, 그가 이번 대회 자유형 200미터 예선을 통과해 결승 출발대에 박태환 선수와 함께 설 수 있었으면 좋겠다. 박태환 선수를 앞지르긴 힘들겠지만, 그와의 거리가 그리 멀지 않았으면 좋겠다. 그가 자신의 이번 대회 목표를 멋지게 달성하더라도 메달을 따긴 힘들 것이고 한국 신기록에도 훨씬 못 미치겠지만, 그의 성취에 세상 사람들이 함께 기뻐하고 박수를 쳐줬으면 좋겠다. 그리고 그가 말끝마다 덧붙이곤 했던 그의 '언젠가'가 너무 늦지 않았으면 좋겠다.

아는 사람도 드물고 실제로 그렇게 불러주는 이도 거의 없다고 그는 말했지만, 그에게는 '은갈치'라는 탐스러운 애칭이 있다. 한 수영 팬이 붙여줬다는데 그는 그것도 '태환이 팬'이 붙여준 것이라고 말했다.

로마 대회에서 배준모는 그리 썩 좋은 성적을 내지 못했고, 그의 '훈련 파트너' 박태환도 만족하지 못한 채 경기를 마쳤다. 그래도 그들은 지금도 나란히 혹은 멀찍이서 힘차게 손발을 휘젓고 있을 것이다. 그에게 은갈치라는 애칭을 붙여줬다는, 배준모 왈 '태환이 팬'은 나에게 메일을 보내 자신은 한국 수영 팬이지 박태환 선수만의 팬은 아니라며 배준모의 '오해'에 대해 해명했다.

09/26

북한 사투리 쓰라고 합니다

탈북청소년 대안학교 셋넷학교 박상영 교장

새벽
하피

탈북 아이들의 상처 난 가슴을 어루만져오면서 그는 아이들을 조심스럽게만 대하지는 않았다. 탈북의 경험을 글이나 영상으로 표현하게 함으로써 상처에 맞서게 하고, 밥 먹고 설거지를 귀찮아하면 "그러려면 밥은 왜 처먹느냐"고 욕하기도 했다. 아이들의 입이 댓 발이나 나와도 개의치 않았다. 아이들에게 그런 말을 한다고 상처가 되거나 불행해지는 것은 아니기 때문이다.

상처를 건드리지 않으면서
증상에 개입해야 하는 경우처럼
특별히 섬세하게 접근해야 할
일들이 있다.

차별이 그런 경우다. 차별 현상을 해석하고 지향과 해법을 모색하는 일은, 논리의 정연함 못지않게 논리의 품격을 요구한다. 차별의 낮은 편을 편든다면서 가지런히 빗질된 이성만으로 덤벼들어 상처를 후벼 파고 차별의 구조를 굳히는 데 부역하는 예는 흔하다. 누구나 개입할 수 있지만 아무나 제대로 개입하긴 힘든 저 화사한 모순의 화단 안에서, 차별은 자란다.

탈북 청소년 대안학교인 '셋넷학교'와 그 학교 박상영 교장은 그런 차별의 바깥에 머물고자 하는 이들이다. 알다시피 탈북민들은 입국 후 세 달간의 정착 교육을 받는데, 청소년들은 정부가 세운 '하나둘학교'라는 곳에 머문다. 북-남의 경계를 건너는 데 석 달의 기간이 충분한지는 논란의 여지가 있지만, 길어서 좋은 점도 있고 나쁜 점도 있을 테니 덮어두자. 어쨌든 현실은 석 달이고, 그 석 달의 시간 동안 대한민국의 현란한 교육·사회 시스템에 스며들 만한 내성을 키우지 못해 세상의 편견과 차별에 다쳐 에돌다가 웅크리고 급기야 숨어버리는 이들이 적지 않다는 게 또 하나의 현실이다.

셋넷학교는 이들을 거두어 다시 세상 속으로 들어설 수 있게 돕는 징검돌 같은 곳이다. 그러므로 섬세해야 한다. 진학·취직을 위한 학습 못지않게, 낯선 사회에 대한 이해 못지않게, 이들에게 필요한 것은 세상에 다시 나설 수 있는 당당한 자신감과, 친절하지 않은 시선에도 주눅 들지 않을 유연한 자기긍정의 힘이다.

셋넷학교는 현재 운영 중인 다섯 곳의 민간 탈북청소년학교 가운데 가장 오래된 곳이고, 종교단체의 지원 바깥에 있는 유일한 곳이며, 그래서 외형적으로 가장 허름하고 실제로도 가난한 학교다. 박교장은 2004년 이 학교를 열었다.

서울 영등포의 한 후미진 주택가 낡은 건물 2층의 80평이채 안 되는 공간. 열아홉에서 서른 살까지, 스무 명이 초·중등 통합반을 이뤄 생활하는 곳이다. "처음엔 난방 시설도 없는 8평짜리 반지하였어요. 아이들이 '남한에 와서 북한보다 못한 곳에서 공부할 줄은 몰랐다'고 툴툴댈 정도였죠." '아이들'은 툴툴거렸다고 한다! 주눅 든 손님은 주인의 부당한 대접에도 툴툴대지 못하는 법이다.

몸에 익은 문화와 사고방식이 다르고, 구사하는 어휘도억양도 세상 주류와 사뭇 다른 이들이다. 그 다름에 대한 악의 없는 웃음조차 이들에게는 상처가 되기도 하는데, 세상은꽤 자주 그들을 노골적으로 얕본다. "이 학교를 졸업하고도외국으로 도망쳐버린 아이들이 있어요. 여행비자 들고 입국

한 뒤 여권 감추고 이민국 가서 탈북 난민이라고 신고해서 현지에 정착하는 거죠. 화도 나고 서운하기도 해서 그 녀석들을 찾아다닌 적이 있어요. 이유나 들어보자는 심정이었죠. 그 낯선 나라에서도 외롭고 힘들긴 마찬가지일 텐데도 아이들은 거기가 좋다더군요. 다들 이방인이니까, 죄다 다르니까…. 자기 나라라고 의지하던 곳에서 설움 받으며 사는 게 더 힘들더라는 겁니다." 개그 프로그램에 북한 사투리가 등장하는 것조차 아이들은 힘들어했다고 말했다.

세상의 부당한 것들을 모조리 쓸어 담아 쓰레기통에 처넣을 수는 없는 일이고, '살균 공간' 안에 이들을 격리하는 것도 바람직하지 않을 것이다. 현실적인 대안이라면, 아이들에게는 내성을 길러주고, 세상은 다름에 대한 이해와 문화적 수용능력을 키우는 일일 것이다. 셋넷학교가 선택한 것 가운데 하나가 미디어 영상교육의 일환으로 시작된 동영상 「기나긴 여정」의 제작이다.

"아이들이 탈북하는 과정, 이국을 떠돌다 입국하고 정착한 과정의 이야기 하나하나가 웬만한 첩보영화 뺨칠 정도예요. 묻어두기 아까워 글로 써보라고 했더니 어려워해서 비디오카메라 던져주곤 하고 싶은 말 다 해보라고 했죠. 아이들이 직접 탈북 과정, 제3국에서의 생활, 입국 경위, 한국에서의 삶 등을 증언하고 촬영하고 편집해 만든 이 시리즈는 벌써 다섯 편이 제작됐고 몇 년 전부터 일반 학교와 단체 등을 돌며

상영되고 있다.

대학에 진학한 아이들 중에는 탈북자 신분을 감춘 채 중국 유학생이라고 속이고 사는 애들도 적지 않다고 한다. "저는 아이들에게 북한사투리 그대로 쓰라고 해요. '마이클 잭슨이 아무리 잘나도 백인은 안 되는 것처럼, 너희도 아무리 서울말 흉내 내봐야 남한 사람 안 된다, 닮으려고 하지 말고 차별을 넘어서야 한다'고 말해줘요."

캠프를 다니고 여행을 하면서 날것 그대로의 세상을 보여주는 것도 아이들 스스로 느끼고 판단하게끔 하기 위해서다. 그런 여행은 대개 남한 또래 아이들과 섞여 가는데, 때로는 불상사도 생긴다고 한다. "어디나 덜된 녀석들이 있잖아요. '한국에는 왜 와서 우리 세금 축내냐' '너 사람고기 먹어봤냐'…. 그런 말 들으면 저도 돌아버릴 지경인데 애들은 어떻겠어요?" 이따금 그는 그의 아이들보다 더 '철없이' 분노하며 세상에 맞선다. 아이들을 의식해서가 아니라 정말 화가 나서라고 했다.

박교장은 하지만 이들의 마음 안에 이 사회에 대한 적의가 자리 잡지 않을까 걱정도 한다. 교육 커리큘럼이 너무 '착하고 모범적으로' 짜인 것 아니냐, 이용당하지 않으려면 사기꾼도 보여줘야 하는 것 아니냐고 묻자 그가 하는 말. "2004년 첫 검정고시를 치른 뒤 MT를 갔는데, 그날 밤 한 아이가 그

런 말을 해요. '태어나서 처음 행복하다는 느낌을 받았다'고
요. 스물세 살이나 먹은 놈이 그런 말을 하는데… 믿기세요?"
그의 음성에는 물기가 배어 있었다. "끔찍한 일은 충분히 겪
은 아이들 아닙니까. 그렇지 않다, 그래도 아름다운 세상이
다, 이런 아름다운 사람들, 이런 향기로운 시간도 있다…. 함
께 지낼 시간이 짧으면 1년, 길어야 2~3년인데 그런 기억을
최대한 많이 가질 수 있게 해주고 싶어요."

인터뷰 도중 그는 또 한번 울먹였는데 자신이 NGO 활동
을 시작할 즈음의 기억을 더듬으면서였다. 고려대 철학과 82
학번인 그가 결혼하고 번듯한 증권회사에 취직해서 1년 반쯤
지났을 때였다고 한다. "종합주가지수가 1000포인트를 넘기
며 흥청망청하던 시절이었죠. 연일 술자리였는데 어느 날 새
벽 귀갓길에 갑자기 눈물이 마구 쏟아지는 거예요. 거세당한
느낌, 이건 아니지 않나 하는 느낌…" 특전사 장교 출신에 놀
기 좋아하고 술 좋아하는, 그 험한 시민운동 판에서 20년째
억세게 굴러온 남자의 추억 속의 눈물과 회상의 눈물이 어떤
깊은 사연의 샘에서 배어 나오는 것인지 묻지 못했다.

그의 화법은 꾸밈없이 우둘투둘했다. 학교에서 아이들을
대할 때도 이런 식이다.

_ 하루는 아이스크림을 사다놨는데, 일하다 가보니까 녀
석들이 다 먹어버린 거예요. 화가 났죠. "이 새끼들 니들만 입

차별의 낮은 편을 편든다면서 가지런히 빗질
된 이성만으로 덤벼들어 상처를 후벼 파고 차
별의 구조를 굳히는 데 부역하는 예는 흔하다.
누구나 개입할 수 있지만 아무나 제대로 개입
하긴 힘든 저 화사한 모순의 화단 안에서, 차
별은 자란다.

셋넷학교 아이들은 자신들의 경험을 극화한 창작연극을 준비해 일반 대중을 상대로 무대에 올리기도 하고, 시를 낭송하면서 몸짓으로 그 내용을 표현하는 등 다양한 활동으로 사람들과의 소통을 익히고 있다.

있냐, 너네끼리 다 처먹었냐?" 교장의 그런 반응에 아이들이 얼마나 어이없었을까. 그는 학생들을 예사로 '이 새끼' '저 새끼'라 불렀다.

_ 또 하루는 학교에서 밥을 해 먹고 설거지를 하려는데 한 남자애가 나서더니 "선생님 앉아 계시라요" 하더니 여학생을 부르며 "야, 가서 설거지 하라우" 하는 겁니다. 그 여학생도 군말 없이 일어서데요. 마구 호통을 쳤어요. "뭐 이런 새끼들이 다 있어? 야, 앞으로는 설거지하기 싫으면 밥 처먹지 마라." 아이들 입이 댓 발은 나왔지만 어쩌겠어요.

그가 차별과 차별의 상처에 대응하는 '세심함'이 그러한 듯했다. 그는 차별이라는 관념 자체를 넘어선 듯 보였다.

아주 젊어서부터 그는 서울 장충동 경동교회를 들락거렸고, 강원용 목사가 꾸려가던 크리스찬아카데미(현 대안문화아카데미) 출신 선배들에 대한 동경을 키워갔다고 한다. "당시 크리스찬아카데미에서 일하던 극작가 이강백씨가 제 선배예요. 선배한테 제 직장생활 고민을 털어놨더니 얼마 뒤 저를 덜컥 상근 활동가로 추천한 겁니다. 엉겁결에 시민운동과 연을 맺게 된 거죠." 그게 1991년, 결혼한 지 2년도 채 안 된 때였다. 그러다 대안교육 일을 하게 되고, 탈북 청소년들의 사정을 알게 되고…, 그렇게 저렇게 지금까지 왔다고 한다.

"처음엔 교회 예산으로 교회 안에다 학교를 열었는데, 어른들이 와서는 왜 예배 시간이 없냐고 따지는 겁니다. 오갈 데 없는 애들 모아 공부시키면서 십자가 들이미는 건 치사하지 않냐고 맞섰죠. 그러고는 뛰쳐나와 이 학교를 차렸어요. '똘배학교'라고 제가 이름을 단 그곳은 몇 달 뒤 없어졌어요." 똘배는 시고 떫어 바로 먹긴 힘들지만 차나 술을 담그면 향도 좋고 몸에도 좋은, 지금은 귀해진 작고 단단하고 아름다운 열매다.

300명가량 되는 후원자들이 매달 보내주는 소액 기부금이 학교 경상수입의 전부다. 그 돈으로 전기요금 수도요금 내고, 그와 교사 세 사람의 급여를 나눈다. 여행 경비, 교재나 영상 제작 비용 등 일체는 이런저런 프로젝트에 건건이 사업계획서를 내서 타내는 돈으로 충당해오고 있다.

교수며 대기업 임원 등 출세한 친구들을 만나면 '상영이 같은 동창이 있다는 게 우리의 자랑'이라며 '맘껏 마셔. 우리가 책임질게' 하다가도, 조용한 술집으로 자리를 옮기면 어김없이 자기들끼리 이런 말들을 꺼낸단다.

'그때 그 주식은 어떻게 됐냐' '거기 집값은…' 그는 조용히 술만 마시는 도리밖에 없는데…. "그 녀석들 만나면 예전엔 제 앞날이 조금 두렵기도 했어요. 그런데 요즘은 달라요. 나이 오십 다 돼서도 그런 얘기밖에 못 하나 싶거든요. '세상에 태어나 처음 행복감을 느꼈다'는 말 들어본 사람 몇이나 되겠어요?" 신혼 시절 아내에게서도 그런 말 들어본 적 없다고 그는 말했다.

"이 학교가 고맙고, 선생님들이 고맙고, 무엇보다 애들이 고마워요. 탈북 청소년 교육? 통일? 그런 건 돈 타내려고 쓰는 프로젝트 계획서용 멘트죠. 솔직히 저는 통일에 별 관심 없어요. 그냥 좋아서, 저 좋자고 하는 거예요."

기죽지 말고 꼴리는 대로 살아라. 이 말을 그는 틈만 나면 아이들에게, 어쩌면 자신에게, 해준다고 한다.

그 의미를 담아 정한
셋넷학교의 교훈이
'뚜벅뚜벅 당당하게,
사뿐사뿐 유연하게' 다.

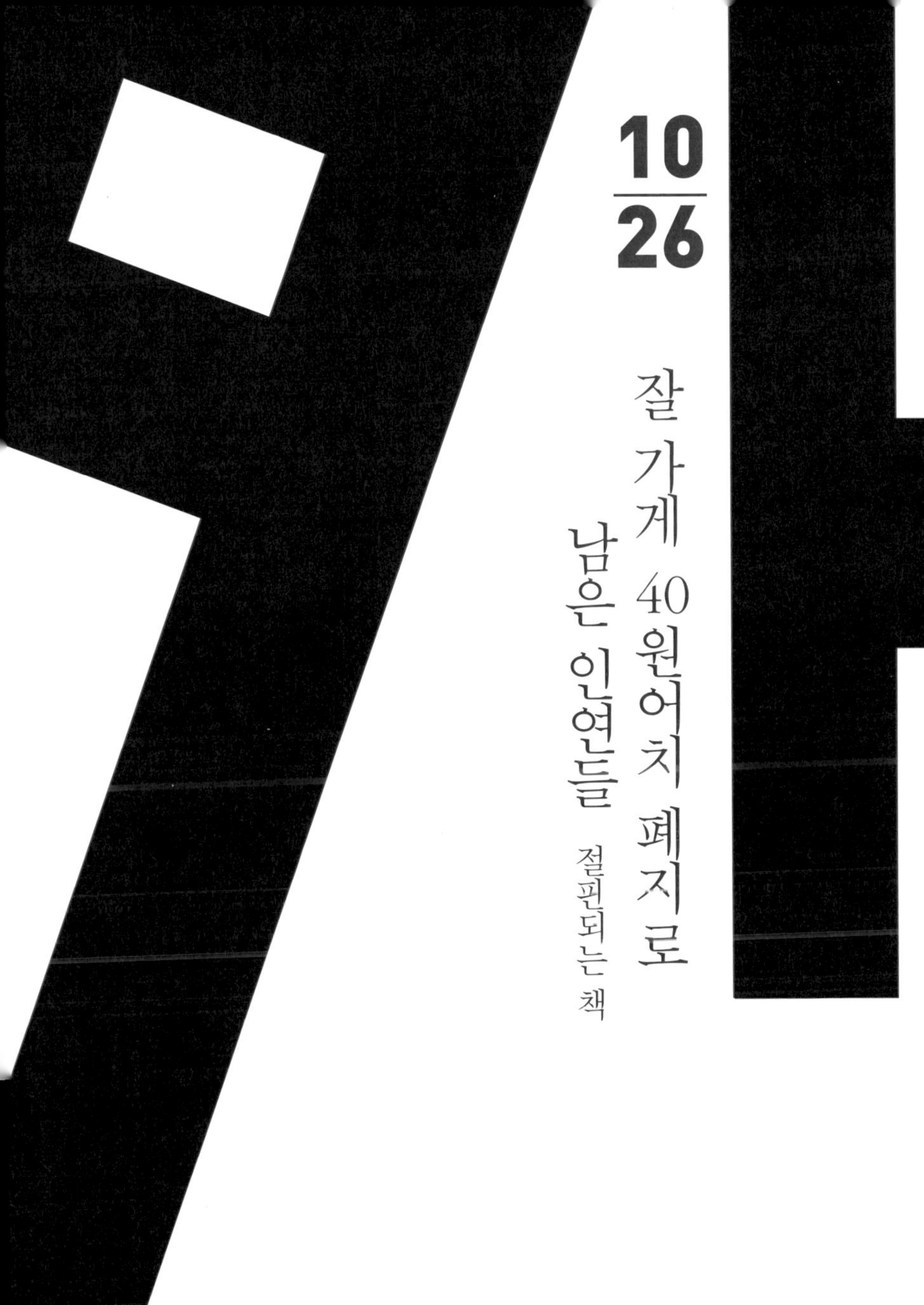

10
26
잘 가게 40원어치 폐지로
남은 인연들
절판되는 책

출판사 창고는 거의 매일 들고 나는 책의 흐름으로 분주하다. 시장에서의 지위에 따라 책들의 자리를 재배치하는 창고장의 바쁜 손길이 밀려나는 책들의 기분까지 다독여줄 수는 없을 것이다.

제본 절단기를 지난 책은
컨베이어 벨트에 실려 뒤편
적재장으로 떨어진다.

오래된 문자의 상형이 말해주듯 冊(책)은 묶여 있어야 책이다. 형식(형태)이 와해된 책의 몸통은 순식간에 폐지로 전락한다. 제 전신前身의 신분과 위계에서 놓여난 종이들은 기계적으로 평등한 적재장의 너른 공간 안에서 분방하게 섞이며 쌓인다. 화려한 헌사를 휘장처럼 두르고 세상에 등장했을 책도, 교과 과정에 뒤처진 학습참고서도 그 안에서는 대등하다.

폐지의 개성과 가치는 철저히 재활용의 편의성에 따라 매겨진다. 즉 제 몸에 새긴 활자의 의미나 깊이가 아닌, 펄프 함량과 무게로 분류되고 평가되는 것이다. 그러니 그곳도 절단기의 칼날처럼 반듯하게 평등한 공간은 아닌 셈이다. 종이 시장, 책 시장에서 귀한 대접을 받던 종이일수록 천대받기 쉽다고 한다. 공장 관계자는 "대체로 비싼 종이일수록 이런저런 화학 처리가 돼 있기 때문에 재생 공정도 복잡하고 펄프 함량도 떨어진다"고 말했다.

1만 권쯤 될까. 2009년 10월 24일 경기 파주시 파주읍 백석리의 책 파쇄공장 모세시큐리티 마당에는 제 차례를 기다리는 책 더미가 고도古都의 고분古墳들처럼 군데군데 쌓여 있었다. 오래 손을 탄 책들에서 느껴지는 포슬포슬한 정겨움 대신, 단 한 번도 펼쳐진 적이 없는 새 책들은 으레 정결한 위엄을 지닌다. 그 마당에 놓인 책들은 대부분 주인을 못 만났거나 아예 서점 진열장에조차 놓이지 못한 것들인 듯했다. 아마도 그 책들은 책공장에서 출판사 창고로 옮겨진 뒤 해마다 조금씩 후미진 곳으로 밀려나다 결국 이곳, 책의 도살장으로 보내졌을 것이다. 그들은 여전히 정결했으나 그들이 지닌 위엄은 권력을 찬탈당한 어린 임금의 눈빛처럼 애잔했다.

파쇄공장에서 자동차로 40분 남짓 떨어진 경기 고양시 서구 가좌동의 출판사 '들녘'의 책 창고. 60평 규모의 샌드위치 패널 건물 세 동에는 갓 찍어낸 신간부터 나온 지 10년도 더 지난 스테디셀러 소설, 찾는 이 드문 재고 인문서적 등 수백 종의 책이 반듯반듯 쌓여 있었다. 잘나가는 책과 갓 만든 책은 당연히 찾기 쉽고 이동이 쉬운 자리를 넓게 차지한다. 바닥에 아무렇게나 섞여 쌓여 있는 책도 200권 남짓 있다. 창고장 황광진씨는 "서점에 불이 나서 그을음이 묻기도 하고, 운송 중에 물에 젖거나 뜯기는 경우도 있죠. 그렇게 반송된 책들은 부득이 파본해야 합니다."

시커먼 스프레이 칠이 된 책 무더기가 보여 살펴보니 10년쯤 전에 출간된 일본 소설 『시귀屍鬼』다. 오싹한 이야기의 대중적 소설이지만 서사의 무대인 외진 산골마을의 몽환적 분위기와 결말부의 애잔한 감동이 인상적이어서 내 책꽂이 귀퉁이에 여태 꽂아두고 있는 책이다. 산 자의 생명과 죽은 자의 생명, 인간과 시귀의 욕망이 엉켜 선험적 선악과 존재의 경계를 흔들던 그 책이, 아이러니하게도 삶의 경계 너머로 밀려나고 있었다. "판권 계약 만료가 임박했는데, 최근 임원회의에서 재계약을 안 하기로 결정했어요. 몇몇 외서 출판 에이전시는 계약이 끝난 책의 유통을 차단하는 데 철저해서 저렇게 스프레이를 뿌려서 물증 자료를 보내줘야 합니다." 들녘 편집부장 선우미정씨는 일본과 독일 쪽 에이전시들이 특히 엄격하다고 귀띔했다.

책의 출판 계약은 대개 5년 단위로 맺어진다. 계약 기간이 지난 책은 제작·유통이 안 된다. 그래서 출판사는 계약 기간 내에 소화할 정도의 책만 찍는데, 관행적으로 재고 소진을 위해 계약서에 1년 남짓의 유예 기간을 두기도 한다. 그 기간까지 안 팔린 책은 회수해서 파본한다. 이른바 절판이다.

재계약 여부, 곧 절판 결정은 판매 추이와 전망에 대체로 좌우된다. 사업 관점에서 볼 때, 예외적인 경우가 아닌 한, 아무리 공들여 만든 양서도 안 팔리면 짐일 뿐이다. 짐을 처분하면 창고 임대료 등 보관 비용을 줄일 수 있고, 세제를 통해 얼마간의 손실 보전도 가능하다. 책을 만든 사람으로서야 어느 책이든 소중하겠지만, 특별히 애착 가는 책을 절판시켜야 하는 경우도 있을 것이다. 선우미정씨는 짧게, 하지만 어미를 잔뜩 늘여 "정말 안타깝죠…"라 하더니 어떤 책은 두어 권 살려 뒀다가 아껴줄 만한 사람에게 선물하기도 한다고 덧붙였다.

분서焚書처럼 권력의 박해로 책이 떼죽음당하는 일이 지난 세기에도 있었고, 지금도 어떤 사회·정치적 퍼포먼스의 예외적 형식으로 그런 일이 없지는 않지만 세상이 문명화되면서 그 같은 야만의 입지는 줄어들었다. 하지만 지배 이념 혹은 풍속 보호의 명분으로 법 권력이 특정 책의 판매를 금지하는 예는 지금도 여전하다. 출판사 '고도'가 2000년 8월 출간한 사드의 『소돔 120일』도 출간 직후 곧바로 판금돼 절판된 비운의 책이다. 사드의 주저인 이 책은 '패덕의 유형학'이라 할 만큼 성도착의 극단에 치달아 심지어 번역자조차 표지에 자신의 이름을 밝히길 거부했다고 한다.

하지만 알다시피 이 책은 한 독자의 서평처럼 "이성의 세기에 합리주의를 전복시킨 문제작"으로 칭송되기도 하고, 성심리학자나 문화사학자 등 인문 분야 전문가들의 필독서로 꼽히기도 한다. 출판 전부터 적잖은 화제를 낳았던 이 책은 초판 8000부를 찍었는데, 회수되기 전 짧은 유통기에 얼마간 팔렸고, 회수 과정에서 또 얼마간 유출됐을 것이다. 그렇게 세상에 잠입한 몇 권의 책은 현재 인터넷 중고서점에서 10만 원(정가 1만5000원)을 호가한다. 18세기 저작인 만큼 저작권은 없을 테고, 번역만 새로 하면 되니 다시 살려볼 계획은 없냐고 물었더니 고도 관계자는 "그 책 판금시킨 게 국민의 정부입니다. 현 정부가 그때보다 더 진보적이라고 보십니까?"라고 반문했다.

『소돔 120일』의 경우처럼 어떤 책은 시장에서의 생명활동 자체를 통해 그 사회의 정체성을 드러내는 기표가 된다. 『소돔 120일』은 고도보다 10년 먼저 '새터'라는 출판사에서 두 권으로 나눠 출간했다가 비슷한 운명을 겪은 바 있다.

파쇄공장으로 넘어가는 책은 무게로 환산돼 그때그때 폐지 시세대로 가격이 매겨진다. 창고위탁관리업체인 천리마의 장종호 사장의 말. "책 한 권 무게는 450그램 정도 되는데 코팅이 돼서 재활용이 힘든 표지랑 제본 부위를 뜯어내고 나면 300그램쯤 나가요. 요즘 폐지 단가는 킬로그램당 120원 정도니까 책 한 권 값이 40원쯤 되는 셈이죠." 통상 1만 원짜리 책 한 권의 순수 제작 비용(종이＋인쇄＋제본 값)은 2000～3000원쯤 되고, 이 가운데 절반이 종이 값이라고 한다.

장사장은 "회사 이미지보다 당장의 생존이 절박한 영세 출판사 중에는 '나까마(중간상)'를 통해 재고 서적을 권당 300원, 500원씩에 넘기는 곳도 있다"고 말했다. 그런 책들이 헌책방으로 흘러 들어가 정가의 30～50퍼센트 선에 유통된다. 그는 폐기 과정에 시장으로 유출되는, 이른바 유령 서적들은 극히 드물다고 말했다. "적발되면 회사 문 닫고 쇠고랑 차야 하는데 누가 그런 모험을 하겠어요?"

폐지의 개성과 가치는 철저히 재활용의 편의성에 따라 매겨진다. 즉 제 몸에 새긴 활자의 의미나 깊이가 아닌, 펄프 함량과 무게로 분류되고 평가되는 것이다. 그러니 그곳도 절단기의 칼날처럼 반듯하게 평등한 공간은 아닌 셈이다. 종이 시장, 책 시장에서 귀한 대접을 받던 종이일수록 천대받기 쉽다고 한다. 공장 관계자는 "대체로 비싼 종이일수록 이런저런 화학 처리가 돼 있기 때문에 재생 공정도 복잡하고 펄프 함량도 떨어진다"고 말했다.

모세시큐리티는 이름처럼 보안회사였다. 책뿐 아니라 은행이나 기업, 관공서 등에서 폐기해야 하는 수표 등 유가증권과 정보 문서들을 대량 위탁받아 파쇄하는, 그곳 홍보 담당자의 설명으로는 국내 최대 규모의 회사였다. 그런 탓인지 보안과 고객 프라이버시 보호에 예민했다. 회사 관계자는 "출판사 직원이나 저자, 번역자들은 멀리서 책 표지 색깔만 봐도 자기네 책인 줄 안다"며 쌓여 있는 책과 절단 공정의 사진 촬영은 안 된다고 했다. 그가 취재를 꺼린 것은 영업 불이익을 우려했기 때문이지만, 나는 인연의 프라이버시를 생각하며 마음을 접었다. 책들이 사람과 맺어온 직간접적인 인연, 거기에는 필자나 역자, 편집자뿐 아니라 이름 없는 한 독자의 기억도 포함될 것이다. 어떤 이유에서든, 사랑이 짓밟히는 광경은 쓰라리다. 설령 그 사랑이 지금은 잊힌 옛사랑이어도.

고래古來의 명망가들은 책의 가치를 떠받드는 숱한 잠언을 남겼다. 그리고 우리에게도 책을 높이는 성향이 남아 있다. 그것이 긴 세월 동안 문자문화를 전유했던 지배층의 이데올로기 때문이든 문화적으로 빈한했던 기층민들의 콤플렉스 탓이든, 책은 물신의 전일적 지배가 완성됐다는 이 시대에도 미미하나마 가치의 프리미엄을 인정받는 몇 안 되는 상품 가운데 하나다. 매주 그런 새 책은 쏟아져 들어오고, 어떤 책은 시장 바깥으로 쫓겨난다. 그리고 모든 신문의 출판 면은 새 책의 목록만 의무인 양 챙긴다.

날은 금세 저물었다. 파주의 짙고 아름다운 노을은 절판되
는 책들이 만장처럼 드리운 그림자에까지 스며들지는 못했다.

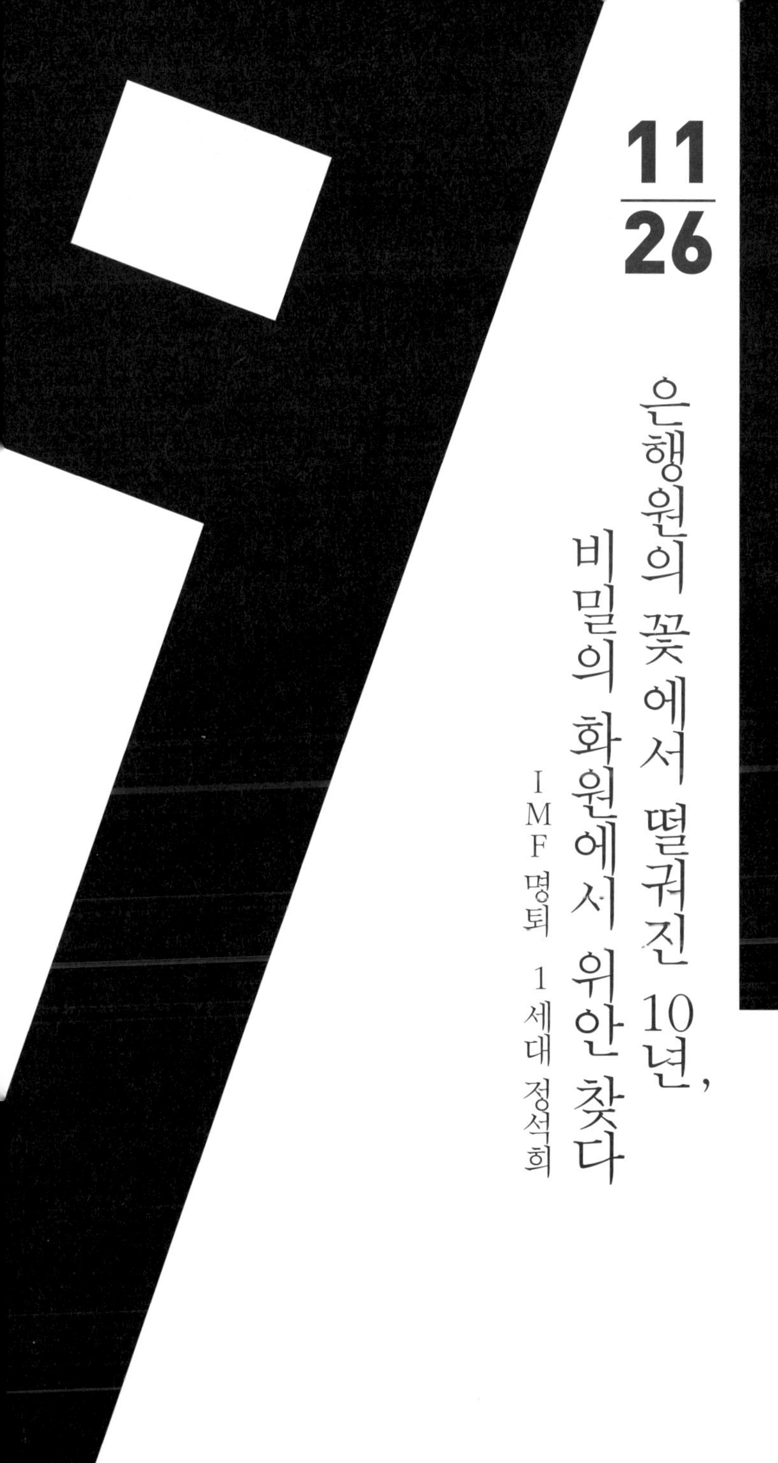

11/26
은행원의 꽃에서 떨궈진 10년,
비밀의 화원에서 위안 찾다
IMF 명퇴 1세대 정석희

하루 출가 회비는 10년 전이나 지금이나 2만 원이다. 버스 요금, 식사비 등 비용에 못 미치는 액수지만 이따금 특별회비를 내는 분들이 있어 빠듯하게나마 유지된다고 한다. 그는 "큰 돈은 사양한다"고 "여유 있다고 어떤 분이 돈을 많이 내면 아무래도 불편한 일이 생길 수 있기 때문"이라고 말했다.

은행원은 몇 살까지 할 수 있어요?
"보통 사십대 중후반까지는 할 수 있어요.
끈질기게 남아 있는다면 더 할 수도
있지만 대부분 그만두죠."

어떤 이가 인터넷 사이트에 저런 질문을 올렸고 또 어떤 이가 저런 답변을 달았다. 저 대답이 그대로 사실인지는 따로 따져 봐야 알 일이지만, 저간의 경향으로 판단컨대 크게 틀리진 않을 듯하다.

정석희(66)씨는 IMF 구제금융사태 직후인 1998년 금융권 구조조정 첫 쓰나미에 희생된 '명예퇴직 1세대'다. 그는 대학을 졸업하고 은행에 취업해 55세(정년 58세)까지 일했고 '행원의 꽃'이라는 지점장으로 5년쯤 지냈다. 그러니 지금 기준에서는 비교적 넉넉하게 누린 셈인데, 그는 그 떨궈진 상처에 대해 당시 심정으론 "한마디로 절망, 암담 그 자체였다"고 회고한다. "사람 만나는 건 고사하고 위로한답시고 걸어오는 지인들의 전화조차 받기 싫었으니까요."

도道의 중요한 덕목으로 꼽히는 '비움'의 관점에서 보자면 인터넷에 올려진 답변의 저 덤덤한 어조—냉소의 기미가 아주 없지는 않지만—는, 정씨의 그것과 견준다면 가히 한 경지境地라 할 만하다.

우리 사회의 상식이 감당해낸 IMF 사태 이후 10년의 낙차가 저리 무섭다. 한국 자본주의의 글로벌화를 위해 획득해야 할 필수 요소로 언급되는 '노동시장의 유연성'은 아직 기업가의 독점적 단어일 뿐, 노동자의 언어는 아니다. 해고뿐 아니라 재고용·재취업의 탄력과 운동성이 어지간은 해야 시장 유연성도 말할 수 있을 텐데 말이다. 그러므로 비움이라 했지만 엄밀히 말하면 비워짐이다. 비워짐은 상처이고, 10년의 낙차란 상처의 일반화, 일상화의 다른 이름일 것이다.

이어진 정씨의 회고. "자식 넷 중에 세 명이 학교를 다니던 터라 한창 돈이 들어갈 때였어요. 돈도 돈이지만, 상실감과 자존심의 상처가 제일 컸죠. 해고의 징후는 있었지만 다들 '설마…' 하는 심정이었거든요."

그가 다녔던 은행은 전 직원 9000여 명 가운데 1000명이 넘는 인원을 1차 해고했다. 퇴출 사태는 2차, 3차로 이어졌고, 은행 합병과 간판 바꿔 달기가 진행되면서 희망퇴직 명단에는 삼십대 행원들까지 포함되곤 했다.

"살면서 자주 느끼는 거지만 남 좋은 일에는 전화들을 잘 안 하는데 남이 잘 안 됐을 때 위로 전화는 많이 해요. '어찌 된 거냐' '어떻게 살 거냐'…. 복덕방을 하던 한 친구는 '내 사무실에 와서 바둑이나 두면서 소일하라'고도 하더군요. 그 말 듣고 어찌나 노여웠던지… 모욕을 당한 것 같았어요."

퇴직자 모임은 그 직후에 만들어졌고, 불교에 관심 있는 이들끼리 1999년 1월부터 매주 한 차례씩 전국의 사찰들을 다니기 시작했다. 종교로부터 뭔가 대단한 것을 얻자는 뜻보다는 다들 힘드니까 서로 기대자는 의미였을 것이다. 사회가 준 상처를 자연이 치유해주는 예는 흔하고, 의사의 백 마디 격려보다 같은 병실 환자의 경험담 한마디가 더 큰 위안이 되기도 하는 법이다.

세월이 가면서 멤버는 조금씩 바뀌었지만 그들은 매달 빠짐없이 전국의 절을 다니며 자연의 기운도 느끼고 스님들의 설법도 청해 들었다. '하루 출가'라는 이름을 단 그 여정이 그새 만 10년을 훌쩍 넘겼다.

정씨는 모임 출범 때부터 지금껏 내리 집권해온 회장이자 스타(?) 강연자. 출행 인사로 시작했을 전세버스 안 '한 말씀'이 법문法門이 되고, 해를 거듭하면서 강연 시간도 늘고 내용도 튼실해졌는데, 그 '말씀'들을 묶어 근자에 책(『10년간의 하루출가』)을 냈다.

'절망의 자리에서 시작된 IMF 실직자들의 특별한 자기수행'이라는 부제에서 짐작되듯, 정씨의 버스 강연은 퇴출의 상처로 삶 자체가 유리그릇처럼 위태로워진 퇴직 동료·후배 도반道伴들의 마음을 다독이는 내용이 중심 줄기이다.

유년의 기억에서부터 일상의 경험, 최근 읽었거나 전해 들은 불가佛家 선지식의 일화들, 불교 경전이나 종교 일반에

대한 이야기, 스님들이 베푼 설법도 들어 있다. 세월이 가면
서 그의 법문은 종교적 가르침의 경계를 넘어 삶 일반에 대한
사념으로 넓어지고 깊어진다.

<u>어떤 계기로 책을 내게 됐나.</u>

"얼마 전(2008년 가을)에 또 금융위기라는 게 닥쳤잖아요. 비슷
한 처지에 놓인 분들께 먼저 겪은 이로서 작은 위안이나마 줄
수 있으면 좋겠다고 생각했어요. 모임의 출행 횟수도 100회를
넘겼고, 햇수로도 10년이 됐으니 기록으로 남기자는 도반들의
권유도 있었지요."

<u>퇴출 직후 겪었다는 갈등이나 울분을 지금 돌아본다면.</u>

"우습고 재미있죠. 높은 자리에서 낮추보는 이도 언젠가는 무
대에서 내려오기 마련이고, 그렇게 섞이면 누구나 군중이죠.
한때 은행원입네 하며 우쭐했던 게 우습고, 그거 잘렸다고 절
망했던 것도 우습고… 절에 다니며 공부하면서 비교적 빨리
느끼고 깨달은 것 같아요."

　　물론 우습다는 건 '과거의 미욱함'을 두고 한 말이다.
절망은 감정의 거스러미이고, 세상 어디에도 논리적 절망이
란 없다. 그리고 우스운 절망, 우스워할 만한 타인의 절망도
없다.

159

재고용·재취업의 탄력과 운동성이 어지간은 해야 시장 유연성도 말할 수 있을 텐데 말이다. 그러므로 비움이라 했지만 엄밀히 말하면 비워짐이다. 비워짐은 상처이고, 10년의 낙차란 상처의 일반화, 일상화의 다른 이름일 것이다.

"사십대 들면서 건강이 안 좋아졌어요. 스트레스에 과로였는데 다행히 승진하면서 시간적 여유가 생겼죠. 휴가를 얻어 교회 단식원도 다녀보고 틈틈이 성경 공부도 하고, 불교 경전이나 인문 철학서들을 마구 읽기 시작했어요. 그전까지는 책 한 권을 안 읽었거든요. 경쟁에서 뒤처지지 않으려면 하루 24시간도 짧은데 그 따위 책이 무슨 소용이냐는 생각이었어요."

그는 없는 집에서 태어나 장학금 준다는 학교만 골라 다니느라 중학교는 경상도, 고등학교는 전라도에 있는 곳을 다녔고, 대학도 "학비 안 내도 될 것 같던" 중앙대 경제학과를 택했다고 한다. 그의 세대들이 대개 그랬듯 그 역시 "군 입대 이후 처음 하루 세 끼를 밥으로 먹었다."

"학벌 콤플렉스가 심했어요. 당시 은행은 서울대 상대·법대나 연·고대 아니면 들어가기 힘들었거든요. 은행장이 신입 행원 연수장에 뒷짐 지고 와서는 제 자리 앞에 붙어 있는 명패를 보며 '중앙대에서 어떻게 여길?' 하며 놀라던 시절이었죠. 그 핸디캡을 극복하려고 정말 열심히 했어요. 치질 걸려서 의자에 피가 배어 나와도 병원엘 안 갔을 정도였으니까요." 그러다 몸이 망가졌을 것이고 마음도 삭막해졌을 것이다. "문득 제 몸이 삭정이 같고, 마음도 마른 가랑잎처럼 느껴지더군요. 살기 위해 허겁지겁 열심히 책을 읽었죠."

평소 '말씀' 하시는 건 즐기는 편인가.

"안 그랬어요. 그런데 마이크를 자주 들다보니까 익숙해지데요. 집에서 혼자 연습도 많이 했고요. 이젠 마이크 체질이에요.(웃음)"

흔들리는 전세버스 안에서 한 손으로는 선반을, 다른 손으로는 마이크를 잡아야 하기 때문에 그는 원고도 메모도 없이 한 시간 남짓을 강연한다.

그걸 다 외우세요?

"그럼요, 외워야죠. 그래야 신뢰감도 커지고 전달 효과도 좋아요. 여행을 다녀오면 그다음 날부터 다음 이야깃거리를 구상합니다. 한 달 내내 뉴스와 책을 살펴보며 공부하고 연구하고 소재를 찾고, 인터넷 같은 걸 참조해서 법문의 프레임을 짜요. 그런 뒤에 외우는 거죠. 출행한 다음 날이면 다 잊어버리지만…"

　　10년 동안, 100회를 넘기는 동안 그는 유학 중이던 딸 만나러 외국 가는 일로 빠진 한 번을 제외하고 줄곧 모임을 이끌었다. 담도에 돌이 생겨 수술을 하고도, 급성 신우염을 앓던 때에도 '하루 출가'는 거르지 않았다고 한다. 그사이 도반들의 머리칼도 희끗희끗해졌고, 작고한 회원도 있다. 좋은 일로 바빠진 이들도 있고, 새로 합류한 이도 적지 않다.

　　배우자와 자녀들이 동참하는 경우도 있고, 소문 듣고 오는 사람도 있다. 희망자가 늘면서 먼 길이 아닐 땐 버스 복도에 보조의자를 줄줄이 놓고 가기도 한다. 늙어가는 것과 죽음에 대해, 종교의 가치에 대해 물었고, 그는 진지하게 열성적으로 대답했다. 확신의 전도사처럼 열띠어 말하다가 문득 멈추며 삼가기도 했다. 내가 남을 보듯 스스로를 보는 게 깨달음이라고도 했다.

욕심은 없으신가.

"욕심 크죠. 이름난 친구들 앞에 서면 작아지고, 엄청난 부를 누리는 동창이 부럽기도 하죠. 지금 내 명함 내보이면 아무도 쳐다보지 않으니 살아온 삶에 대한 아쉬움이나 반성도 있고, 살날이 얼마 안 남았지만 아직도 하루에 몇 번씩 욕망이 일어나요. 하지만 이대로가 내 운명의 그릇이라고 생각하면서 자신을 다독이죠.

책이 나온 뒤 몇몇 신문에 소개된 걸 봤는지 한 유력 인사는 대통령 직속 평통자문회원인가에 들어오라고 제안하기도 했고, 지방자치단체에서도 무슨 자문위원을 맡아달라고 청하더군요. 그거 다 사양했어요. 제 길이 아니라 생각 든 거죠."

정작 반가운 일은 이름 없는 독자들의 '하루 출가' 동참 요청이다. "줄을 섰어요. 다들 딱한 처지에 놓인 분들이죠. 완강하게 청하는 분들을 위해 늘 참가하는 분들께 양해를 구해 이번엔 너덧 자리 정도 만들어볼 생각입니다."

정씨와 그의 도반들에게 하루 출가 버스는 고아 소녀 메리의 『비밀의 화원』(프랜시스 버넷의 동화) 같은 곳일지 모른다. '사오정' '오륙도'라는 살벌한 조어들조차 낯게 한 10년의 추락을 일상으로 버텨낸 이들, 버텨내고 있을 이들이 유리그릇처럼 위태로운 삶을 보듬어 안고 새롭고 더 큰 용기와 희망을 얻어가는 공간. 달라져가는 세상은 '열심히 일한 당신'들이 가족·친구들과의 화목함을 과시하며 낯선 이들의 시선까지도 평화롭게 즐길 수 있는 휴인 진디밭 광장 못지않게, 일할 기회를 잃었거니 잇지 못한 이들의 위태로운 자존의 일상을 보듬어 위로하고 힘을 북돋아줄 공간을 요구하고 있다. 하루 출가 버스와 같은 공간!

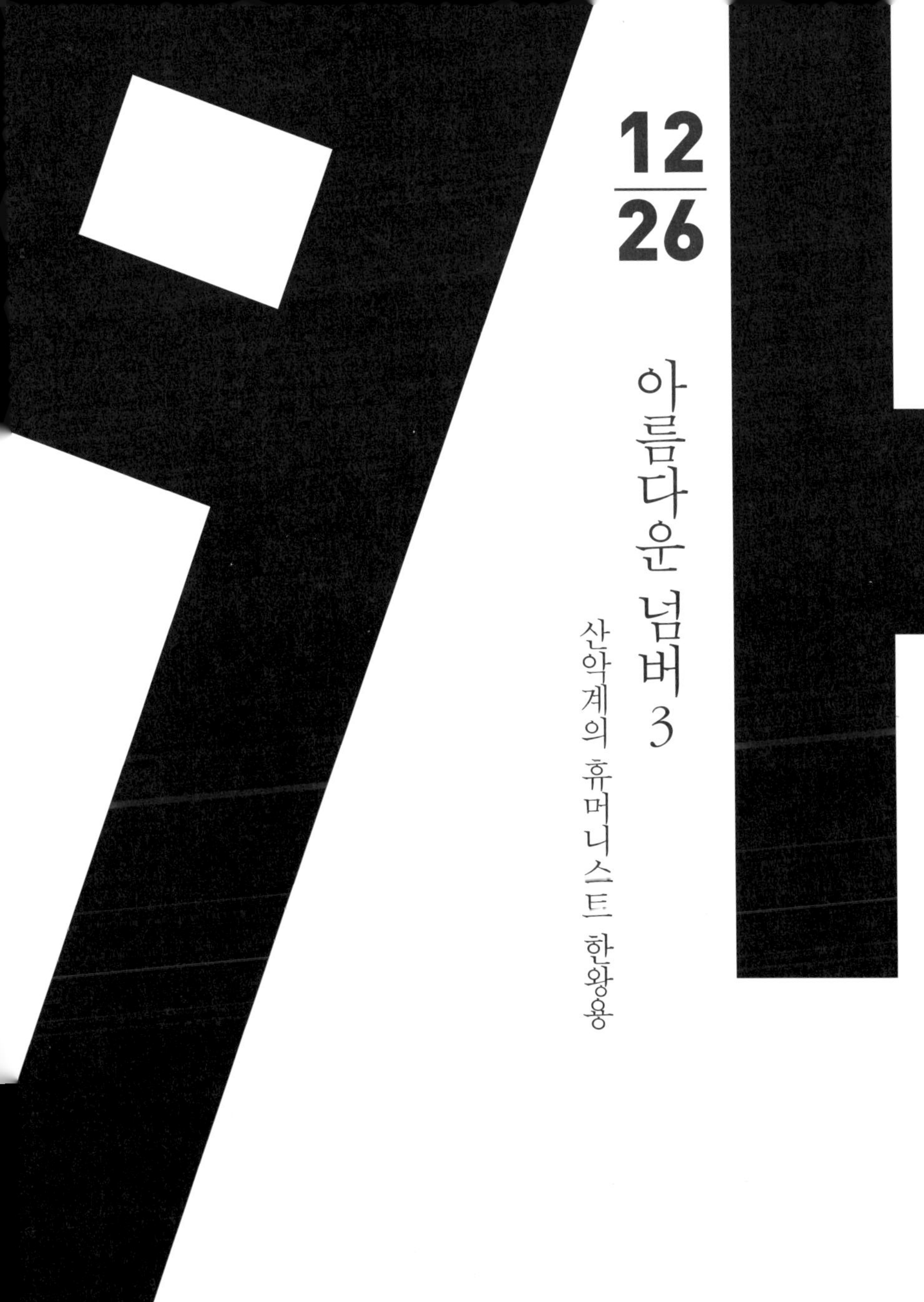

12
26
아름다운 넘버 3
산악계의 휴머니스트 한왕용

이번 손님은 한국 산악계의
아름다운 넘버3 한왕용(43)씨다.
듣던 대로 그는 천생
'시골 이장님' 이었다.

군살 없는 몸매에 어딘지 어색한 와이셔츠, 스스러운 듯 웃음
짓는 거무끄름한 얼굴에 편하게 앉은 자잘한 주름들….

8000미터 급 14좌를 국내 세 번째로 완등한(세계 열한 번
째) 남자. 하지만 그를 아는 이는 많지 않다. 그의 앞에 엄홍
길, 박영석이라는 찬란한 1등과 2등이 있기 때문이다. 하지만
그 많지 않은 이들 중 많은 이들은 그의 이름 앞에 '휴머니스
트'라는 수식을 다는 데 주저하지 않는다. 그는 이 찬사가
"참말로 부담스럽다"고 말했다.

2000년 7월 K2 등반 때 그가 고소 증세로 힘들어하는
동료에게 자신의 산소통을 넘겨주는 바람에 뇌혈관을 다쳐
네 차례나 수술받은 일은, 산악인들 사이에서는 꽤 알려진
일이다.

"나이가 많은 분이었어요. 나는 젊으니까 또 올 수 있지
만 그분은 마지막 기회였죠." 처음부터 무산소 등정을 하는
것과, 등반 중간에 산소마스크를 벗는 것은 다르다고 한다.
곡예비행사들을 취재하면서, 비행 고도를 서서히 오르내리지

않고 순간 수직 상승하거나 낙하하면 기압 변화 때문에 안구의 실핏줄이 터져 피눈물을 흘린다는 말을 들은 적이 있다. 산소도 그러할 것이다. 그 느닷없는 산소 결핍의 고통을 그는 "환장할 정도"라고 표현했다.

히말라야 고봉을 애처가 처갓집 문지방 넘나들 듯하는 전문 산악인들도 심호흡을 한번 하고 우러러보는 산이 K2다. 바람을 막아줄 위성봉 하나 없이 8611미터의 높이로 오연히 솟은 봉. 타클라마칸, 신장·위구르의 눈폭풍이 아래위 전후 좌우에서 몰아치고, 가스 때문에 코앞도 잘 안 보이던 날이었다고 한다. "정 힘들면 내려가자고 마음먹고 한 발 한 발 가다 보니 정상이데요."

기다시피 하며 내려와 수술을 받았는데 의사는 "산에 다시 가면 죽는다"고 단언하면서 불구가 될 가능성도 배제하지 않았다고 한다. 함께 산 지 1년 된 아내와 태어난 지 100일 된 아들이 있던 때였다. 병실에 누워 자신의 몸보다 병원비를 걱정해야 했던 그는, 가족들에게 미안해 살아 내려온 것이 죄스럽더라고 말했다.

1995년 에베레스트 등반 때는 등정 후 하산길에 베이스캠프의 무전 연락을 받는다. 정상 부근에서 부상당한 고려대 산악반 대원이 있다는 거였다. 당시 등반대장은 "네가 알아서 판단해"라는 한마디만 남기고 교신을 끊었다고 한다. "8700미터 고지였어요. 지칠 대로 지친 상태였고, 내 산소도 달랑 달랑하고…, 급경사에다 고정로프도 없는 난코스였어요. 어떤 대장도 자기 대원에게 다른 팀 대원 구하기 위해 사지死地로 가라고 명령할 수는 없을 겁니다." 그는 다섯 시간을 혹한 속에 붙박고 앉아 기다렸고, 조난 대원을 만나 그의 몸과 자신의 몸을 자일로 묶고 무려 열두 시간의 사투 끝에 정상에서 가장 가까운 캠프까지(직선거리로 불과 400미터 정도였다고 한다) 내려왔다.

당시 그는 어떤 심정이었을까. 찬란한 결과를 앞에 놓고 그 처음과 과정을 치장하는 일은 그리 어렵지 않다. 하지만 그의 대답은 너무 솔직해서 당황스러웠다. "그냥 내려가고 싶은 마음이 굴뚝같았죠. 하지만 그러면 두고두고 '버리고 왔어' '저놈이 죽였어' 그런 소리를 듣게 될 것 같았어요…. 그렇게 된 겁니다." 그가 지닌 휴머니스트라는 빛나는 칭호는 그와 산사람들의 삶이 엮어낸 저런 크고 작은 이야기들 위에 얹혀 있다.

직업 산악인으로 살아오는 동안 그는 단 한 번의 후원이나 협찬을 안 받았거나 못 받았다. '알프스의 아들'이라 불리는 프랑스 산악인 가스통 레뷔파(1921~1985)는 "(산의) 왕국에 들어서기 위한 유일한 무기는 의지와 애정뿐"이라고 했다지만, 현실에서는 돈이 그 무엇보다 중요한 무기다. 그 돈을 그는 늘 대원들과 함께 마련해왔다. 그러니 그의 등반대는 늘 가난했다. 1998년 낭가파르밧 등정 때는 후배랑 달랑 둘이서

셀파도 고소포터도 없이 베이스캠프에서 밥까지 해 먹어야
했다고 한다. "정상에서 내려오면 정말 기진맥진하거든요. 그
래도 어쩝니까. 석유버너 지펴서 압력솥에 밥을 안치는데…"
마침 100미터쯤 떨어진 곳에 베이스캠프를 친 또 다른 한국
등반대도 그날 정상 정복에 성공했던 터. "요리 사랑 키친보
이들이 뭔가를 잡아 굽고 삶고 잔치가 벌어졌더군요. 거기 가
서 고기 몇 점 얻어먹었죠." 처음부터 얻어먹으면 될 일을 밥
은 왜 했냐고 물었더니 "우리가 할 수 있는 건 해야죠. 그게
또 재민데…"라고 말했다.

등반 비용은 어떻게?

"지리산 뱀사골 산장에 라면, 음료수 날라주면 킬로그램당
600원씩 줬어요. 산장에서 새벽 네 시에 일어나 밥 해 먹고
지게 지고 내려가서 50킬로그램씩 지고 올라오면 점심때가
되죠. 잠시 쉬고 다시 갔다 오면 저녁밥 때쯤 되고, 밥 먹고
자고 새벽 되면 또 나가고…. 1990년부터 2년 가까이 그 일을
했어요. 1996~97년에는 단가가 올라서 킬로그램당 1000원
씩 쳐주데요. 설악산 양폭산장 철사다리는 한 판(10킬로그램)
에 1만 원씩 쳐줬고…"

결혼한 뒤에는 못 했을 텐데.

"네팔인 친구가 현지에서 운영하는 가게에 자잘한 등산 장비
를 갖다주고 커미션을 받아 산 적도 있고, 산악 여행사도 잠

간 해봤고…."

그는 2002년 6월부터 국내 한 등산업체의 홍보부장이라
는 직함을 얻어 얼마간의 월급을 받고 있다.

<u>협찬이나 후원 원한 적 없나.</u>

"협찬을 받게 되면 아무래도 부담이 되죠. 무리를 해서라도
정상 가서 깃발 들고 사진도 찍어야 하고, 그러다보면 사고가
나기도 하고, 힘들고 정신없는데 사진 찍어서 보내야 하고, 쇼
맨십도 있어야 하는데 난 그런 것도 없고…, 또 3등을 누가 거
들떠보나요?"

그가 조직한 등반대에서 지금껏 단 한 명의 희생자도 없
었다는 건 결코 운이 좋았기 때문만은 아닐 것이다.

<u>그래서 대장으로서의 카리스마가 없다는 평을 듣는 건가.</u>
<u>대장이나 대원이나 동등하게 비용 갹출해서 가는 거니까.</u>

"하하, 그것도 그렇네. 근데 제일 좋은 리더십은 솔선수범 아
닌가요? 칼 들고 맨 앞서 뛰어나가는 옛날 전쟁터의 장군들
처럼요."

정말 그에겐 '쇼맨십'이 없나보다. IMF 구제금융 한파가
매섭던 1998년 초, 그는 안나푸르나에 있었다. "혼자였는데
바로 앞에 정상이 보이더군요. 베이스캠프에 있던 등반대장이
무전으로 라디오 생방송을 물리겠다는 겁니다. 그런데 가보니

내리 전세로만 살다가 아파트를 분양받아 2년 전 경기 동탄의 자그마한 아파트로 그는 이사를 했다. 으레 산 타는 사람들은 장비에 대한 애착이 남다를 것이라 여겨왔고, 실제로 한 방 가득 온갖 장비를 가지런히 진열해두고 뿌듯해하는 친구의 집에 구경 간 적도 있다. 등산 장비 많겠다'고 물었더니 그는 작은 배낭 하나에 다 담을 수 있는 정도라고 답했다. 고산 장비는 필요한 사람들한테 나눠줬다고, 필요도 없고 또 갖고 있으면 마음만 싱숭생숭해질 것 같아서라고 말했다.

"그냥 내려가고 싶은 마음이 굴뚝같았죠. 하지만 그러면 두고두고 '버리고 왔어' '저놈이 죽였어' 그런 소리를 듣게 될 것 같았어요…. 그렇게 된 겁니다." 그가 지닌 휴머니스트라는 빛나는 칭호는 그와 산사람들의 삶이 엮어낸 저런 크고 작은 이야기들 위에 얹혀 있다.

아니었어요. 할 수 없이 생방송에 대고 '아~ 와보니 뒤에 더 높은 게 있네요'라고 했죠. 당황한 방송 진행자가 나중에 다시 연결하겠다며 황급히 끊더군요. 정말로 정상 가까이 갔어요. 대장 말이 힘든 시절이니 국민들에게 꿈과 희망을 줄 수 있는 멘트를 해달라고 주문을 한대요. 몇 마디를 불러주는데 기억은 못 하겠고, 힘들고 정신도 없고…, 눈밭에 대충 받아 적었어요. 그런데…" 그가 한 멘트는 "아~ 대장님, 바람에 다 날려가버렸습니다"였다. 눈보라에 글이 지워졌던 것이다.

고도 8000미터의 세상을 우리는 모른다. 다만 전해 듣거나 미루어 짐작할 뿐이다. 누구는 초월적 자연의 미학적 숭고함을 이야기하고, 또 누구는 자아나 인간 존재와의 철학적 대면에 대해 말하기도 한다. 전라도 태생의 그는 꾸밈없는 고향 사투리와 억양으로 이렇게 말했다. "꿈과 희망이 어디 있어요? 아무 생각 없어요. 무사히 내려갈 일만 생각할 뿐."

7000미터 급 미답봉未踏峰 등반과, 50년도 더 앞서부터 길이 난 최고봉 에베레스트 등정 중 어떤 게 더 힘들까. 당연히 전자다. 최고의 장비와 시스템을 지원받으며 평탄한 노멀 루트Normal Route로 오르는 것과 고정로프도 셀파도 없이 고난도 신루트를 개척하며 오르는 것을 나란히 놓는 것도 부당하다. 그래도 여유 없는 세상은 과정을 들춰보지 않는다. 오직 성공 여부만, 결과만 평가한다. 걸음 사이사이에 놓인 미지의 크레바스는 아랑곳 않고 마지막에 도달한 높이의 숫자만 기록한다.

그에게 '14좌 완등'이라는 기록의 의미는 뭘까. "그냥 좋아서, 하고 싶어서 한 겁니다. 알아달라고 산 탄 적 없어요. 그런다고 알아주는 사람도 없고. 그냥 저와의 약속이었죠."

스스로를 별로 실력 없는 등반가라고, 그래서 노멀 루트를 많이 탔다고 말하면서도 그는 "과정 없이 결과만 중시하는 등반은 싫다"고 말했다. "제가 에베레스드를 등성한 게 1995년인데 세계에시 521번째였어요. 지금은 카운팅을 안 해요. 한 해에 400명, 500명씩 오르죠. 5만 달러만 내면 포터가 업고 정상까지 갑니다. 사람들은 정상에 선 사진만 내보이지 업혀갔다는 얘기는 안 하죠." 지방자치단체들의 등반대 지원이 부쩍 늘었지만 등반대가 목표 봉우리를 말하면 공무원들의 첫마디가 "그거 말고 에베레스트!"라고 한다며 그는 씁쓸하게 웃었다.

고도 8000미터의 세상을 우리는 모른다. 다만 전해 듣거나 미루어 짐작할 뿐이다. 누구는 초월적 자연의 미학적 숭고함을 이야기하고, 또 누구는 자아나 인간 존재와의 철학적 대면에 대해 말하기도 한다.

3000미터, 6000미터 봉을 경험하지 않고 8000미터로 직행하는 것은 등반의 진짜 행복을 놓치는 일일 뿐 아니라 산에 대한 예의가 아니라고 그는 믿는다. "재미와 행복의 99퍼센트는 이 바닥에서부터 7999미터까지 펼쳐져 있는데, 사람들은 정상의 1퍼센트에만 열광해요."

무던히 이해해주던 아내가 2003년 14좌의 마지막 등반(가셔브룸 2, 브로드피크) 직전에 처음으로 '이제 위험한 산은 안 갔으면 좋겠다'고 말하더란다. 간호사 벌이로 혼자 살림 꾸려가며 길게는 한 해의 절반씩 외국에 나가 지내는 남편 바라지하며 아이 키워온 아내의 애원에 그는 "성공하든 실패하든 이번이 마지막"이라고 약속한다. 다행히 그는 등반에 성공했고, 지금껏 약속을 지켰다.

그는 '클린 마운틴'이라는 모임을 이끌고 있다. 아내와의 약속대로 목숨을 건 '기록' 도전에 매달리지 않고, 신 쓰레기며 버려진 장비, 식량 따위를 수거하며 다닌다. 클린 마운틴은 산악 환경에 관심이 많은 아마추어 등반가들의 모임인데 회원 수는 40명 남짓 된다. 그들이 하는 일은 엄밀히 말하면, 청소라기보다는 캠페인이다. 그가 내·외신을 통해 이만큼이나마 알려진 것도 기록 때문이 아니라 이 활동 덕이다. 최근에는 미국 보스턴까지 가서 국제적인 아웃도어 환경운동인 'LEAVE NO TRACE'(흔적 남기지 않기) 교육을 받고 오기도 했다.

우리가 만났던 주 주말에 그는 클린 마운틴 회원 13명과 함께 뚜르 드 몽블랑(프랑스 이태리 스위스 권역 900~2000미터 고지 167킬로미터 구간) 트레킹 지역으로 출국할 예정이라고 했다. 15일 일정의 경비는 물론 갹출. 1985년 대학 산악반에 들면서부터 지금껏 산을 탔지만 50만 원이 넘는 고가 장비는 단 한 번도 사본 적이 없다는 그에게 요즘은 후원 업체에서 최고의 장비를 무상으로 제공한다. 그를 소개하는 기사가 신문에 났을 즈음, 그는 고가의 첨단 장비로 무장하고 쓰레기를 주우러 다니고 있었다.

13
26
民草처럼 바람을 노래하고
江풀을 품었었네
풀피리

...라고 한다. 먼 곳으로 공연을 떠날 때면 오세철씨는 직접 가꾼 '풀피리 화분'을 챙겨간다. 바이올리니스트 장영주씨가 수제 바이올린 '과르넬리'를 챙기듯 그는 화분을 끼고 산다. 저렇게 들길에서 막 뽑은 풀잎으로 뽑는 한 곡조가 진국이다.

한탄강 물빛은
늦가을 이맘때부터
깊어진다.

어지럽게 부유(浮遊)하던 것들이 세찬 여름 물살에 얹혀 다 흘러가고, 가라앉아 휘돌던 것들도 물때를 입어 기척 없이 고요해지는 계절. 강은 세상 모든 것들을 투명하게 수용하면서 야위어진 몸을 정교하게 입체화한다. 보아주던 이들이 다 떠나간 뒤에야 강은 비로소 강이 된다.

경기 포천시 영북면 자일2리 오세철(52)씨의 집에서 한탄강은 걸어서 3분 거리에 있었다. 그 강을 굽어보는 언덕 위에 자리를 잡고 앉자마자 그는 풀잎 하나를 뜯는다. "무서리를 살짝 맞아야 풀잎이 쫀쫀해져요. 이즈음부터 된서리가 내리고 강이 얼기 전까지의 풀피리 소리가 가장 쫄깃쫄깃하죠."

소리의 쫄깃함을 맛이나 보라는 듯 그는 청가시라는 풀잎을 뜯어 물고 「청성곡」 한 자락을 연주한다. 끊길 듯 가늘어지다가 구비를 만나면 힘지게 휘감아 넘고, 여울 지나는 물소리처럼 시김새 현란한 자진모리로 요동치는 듯하더니 이내 바람 소리처럼 처연한 한숨으로 잦아든다.

풀피리 소리 자체를 처음 듣는 문외한의 귀로 그 계절별 음색과 질감의 차이를 따진다는 것은 애당초 불가능한 일일 것이다. 다만 물빛 같고 풀빛 같은 그 청아함에 멍해져서는 먼 이국의 강 구비에서 뭇 뱃사공의 넋을 홀렸다는 전설 속 요정의 노래가 저러했을까 상상할 따름이었다. 하늘은 맑고 바람은 선득하니 끼끗했고, 풀피리의 가락처럼 강물도 '쫄깃하게' 흘렀다.

풀피리가 어엿한 전통 악기라는 사실을 안 것은 불과 며칠 전이었다. 대학원에서 '한국음악사'를 수강한다는 한 독자가 "풀피리가 『악학궤범』 악학에 향악기로 기록되어 있다는 걸 강의를 듣고 알게 됐다"고 그걸 한번 취재해보라며 이메일로 제안한 것이다.

과연 『악학궤범』은 풀피리를 초적草笛, 초금草笒이라는 이름으로 현금, 향비파, 가야금, 대금 등과 함께 버젓한 향악기의 하나로 그 주법과 더불어 소개하고 있었다. "복숭아나무 잎을 말아 불며 나뭇잎을 물어 휘파람을 부니 그 소리가 맑게 진동하는데 귤나무 잎이나 유사나무 잎이 좋다… 나뭇잎 상면(반질반질한 면)을 말아 입에 물고 불면 소리가 윗입술로부터 나는 것이니…"

오세철씨는 풀피리 경기도 무형문화재 38호로 등재된, 주력 35년의 베테랑 연주자다. 그에 따르면 풀피리는 인간의 감정과 기량을 가장 솔직히 전면적으로 드러내 보여주는 악기다. "입에서 나오는 음률을 풀잎이 제 몸을 떨어 연주음으로 만드는 겁니다." 풀잎 뒷면을 반듯이 펴 팽팽히 당기면 잎 끝이 바깥쪽으로 살짝 오므려지는데, 아랫입술로 풀잎을 깨 물 듯 고정하고 윗입술을 살짝 얹어 그 사이로 입김을 뿜어내 는 게 주법의 기본. 풀잎에 부딪혀 입 안으로 되돌아오는 입 김과 풀잎 끝을 진동시키며 바깥으로 터져나가는 입김이 공 명함으로써 소리를 만드는 듯 보였다.

서양악기든 국악기든, 관악기든 현악기든, 운지運指와 타 현打絃에 법식이 있고 악기 자체의 고유 음색과 음가가 있다. 하지만 풀피리는 입김의 강약과 목청의 떨림에 제 음가를 고 스란히 내맡긴다. 음색도 풀잎의 종류와 계절에 따라 다르고, 심지어 부는 이의 기분에 따라 달라진다고 한다.

사물이나 현상의 의미는 더러 그 자체보다 덧씌워진 이 미지에 좌우된다. 풀잎은 질긴 항거의 정신과 슬기로운 처세 의 표상으로 흔히 환유된다. 백성을 비유적으로 일컫는 민초 民草라는 명사에서 보듯, 그 이미지 속에서 낱잎 하나하나의 고유명사는 무의미하고 의도적으로 덮이기도 하는데, 풀피리 역시 그냥 풀피리일 뿐이지 무슨무슨 풀피리는 무의미해진 다. 옛 동화책에 등장하는 목동들의 호드기도, 꼴 베는 아이 들의 풀잎피리도, 버들피리나 보리피리도 모두 풀피리이고, 『연산군일기』로 전해지는바 연산군이 장녹수 등과 궁궐 후원 에서 불며 놀았다는 초적도 모두 하나의 풀피리다.

『악학궤범』의 시대에는 달랐겠지만, 언젠가부터 풀피리는 무대가 아닌 변두리 삶의 수수한 치장 정도의 이미지로 왜소해졌고, 악기로서의 가능성 역시 삑삑대는 천연 호루라기 수준으로 천시됐다. 사방에 지천으로 널린 풀잎이 그 자체로서 악기가 된다는 미덕(!)도 싸구려 이미지에 일조했을 것이다. 그런 이들에게 풀피리 연주의 기량은 ‘재주’나 ‘묘기’로 비칠 뿐이다.

“풀피리로 소화하지 못할 음악은 없어요. 동서양 여느 악기 못지않게 음역도 넓고 기량만 갖추면 음가도 정밀하게 구사할 수 있거든요.” 오세철씨가 가장 좋아하는 풀잎은 개복숭아 잎이라고 했다. “지금은 지고 없지만 개복숭아 잎이면 서양 음계로 세 옥타브 이상 나옵니다. 국악 관악기 가운데 제왕처럼 떠받들리는 대금의 음역도 두 옥타브 반에 머물잖아요.”

인터뷰 중간중간 그는 자신의 삶의 이력과 풀피리와의 인연, 독공 시절의 에피소드, 연주 경험과 경력 등을 들려줬고, 그 사이사이 「청성곡」이나 「영산회상」 같은 버젓한 대금 정악 독주곡이나 흘러간 대중가요의 한 자락을 풀어놓기도 했다. 그의 풀피리는 때로는 갈대 속청을 떨며 내는 대금처럼 청아했다가 아쟁처럼 낮고 느리게 흐느꼈고, 해금의 꺾진 듯 애잔한 소리를 닮아가기도 했다.

“농사나 착실히 배우라며 선친께 얻어맞은 게 한두 번이

아니죠. 어르신도 소리를 좋아해서 지역 명창 소리는 들으셨는데 당신 생각에 창이든 악기든 소리에 한번 미치면 잘 풀려야 건달이라는 거였거든요." 중학교 1학년 때 스승을 만나 주말마다 50리 길을 오가며 배우던 기억, 어르신 감시 피해 여름이면 아카시아 잎으로, 겨울에는 방에서 키운 고구마 잎으로, 이도 저도 없으면 '라면땅' 비닐포장지로 독공하던 기억, 어깨 너머로 배운 창 실력으로 1978년 KBS 민요백일장에 나가 「뱃노래」로 입선하고 풀피리 「한오백년」 연주까지 과시했던 일, 군대 갔다 와서 장가들고 한동안 마음잡고 농사에 매진하던 시절의 이야기…. "새참 때마다 동네 어른들이 풀피리 불라고 늘 성화를 해대는데, 흥이 나면 일 면제받고 오후 나절을 풀피리만 불기도 했죠."

가을걷이 끝내고 한가해지면 하릴없이 마음이 싱숭생숭해지곤 했는데, 하루는 아내가 그러더란다. "농사만 지어도 먹고살 만하고, 그 농사 내가 지을 테니 당신은 나가서 그 좋디는 소리를 하든 풀피리를 불든 하소."

꼭 10년 전인 1999년 6월. 모내기를 끝내자마자 그는 서도소리 명인 이은관씨를 찾아간다. "포천, 철원, 연천… 이 동네가 희한해요. 실향민이 많아 황해도 평안도 서도소리에 능한 사람이 많아요. 거기다 강원 북·동부의 메나리 가락도 어려서부터 귀동냥으로 익힌 터였고요." 서도소리가 콧소리를 섞어가며 간드러지게 휘감아드는 맛이 있다면, 메나리 가락은 산골 메아리처럼 삭혀서 울려내는 장중한 꺾임이 매력이

다. 스승과 함께 서도소리의 정수라는 배뱅이굿 완창 공연도
했다는 그의 방에는 '서산 낙조~'로 시작되는 1만4000자 배
뱅이굿 가사가 도배되어 있었다.

소리 공부는 우리 가락의 맛과 멋을 더 깊이 알게 했고,
곧 풀피리의 기량으로 깊어졌다. 사사한 지 한 해 남짓 지났
을 때인 2000년 11월, 서울 장충동 국립극장에서 국악관악기
연주회가 있었는데 우연찮은 기회로 그는 풀피리를 들고 출
연한다. "국립국악관현악단과 협연도 하고 명창 반주도 하고,
독주도 하고… 전체 공연 60분 중에 25분 동안 풀피리를 불
었어요." 그 연주 경력을 인정받아 이듬해 그는 경기도 지정
무형문화재가 됐고, 그간 남들이 알아주진 않아도 850여 회
라는 공식·비공식 연주 경력을 쌓았으며, 100여 명의 제자
도 길러냈다.

요즘 그는 농사일 틈틈이 강연이나 공연도 하면서 풀피리
연주곡을 짓는다. 이미 산조 한 곡과 봉장취(소쩍새 솔부엉이 꾀
꼬리 뻐꾹새 접동새 등의 사랑놀이를 자진모리 가락으로 연주하는 즉
흥곡), 경기민요의 구성진 이별가조에 메나리 가락을 섞은 오
세철류流 한탄강 아리랑을 작곡했고, 경기문화재단에서 얼마
간 지원을 받아 음반도 냈다며 또 한 가락씩 선을 보였다.

그는 하고픈 이야기도, 들려주고픈 가락도 많은 듯했고,
세상이—특히 음악대학들이—풀피리를 지금보다는 좀더 버

『악학궤범』의 시대에는 달랐겠지만, 언젠가부터 풀피리는 무대가 아닌 변두리 삶의 수수한 치장 정도의 이미지로 왜소해졌고, 악기로서의 가능성 역시 삑삑대는 천연 호루라기 수준으로 천시됐다. 사방에 지천으로 널린 풀잎이 그 자체로서 악기가 된다는 미덕(!)도 싸구려 이미지에 일조했을 것이다.

젓하게 대접해야 한다고 주장했다. 요컨대 정규 전통 기악의 한 갈래로 인정해 강의와 전공과정을 개설해 주법의 맥을 잇고 후진도 양성해야 한다는 거였다.

물론 그것도 그런대로 반가울 일이지만, 지금 이대로도 그리 안타깝진 않다는 게 솔직한 내 느낌이었다. 그의 풀피리 소리가 경이로웠기 때문이기도 하지만 교본에 갇히지 않음으로써 더 자유롭고 풍성한 풀피리 소리들이 만들어질 것 같아서였다. 내가 들은 그의 풀피리 연주 가운데 가장 좋았던 것은 그가 한탄강가 논두렁을 걸으며 격식 없이 불었던 두툼한 바람 소리 같은 이름 모를 가락이었다.

강처럼 풀잎도
가을로 깊어가고
그의 소리도 그러했다.

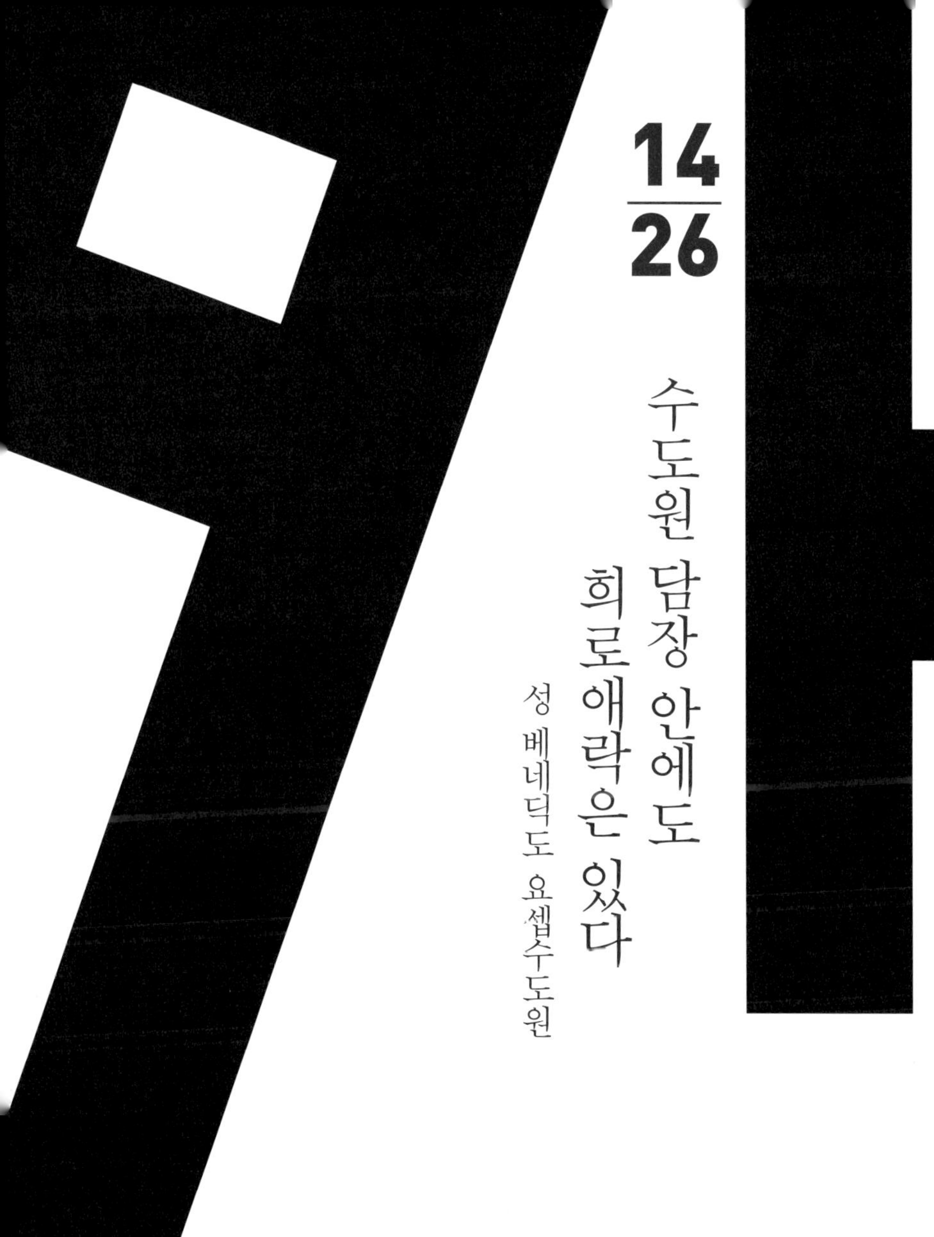
14
26
수도원 담장 안에도
희로애락은 있다
성 베네딕도 요셉수도원

수도원 최고령 이바오로 수사는 영정사진을 찍어주는 조건으로 묵상의 모델이 돼주었다. 연출된 사진이지만, 수도 경력 반백년인 그는 저 순간에도 하느님과의 '번개 데이트'를 즐기고 있을 것이다.

"과수원 농사는 이맘때가
가장 바빠요.
과일 따야 하고
선별해서 출하해야 하고…."

안 마르코(59) 수사가 흙 묻은 손으로 이마의 땀을 훔치며 제 초기에서 내려선다. 쓰고 있던 모자로 허름한 작업복 면바지와 셔츠에 붙은 검불을 툭툭 털어내더니 "배 따기 전에 우선 저것들을 다 깎아야 한다"고 사람 좋게 웃는다.

1만여 평 1200여 주의 배나무 밑동을 잡초들이 무릎 높이로 덮고 있다. 그는 10마력은 족히 될 듯한 제초기의 육중한 소음을 죽였다. 농촌지도소에서 하루 5만 원씩 내고 빌려온 기계라고 했다. 그는 그 기계 일당을 조금이라도 아끼려고 아침기도 끝나기 무섭게 배밭으로 나왔을 것이고, 파라솔처럼 낮게 펼쳐진 배나무 가지 아래를 누비는 동안 허리 한번 제대로 못 폈을 것이다. 수사생활 31년, 배농사 경력 20년의 그다. "요즘 젊은 수사들은 컴퓨터는 잘하는데 몸 쓰는 일은 서투르다" "나도 선배 수사들한테서 이 일 배웠고, 요즘은 기술 가르쳐주는 데도 많다"…. 내 질문에 일일이 대답하면서도 발걸음은 성당으로 분주히 움직였다. 땀 씻고 '스카풀라(수도복)' 갈아입고 가쁜 숨 고른 뒤 낮기도에 늦지 않게 참여해야 하기 때문이다.

경기 남양주시 별내면 화접리 성 베네딕도 요셉수도원. 가을 풀벌레 소리는 제법 흥성흥성했지만 햇살은 여전히 따가운 날이었다.

수도원은 불암산 남향 자락 2만3000평 대지 위에 앉아 있었다. 정문을 들어서면 배밭이 펼쳐진다. 손바닥만 한 성당 표지판은 과수원 길을 200미터쯤 올라가야 나타난다. 빨간 벽돌벽 단층 성당은 울창한 수림에 둘러싸여 은둔하듯 서 있었다.

"여기가 성당이고, 뒤편에 수도사들이 기거하는 집이 있어요. 배밭은 일터고요. 성당, 가정, 일터가 이 안에 모여 있죠. 자연스럽게 봉쇄적 수도생활을 합니다." 이수철 프란치스코(61) 원장수사가 가리키는 쪽 배밭 사이사이로 손님들을 위한 집이 몇 동 보였고, 텃밭엔 아름드리 김장배추들이 열 지어 여물고 있었다.

24시간 피정避靜(일상생활에서 벗어나 성당이나 수도원 같은 곳에서 묵상이나 기도를 통해 자신을 살피는 일)객을 위한 원장 수사의 간략한 오리엔테이션이 시작됐다.

"아시다시피 여기는 하느님의 집이고, 저를 포함해 여덟 명의 수사가 생활하고 있어요. 우리의 수도 가훈은 '기도하고 일하라' 입니다. 베네딕도회의 3대 서원(가난, 정결, 순종)과 별개로 우린 세 가지 서원을 따로 해요. 처음이 종주終住서원입니다. 하느님의 공동체 안에서 산山처럼 머물며 죽을 때까지 함께 살겠다는 거죠. 둘째는 수도승다운 생활입니다. 규칙서가 정한 일과표대로 매일 기도하고 노동하고 성독聖讀하죠. 고인 물이 썩듯이 수행이 권태로워질 수도 있어요. 그 권태와 게으름을 극복하기 위해 하느님을 향해 강江처럼 끊임없이 흘러야 합니다. 세 번째는 순종서원입니다. 하느님의 말씀, 공동체의 수칙에 순종해야 하는 거죠. 베네딕도회의 규칙서는 1500년 전 그대로 글자 한 자 바뀌지 않았습니다. 즉 수도회가 탄생하던 중세의 그 순수한 시간과 정신 안에 사는 겁니다. 하늘과 땅, 하느님과 사람, 관상觀想과 활동의 균형 영성이죠…. 궁금하신 점 있습니까?"

외출은 안 하세요?

"여긴 반半봉쇄수도원이에요. 병나면 병원도 가고, 일이 있으면 허락받아 나갈 수 있습니다. 1년에 2주씩 휴가도 있죠. 하지만 일 없이 외출하는 수사님은 안 계세요."

수도사의 봉쇄적 수행이 세상과 어떻게 어울릴 수 있나요?

"교육·의료 등 세상 최전방에서 일하는 활동수도원도 있고, 철저히 폐쇄적 수행을 하는 봉쇄수도원도 있죠. 전자가 봉사를 실천하는 수행이라면, 우리는 기도로 봉사합니다. 다양한 자리에서 자기 역할을 통해 서로 보완하는 겁니다. 봉쇄가 진공은 아닙니다. 꽃향기가 벽을 넘어 세상 속으로 퍼져나가듯, 정갈하고 높은 정신은 어떻게든 세상에 영향을 주죠."

<u>수사는 어떻게 되셨어요?</u>

"서울교대 나와서 8년 정도 교편을 잡았어요. 서른네 살에 입회한 뒤 대학에서 종교학을 전공했고, 가톨릭신학대를 졸업한 뒤 여기 들어왔어요."(그는 1989년 서품을 받은 성직수사다.)

'사연'을 물었으나 그는 '이력'으로 대답했고, 다시 물어볼 수도 없어 난처해하는 내 표정이 재미있다는 듯 빙긋이 웃었다. 그 미소에 밀려 더는 나아가지 못했다.

<u>제가 여기서 특별히 주의해야 할 점이 있나요?</u>

"방에 가시면 수도원 일과표가 붙어 있을 겁니다. 기도와 미사는 매일 일곱 차례 있는데 피곤하면 쉬시고 괜찮으면 시간 늦지 않게 성당으로 오세요. 식사는 직접 해 드셔야 합니다. 여기는 수도하는 곳이니 조용히 지내주시기 바랍니다."

수도사는 해가 진 뒤, 그러니까 저녁기도(오후 5시 30분) 이후로는 다음 날 아침 식사(오전 7시) 때까지 '대침묵(묵언 수행)' 해야 한다. 실내나 숲속 등 하늘이 가려진 공간에서는 밤낮없이 '소침묵' 해야 하는데, 할 말이 있더라도 속삭이듯 나지막이 하라는 것이다. 침묵이 깊은 만큼 대화가 깊어지고, 성령의 메아리도 더 멀리 퍼진다는 게 성인聖人의 말씀이라고 했다. 창세기가 가르치듯 '말씀'은 중한 것이니 오래 정화한 뒤 아껴 말하라는 의미일 것이다.

수도사의 하루는 새벽 4시 30분에 시작된다. 4시 50분부터 아침기도. 묵상과 아침 미사에 이어 식사-기도-노동-낮기도-식사-기도-노동-기도-성독-식사-끝 기도(오후 7시 15분)…. 이후로는 자유 시간이다. 수사들은 늙으나 젊으나, 평수사든 신부수사든 방 청소며 빨래 등등을 직접 해야 한다.

그믐달 뜬 수도원의 밤은 밤답게 짙고 적요했고, 고단했을 수사들의 거처는 이내 그 어둠 속으로 스몄지만, 마음이 고단한 피정객의 밤은 별빛처럼 총총히 어지러웠다.

베네딕도회는 이탈리아 태생의 성 베네딕도(480~547년경)가 저술한 수도 규칙을 따르는 남녀 수도원들의 연합체다. 연합의 구심력은 인간의 조직인 총연합이 아니라 성인의 가르침인 베네딕도 규칙서이고 궁극적으로는 성경이다. 그러므로 베네딕도회란, 같은 수도 규칙을 따르는 수많은 자치수도원의 통칭이라 봐야 한다고 했다. 전 세계에는 300여 개의 자치수도원과 8000여 명의 종신서원 수도자가 있다.

왜관 본원과 예속·부속 수도원 등 여섯 곳에 145명의 수도자가 있는 한국 베네딕도회는 2009년에 전래 100주년을 맞았다. 이를 기념해 전 세계 21개 베네딕도회 연합회의 수장인 총재 아빠스(수도원장)들이 왜관 본원에 모여 세계 총재 아빠스회의를 여는 등 다양하고 성대한 잔치를 벌였다. 내가 수도원을 찾아간 것도 그즈음이었다. 하지만 '큰집' 잔치의 들뜬 분위기를 요셉수도원에서 감지하기란 불가능했다. 축제의

성 베네딕도회 요셉수도원의 1년 중 가장 시끄러운 때가 안 마르코 수사가 제초기를 운전하는 저 순간이다. 며칠 뒤 배 수확을 시작할 참이어서, 과수원 바닥을 깨끗이 정리해둬야 한다고 했다. 수도사에게는 노동도 수도의 방편이지만, 수도복 벗고 작업복을 입으면 그대로 농부가 된다.

그에게 생애 동안 가장 힘들었던 게 뭐냐고 물었더니 그는 공동체 생활이라고, 성욕을 이기는 것보다 낯선 형제와 마음 맞춰 지내기가 더 힘들더라고 망설임 없이 대답했다.

하루도 어제와 다르지 않고, 100년 전, 1000년 전의 하루와 다르지 않아야 한다는 게 그들의 규칙이고 약속이기 때문일 것이다.

다음 날 아침. 안 마르코 수사의 제초기는 어김없이 굉음을 토해내고 있었다. 인사를 했더니 그는 마침 간식 먹을 때라며 잘 익은 황금배 대여섯 개를 따서는 텃밭 너머 비닐하우스 '사무실'로 피정객을 안내했다. 작업복 차림의 수사들은 영락없는 농사꾼들이었는데, 언제 수사였나 싶게 왁자하게 웃기도 하고, 농담도 격의 없이 주고받는다. "올해 첫 배예요" "와, 맛이 들었네. 젯상에 올려도 되겠다" "어서 따야겠는걸"…. 요셉수도원의 최연장자인 이 바오로(77) 수사가 사진기자의 카메라를 보고는 반색하며 "증명사진 하나 찍어달라"고 청한다. 그 말을 받아 안 마르코 수사가 대뜸 "영정사진은 천천히 챙기셔도 됩니다"라며 딴죽을 걸고, 강 피델리스(41) 수사는 "우리 수도원에서 제일 젊은 오빠시면서…"라며 분위기를 거든다.

"다들 성격도 다르고 스타일도 다르잖아. 기도는 늘 행복했는데, 낯선 형제들과 마음 맞춰 지내는 게 힘들었어. 서로 알고 나면 대수롭지 않은 일들인데…. 여기, 이 안에도 희로애락은 있거든."

푸근한 농담들이 채 끝나기도 전에 마음이 급해진 이 바오로 수사는 "영정으로 쓰려면 수도복을 입어야 한다"고 사진기자를 이끌고 숙소 쪽으로 불편한 걸음을 옮긴다.

"작년(2008) 이맘때 척추퇴행성협착증 수술을 받았는데 아직 걸을 때 균형을 잘 못 잡겠어." 수사생활 49년. 그만큼 하느님과의 친분도 두터울 그에게 생애 동안 가장 힘들었던 게 뭐냐고 물었더니 그는 공동체 생활이라고, 성욕을 이기는 것보다 낯선 형제와 마음 맞춰 지내기가 더 힘들더라고 망설임 없이 답했다. "다들 성격도 다르고 스타일도 다르잖아. 기도하는 건 늘 행복했는데, 낯선 형제들과 마음 맞춰 지내는 게 힘들었어. 서로 알고 나면 대수롭지 않은 일들인데…. 여기, 이 안에도 희로애락은 있거든." 노老수사의 가식 없는 토로가, 웃자란 배나무 가지를 철 따라 쳐내듯 거센 욕망들을 끊임없이 길들이며 살아왔고 또 살아갈 그 세월의 무게를 실감하게 했다.

기도의 근본은 하느님과의 수직적 대화다. 하지만 참된 기도는 신과 이어놓은 자신의 영혼을 수직의 구도 안에 가두지 않고 이웃을 향해 수평으로 널리 펼쳐져야 한다고, 이웃을 위해 기도함으로써 또 다른 하느님께 나아가는 길이 열린다고 그들의 기도서는 가르치고 있다.

수도원의 담장이 높은 것은 세상을 멀리하기 위함이 아니라, 더 멀리 더 낮은 세상까지 나아가기 위해 영혼을 돋우고자 하는 서원의 높이이고 염원의 상징일 것이다. 이 바오로 수사가 묵상하는 모습을 바라보는 동안, 내 생의 어떤 기쁨이 존재조차 모르는 그 누군가에게 빚지고 있을지 모른다는 생각을 잠깐 하기도 했다.

"배꽃 필 때 쉬러 와.
그때도 내가 있을지
모르겠지만…."

노수사는 환한 가을 햇살 속에 서서 햇살보다 환한 웃음으로 피정객을 전송했다.

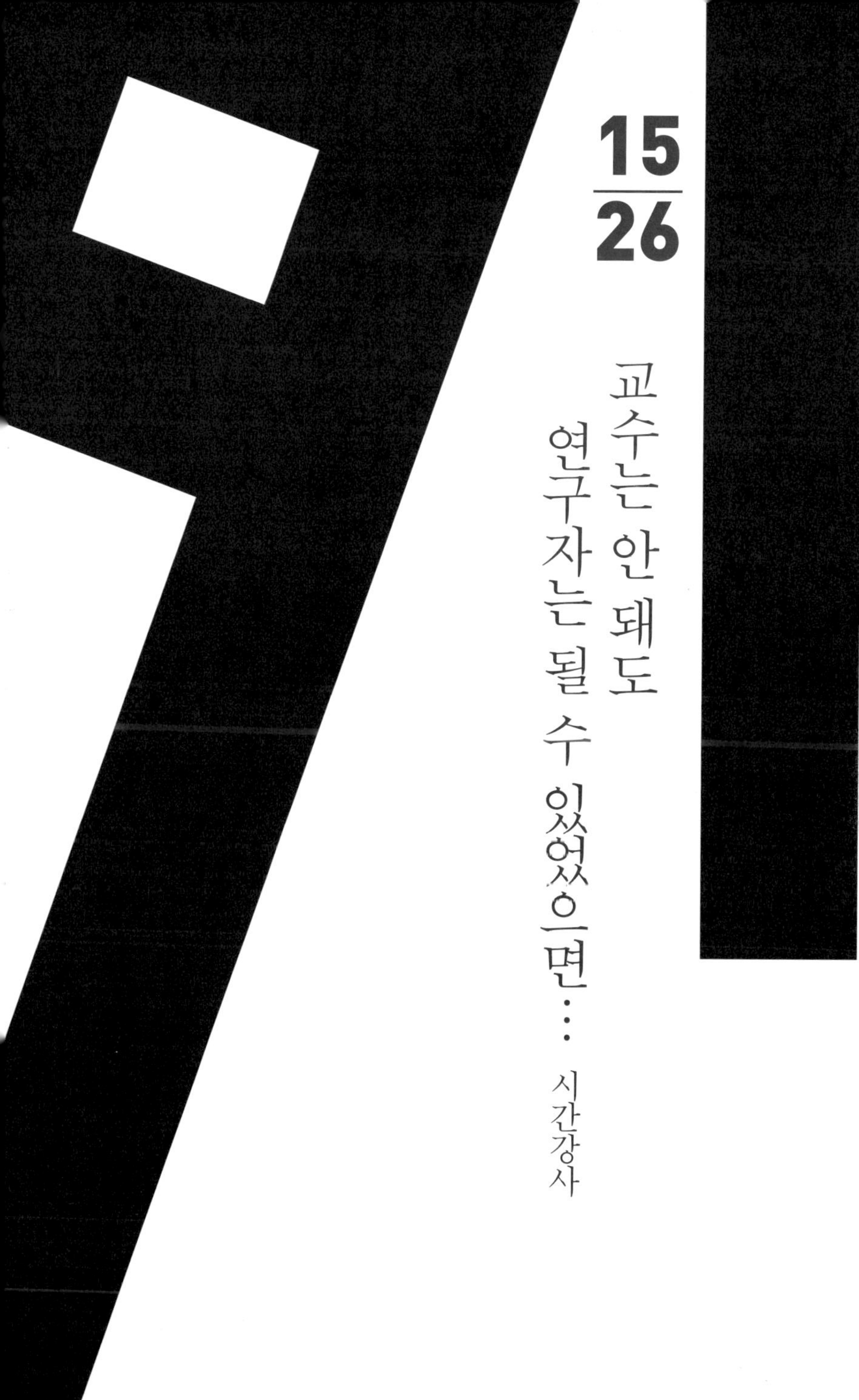

15
26
교수는 안 돼도
연구자는 될 수 있었으면…
시간강사

시간강사는 한국사회에서 자신에 대한 발언권조차 없는 존재다. 대학교수 직을 포기하지 않은 사람 중에 인터뷰에 응해줄 이는 "단 한 명도 없을 것"이라는 노년의 강사가 해준 충고는 사실이었다. 어렵게 시간을 내준 A씨도 인터뷰를 마치고 헤어질 때 얼굴과 이름을 가려달라고 말했다.

- 요즘은 어디 어디 뛰고 있냐?
이제 어디 자리 잡을 때도 됐는데….
- ….

"간만에 만나거나 통화라도 하게 되면 고향 친구들 첫마디는 늘 저런 식이에요. 걔들 눈에 전 언제나 '뛰어다니는 사람'이죠. 생각 없이 뛰어다니던 때…, 그러니까 꿈이랄까 희망이랄까 하는 게 있던 때는 저런 말들이 대수롭지 않았어요. 우리 같은 사람들한테 자연스럽게 쓰는 관용어잖아요. 그런데 제 나이 마흔이 넘으니까 슬슬 불편해지데요. 허덕임, 헐떡임 같은 게 느껴지잖아요. 덧없는 헐떡임…. 안 그래요?"(대학 어문학 강사 경력 25년의 A씨)

현역 시간강사(비정규 교수)가 전국에 7만 명이 넘고, 그들이 대학 강의의 절반 이상을 떠받치고 있지만, 인터뷰에 응해줄 사람을 만나기는 쉽지 않았다. '노는 물'이 좁아 어지간해서는 신분을 감추기 어렵고, 험한 말 잘못했다가 찍히기라도 하면 전임은커녕 강의 자리도 끊기기 십상이기 때문이다. 좋은 직장 높은 자리에 앉아 있다가 만년에 은퇴해 '실무 지식을 후학들에게 전수하고자' 나서는 사람들, 강사 밥 덜 먹어 험한 꼴 덜 본 그래서 아직 꿈만은 포실한 젊은 연구자들, 전임 희망 초개처럼 털고(어쩌면 털리고) 동료들이나마 구제하자며 피켓 들고 길거리로 나선 강사들은 내가 찾는 인터뷰이가 아니었다.

비정규직보호법을 흘낏거리며 2학기 수강신청까지 다 받아놓은 시간강사 88명을 일거에 해촉한 고려대 정문 앞에서, 그 조치에 맞서 고군분투하고 있는 김영곤(61) 한국비정규교수노동조합 고려대 분회장도 "그런 조건으로 할 말 다 해줄 사람은 아마 없을 것"이라고 말했다. "저한테 와서 자신의 억울함을 한참 하소연해놓고는 제 이름조차 밝히지 않고 가는 사람들이 한둘이 아니에요."

어렵사리 만난 A씨는 학위 받고 3년가량 열심히 덤벼본 뒤 일찌감치 미련을 떨친 경우였다. 2년간 전공어 국가로 초청유학도 다녀왔고 세칭 SKY대에서 박사학위도 받았지만, 외국서 학위 받아온 이들이 너무 많고, 그 벽도 너무 높더라고 했다. "한 대학의 교수 채용 최종심에 두 차례 연거푸 오른 적이 있어요. 경쟁자 세 명 가운데 정량평가가 가능한 강의 경력이나 연구 실적에서는 제가 앞섰는데 결국 해외 학위 수여자가 낙점되더군요. 뭐, 그럴 수 있다고 봐요. 다른 내막이야 모르죠. 어쩌겠어요."

그는 진지하고 온건했으며, 또 겸손했다. 취재 과정에서 만나거나 통화한 이들 중 여럿처럼 교수 수급 구조와 대학·재단의 횡포에 대해 성토하지도, 무성의하고 무책임한 정부와 국회 탓이라고 질타하지도 않았다. 시간강사들의 모래알 구조가 온존하는 한 신분에 관한 그 어떤 개선도 개혁도 없을 것이라며 진영의 기회주의와 나약함을 두고 비분강개하지도 않았다. 자신의 처지나 전망의 영향이 크겠지만, 그에게서 씁쓸한 자기연민이나 처연한 냉소의 기미도 찾기 힘들었다. 그런 면에서 그는 시간강사의 전형—혹은 선입견이나 편견—과는 사뭇 달랐다.

교수 임용 심사는 대학별로 대개 서너 단계로 치러진다. 1차는 연구성과 평가다. '4년 이내 몇 편 이상의 논문' 식의 자격 조건이 붙기도 한다. 2차는 공개 강의 및 학장 면접이다. 1차와 달리 심사하는 교수들의 재량권이 대폭 허용되는 단계이고, 그만큼 부작용과 잡음도 많아 공개 강의의 경우 희망자만 하라고 하는 대학도 있고, 타대학 교수들을 심사에 가담시키기도 한다. 극소수라 믿고 싶지만, 덜된 교수들에게 제자를 종처럼 부릴 수도 있게 하는 권력도 저 2단계의 포괄적이면서 흐리터분한 기준에 크게 기댄다. 최종 단계에서는 3배수의 선발자를 놓고 총장·이사장 등이 최고 실력자들의 면접을 치른다. 경쟁률은 전공과 대학에 따라 천차만별이지만 포괄전공 채용의 경우 50대 1을 넘기는 경우도 드물지 않다. 또 이 같은 현상을 두고 우리 학문사회의 기반이 그만큼 두터워졌다며 뿌듯해하는 이들도 있다. 어쨌든…

"제 전공은 수요가 비교적 많은 편이라 강의 자리는 내내 아섭지 않았어요. 가끔 번역 아르바이트도 했지만요." 출강하던 대학에서 만난 대학원생과 결혼해 아이 둘을 낳았지만 아내도 시간강사와 중등학교 기간제교사 등으로 일하며 살림에 보태 생계에도 큰 어려움은 없다고 그는 말했다.

물론 그건 그가 '좋은 대학'을 나왔기 때문에 가능한 이야기일 것이다. 출신 대학 등 이력서가 빈약한 강사들은 모교에서 안 받아주면 강의 자리조차 얻기 힘든 게 냉정한 현실이다. 또 그들 입장에서 보자면 명문대 출신 강사들의 이런저런 푸념은 배부른 자의 트림 소리쯤으로 들릴지 모른다. 몇 년 전 서울대 출신의 한 시간강사가 자신의 처지를 비관해 학교 뒷산에서 목을 맨 뒤에도 불편한 뒷말이 없지는 않았다고 한다.

강의를 얼마나 하나.

"한 학기에 보통 세 강좌 해요. 젊을 땐 경력에 도움이 될까 싶어 야간강좌까지 해서 심지어 30강좌를 끌고 간 적도 있어요. 그 정도면 그야말로 눈코 뜰 새 없죠."

그래서 월수입은?

"세 강좌면 9시간인데 실습 1시간 포함해서 주당 10시간이죠. 시간당 5만 원 잡으면 주급 50만 원, 4주 잡으면 200만 원인가요? 방학 때는 수입이 없으니까 1년을 7개월로 치면 연봉 1400만 원이고 계절학기 두 달 하면 1800만 원이네요."

　　강사 시급도 학교별 지역별로 천차만별이다. 서울지역 명문 사립대가 가장 후한 편인데 그런 곳이 5만 원 내외. 중하위권 대학은 3만 원 남짓이고 수도권 중하위권 대학과 지방 전문대의 경우 빠듯하게 2만 원인 곳도 적지 않다. 2008년 9월 교육과학기술부가 발간한 '대학강사 기본현황 분석 보고'에 따르면 국립대와 사립대를 평균한 전임 연봉은 4123만 8000원, 강사의 평균 연봉은 999만 원이다. 물론 시간강사에게 4대 보험 등 사회보장 혜택은 없다.

강사라 힘든 점은.
"뭐니뭐니해도 불안감이죠. 제 경우는 사정이 나은 편이지만, 그래도 늘 불안해요. 언제 어느 대학 강의가 끊길지 모르니까, 늘 예비책을 마련해두려고 해요."

　　성의 있는 학교는 강사들에게 학기가 끝나기 전에 다음 학기 위촉 여부를 통보해주지만 그렇지 않은 학교도 적지 않다. 최근 고려대 등 일부 대학의 경우 2학기 수강신청까지 끝난 상태에서 시간강사에게 무더기 해촉을 통보했다.

　　그런 이들은 갑자기 비게 된 은행 통장의 입금란 못지않게 시간의 공백까지 감당해야 한다. 강의가 없어 시간이 빌 때마다 개인 연구 열심히 하라고, 좋은 기회 낭비하지 말라고 격려하는 선배나 은사들도 있다. 물론 좋은 뜻으로 하는 말이겠지만, 당사자 입장에서는 '과부 사정 몰라주는 화냥년 헛소리'처럼 들리는 것도 사실이다. 그래서 대다수 시간강사들은 차비 빼고 밥값 빼면 남는 것도 없는 '허름한' 강의 요청도 어지간해서는 거절하지 못한다. 또 그래서 '돈 안 줘도 되니 강의만 맡겨달라'고 애원하는, 그 '허름한' 대학 출신 강사들이 설 자리는 그만큼 줄어든다.

그래도 매년 은퇴하는 교수들은 있고, 그 숫자만큼 신임 교수들이 채용된다. 그 단순하고도 명확한 사실이 7만 명 시간강사가 기대는 희망의 방정식이다. 물론 그 단순 수식의 정답이 되는 이들은 극소수이지만 말이다. 서울 명문 사립대를 1980년대 말에 졸업해 유학 가서 학위 따고, 실로 긴 기다림 끝에 최근 전임 자리를 얻은 한 교수는 "자신은 운이 좋았던 경우"라고 말했다. "쏠림 현상이 심해요. 매년 교수로 채용되는 이들의 출신 학교를 보세요. 70~80퍼센트는 서울대예요. 연·고대 출신들이 나머지 자리에 양념처럼 들어가죠. '양념'들도 자격, 능력, 실적으로 공정하게 평가받는 것 같지는 않아요. 그래도 '둘을 뽑으면 하나는 실력으로 뽑는다'는, 근거도 없고 믿기지도 않지만 그냥 믿고 싶은 말을 시간강사들은 믿고 버티는 겁니다."

A씨도 '교수'였던 때가 잠시지만 있었다고 한다. "모 대학에서 시간강사들에게 겸임교수 신청하면 받아주겠다고 제안하더군요. 겸임교수가 되면 급여는 같지만 연구비가 월 20

'취직=전임'이라고만 믿어 다른 대안은 생각해본 적 없었고, 이게 아닐 수도 있다는 생각이 들었을 때는 마흔 살이 다 됐더라는, 요컨대 상상력이 부족했던 그는 지금도 '뛰고' 있다.

만 원 정도 더 나와요. 하지만 그리 오래 하진 못했어요. 대학 측이 무슨 평가를 받기 위해 교수 숫자를 급히 늘려야 해서 취한 편법이었거든요."

그는 이제 중학생이 된 아들에게 가끔 자신의 인생 실패담을, 극복 논리와 함께 들려준다고 했다. "아이에게 늘 상상력을 발휘하라고 조언해요. 세상의 가치관은 늘 변한다, 내 어릴 적 열망과 꿈은 어떠했는데 세상은 어떻게 바뀌더라, 미래를 상상하고 네 인생을 설계해라, 그런 말을 해주죠."

그가 대학을 졸업하던 때는 직장을 골라 취직하던 시절이었고, 동기 중에는 지금 공기업 고위직에 오른 이도 있고, 벌써 밀려난 친구들도 있다. '취직=전임'이라고만 믿어 다른 대안은 생각해본 적 없었고, 이게 아닐 수도 있다는 생각이 들었을 때는 마흔 살이 다 됐더라는, 요컨대 상상력이 부족했던 그는 지금도 '뛰고' 있다.

그래도 그는 "이제라도 상상력을 발휘하려고 노력한다"고 했는데, 그가 생각하는 시간강사의 상상력은 어떤 것일까.

"교수든 강사든 신분은 달라도 연구하고 강의하는 삶의 조건은 동등하죠. 학문 분야에서 스스로 개척해나갈 수 있는 아이템을 찾지 못하면 교수는 승진 심사용 논문이나 쓰고 학생들의 인기에 영합하는 강의밖에 더 하겠어요? 강사도 마찬가지이고요. 조직에서 소외당한 시간강사이지만 또 그래서 보다 자유롭게 강의나 연구 아이템을 발굴할 수 있어요. 학문하는 인간으로서의 도전은 아직 끝나지 않은 거죠."

그는 최근 자신이 '발굴'한 몇 가지 연구·강의 아이템을 들려줬고 다들 그럴싸하게 들렸지만, 이미 몇몇 대학에 그 아이템으로 강의 개설 신청을 해둔 터라기에 신분 보호를 위해 덮어두기로 했다.

다만 그는 전임-시간강사라는 지위의 차별보다, 교수는 아니어도 연구자·교육자로 살아갈 수 있는 여건의 문제에 세상이 관심을 가져줬으면 좋겠다고 말했다. "외국의 경우 풀타임 계약직 등 다양한 통로와 장을 통해 연구사나 강사들이 활동할 수 있는 비교적 안정적인 장치들을 마련해둔 곳이 많아요. 반면에 우리나라 시간강사들은 완벽히 사각지대에 놓여 있죠."

인터뷰를 다 한 뒤, 그의 신상을 드러낼지의 여부를 결정하자는 게 우리의 약속이었다. 교정을 나서며 그는 자신의 이름과 얼굴을 가려달라고 어렵게 말하며 흐릿하게 웃었다. 그게 끝내 어쩌지 못하는 자기연민 혹은 자기모멸의 낯빛처럼

느껴져 살짝 미안했으나, 그건 어쩌면 내 착각이거나 투사였
을지 모른다.

느껴져 살짝 미안했으나, 그건 어쩌면 내 착각이거나 투사였
을지 모른다.

16
26

얼굴 없이 소비자를 유혹하다

손 모델 최현숙

손 모델 손현숙씨의 손을 보면 하루키의 소설
에 등장하는, 아름다운 귀를 가진 여자의 환영
이 겹친다. 어렴풋이 떠올려보건대, 소설 속의
여자가 레스토랑 같은 데서 긴 생머리를 뒤로
묶어 귀를 드러내면 사람들은 못 박힌 듯 모든
행동을 멈추고 그 귀의 아름다움에 빠져들었
다. 누구나 크고 작게 국부적인 아름다움을 지
니고 있다. 손현숙씨 손의 아름다움은 확실히
대체할 수 없는 우월함이 있었다. 마치 하두키
소설 속 주인공의 귀처럼.

수개월 전
나무 다듬는 끌을 만지다가
오른손 집게손가락을 심하게 베어
쉰 땀가랑을 봉합한 적이 있다.

상해보험 들어둔 게 기억 나 보험사에 연락했더니, 약관상 손은 아주 못쓰게 되거나 하는 경우가 아닌 한 보험금 지급 대상이 아니라고 했다. "긁히고 베이고 부러지는 게 일상이기 때문"이라는 것이었다.

과연 손은, 기능적으로 보자면, 더 연약하고 고귀한 신체의 어떤 부위가 거칠고 더러운 세상과 바로 대면하지 않도록 앞장서는 전장의 척후병 같은 기관이다. 그래서 우리 몸의 부위 가운데 가장 빨리 늙고 그 늙음의 기세를 늦추거나 감추기 가장 힘든 부위가 손이라고도 한다.

그리고 손은 지식이 실재와 만나는 접점이다. 손은 가장 먼저 세상을 감각하고 가장 깊이 교감한다. 머리가 생각하기 전에, 몸이 감지하기 전에, 손은 접촉한다. 손은 또 가장 마지막으로, 전면적으로 세상에 개입한다. 수많은 참여문학 작품들이 아름다움을 노래해온 손이 바로 그 손이다.

또 손은 다양하고 화려하고 솔직한 표정을 지닌 기관이다. 가령 연애에 서툰 숙맥이 어렵사리 사랑하는 이성의 손을 쥘 때 마음이 제어하지 못해 전해지는 미세한 떨림, 혹은 손바닥에 밴 축축한 물기는 그 어떤 시적 고백의 말보다 아름답고, 엄숙한 선언보다 진솔한 언어가 된다. 프랑스 건축가 앙드레 보겐스키는 그의 스승 르 코르뷔지에를 추억하며 쓴 수필집 제목을 『르 꼬르뷔제의 손Les Mains de Corbusier』이라 달고 이렇게 적기도 했다.

"위엄 있으면서도 수심에 잠긴 얼굴에서는 거리감이 느껴지곤 했다. 얼굴에서 손으로 시선을 옮겼을 때 비로소 나는 르 코르뷔지에를 발견할 수 있었다. 손이 자신을 드러내고 있었다. 손은 그를 배반하려는 것 같았다. 손은 얼굴이 감추고 있던 모든 감정을, 모든 내면의 떨림을 이야기하고 있었다."

221

최현숙(29)씨는 지난 10년 동안 손의 '행위'가 아니라 '무위無爲'로 돈을 벌어온 손 모델이다. 그는 카메라 앞에서 노동으로 훼손되지 않은 티 없이 맑고 깨끗하고 미끈한 손의 아름다움으로 역설逆說의 노동을 한다.

손으로 남자 모델의 가슴을 더듬거나 얼굴을 쓰다듬는 등의 연기를 해야 할 때도 있지만, 그 행위는 노동을 소외시킴으로써 가꿔온 보존 행위에 비하면 부차적이다. 요컨대 그의 정체성은 손의 외모에 압도적으로 의존한다. 어머니는 그에게 "너의 그 게으름이 밥을 먹여줄지 어떻게 알았겠냐"고 했다 한다.

외면의 아름다움은 대체로 타고나는 것일 테다. 대다수

그의 손은 그의 육체의 중심이고 정체성의 중심이지만, 세상에 나설 때는 그의 손이 아니라 이영애나 김연아의 손으로 등장한다. 그의 손은 이영애의 손보다 예쁘지만, 세상 사람들은 "이영애는 손도 저리 곱다"고 말한다. 그럴 때 그는 가끔 서운하다고 말했다. 그가 느끼는 서운함이란 따지자면 얼굴에 종속될 수밖에 없는 손의 비애일 테다.

사람의 손은 손가락과 손바닥의 길이가 비슷하거나 손바닥이 더 길지만, 그의 손가락은 손바닥보다 훨씬 길다. 그래서 그렇게 보이기도 하겠지만 그의 손가락은 예외적으로 가늘다. 관절이 돌출된 기미도 보이지 않았다. 손등을 위로 보이게 활짝 펼칠 때조차 군살의 밀림이나 접힘의 흔적이 없다.

살색마저 치잣물 은근히 들인 밀가루 반죽처럼 밝고 투명하다. 가꾸기는 또 얼마나 공들여 가꿨을까. 두 살 된 딸을 둔 주부이지만 그는 "집안일, 특히 젖은 일은 친정어머니가 거의 다 해주신다"고, "손 모델 하면서부터 그런 게 아니라 어릴 때부터 그랬는데, 천성적으로 게을렀다"고 말했다.

언제부터 손을 주목했나.

"그런 기억은 없어요. 피부가 희어서 어려서부터 친구들이 '밀가루'라고 자주 놀렸고, 손가락은 특히 가늘고 길었어요.

그래도 예쁘다는 생각은 못 했던 것 같아요."

그럼 어떻게 손 모델을 하게 됐나.

"한 광고회사 사옥 인포메이션(안내창구)에서 일한 적이 있는데, 우연히 CF 감독의 눈에 띄어 시작하게 된 거예요."

그 광고가 지금은 고인이 된 영화배우 최진실씨의 모 통신서비스 광고였는데, 당대 최고 미인의 얼굴에 자신의 손이 닿는 장면을 보고 그는 감격했노라고 말했다.

모델 욕심이 있었던 건가. (그는 키 168센티미터에 몸무게 48킬로그램으로, 몸매 역시 모델로도 그리 빠지지 않을 듯했다.)

"인력파견업체에서 보내는 데로 가서 일해야 했어요. 첫 일터는 삼성의료원이었고, 삼성전자, 삼성자동차 사옥 인포메이션에도 있었어요."

그 뒤로 전업 손 모델로 활동했나.

"한동안 프리랜서로 서비스 강사생활을 했죠. 기업체 등에 가서 예절교육 해주는 겁니다. 간간이 부분모델 출연 제의가 들어오면 마다하진 않았어요."

그렇게 2~3년간 일하다보니 '손 하면 최현숙'이 됐고, 보수가 조금씩 늘면서 아예 전업 부분모델로 나섰다고 한다.

얼마나 버나.

"손이 클로즈업되는 빈도나 분량, 손 연기의 난이도에 따라 다른데, 방송 광고의 경우 단순한 건 100~150만 원, 액션이 큰 건 200~300만 원 됩니다. 잡지 사진 모델(페이지당 7만 원)도 하고, 연예인들의 신문 연예사진 대역(회당 70만 원)도 해요."

지금까지 출연한 작품이?

"정확히는 저도 몰라요. 김연아, 김희애, 이나영, 이영애, 한가인씨 등의 CF 속 손은 모두 제 손이라고 봐도 무방할 거예요. 요즘은 매주 두 차례쯤 촬영이 있어요."

그는 손 모델로는 독보적이어서 방송 출연도 10차례가량 했는데, 대부분 주부 손 관리 요령이나 손 모델의 직업세계를 소개하는 프로였다고 한다.

신분상 '주부'일 뿐 주부의 역할은 거의 안 한다지 않았나.

"거기서도 연기를 하는 거죠. 그냥 내 손 보여주고, 방송국 관계자들이 시키는 대로 '바르는 팩'을 시연한 적도 있어요. 저는 그런 건 안 하거든요."

실제로는 어떻게 관리하나.

"보습·영양크림 열심히 바르고, 이따금 시트팩(약 4000원)을 사다 붙입니다. 겨울엔 미용 파라핀 마사지도 자주 해주죠.

"손이 예쁘게 나오려면 살짝 옆으로 튼 이 각도가 가장 좋아요." 손 모델 경력 10년의 최현
숙씨는 18년차 사진기자의 카메라 앵글을 수정해주기도 했다.

촬영 전에는 네일숍에 들러 일상적인 관리를 받아요(1회 1만 5000원).” 그는 뭘 어떻게 관리하느냐보다 뭘 안 하느냐가 중요하다고 말했다. “설거지나 손빨래 같은 게 가장 치명적입니다. 전 거의 안 하는데 불가피하게 해야 할 경우 걸레는 말려서 세탁기로 빨고, 설거지할 때는 일회용 비닐장갑 낀 후 고무장갑을 겹쳐 끼고 하죠. 더운 물 쓸 땐 면장갑을 하나 더 끼기도 해요.”

힘들 때도 있을 텐데.

“다칠까봐 가장 걱정스럽죠. 보험을 들까 생각한 적도 있는데 보상이 크지 않더라고요. 큰 보상 받으려면 보험금을 많이 내야 하고…. 식구들에게 미안할 때가 많아요. 엄마께도 미안하고 남편도 가끔 불평해요. 그래도 어쩔 수 없지 않나 싶어요.”

발에는 신경 안 쓰나.

“발가락이 손가락처럼 길다고 생각해보세요. 어떨 것 같아요? 전 발가락도 긴 편이에요. 하이힐 신고 오래 서서 일해와서 그런지 제 발은 정말 못생겼어요. 솔직히 쳐다보기 싫을 때도 있어요. 그러니 제가 발은 차별하는 것 같아요.(웃음) 요즘은 그래도 손에 쓰는 도구들로 발 관리를 가끔 해주긴 합니다.”

그의 손은 그의 육체의 중심이고 정체성의 중심이지만,

세상에 나설 때는 그의 손이 아니라 이영애나 김연아의 손으로 등장한다. 그의 손은 이영애의 손보다 예쁘지만, 세상 사람들은 "이영애는 손도 저리 곱다"고 말한다. 그럴 때 그는 가끔 서운하다고 말했다. 그가 느끼는 서운함이란 따지자면 얼굴에 종속될 수밖에 없는 손의 비애일 테다.

하지만 그 비애란 거래의 다른 이름이어서 그가 느끼는 서운함은 공식화할 수 없는 서운함이다. 요컨대 육체의 미와 그 사용·교환가치에 구현된 자본주의적 지배-종속의 메커니즘을 우리는 그와 그의 일에서 쉽사리 감지하게 된다.

사회적·경제적 과실에 대한 응당한 보상이나 권리, 지분 따위를 따지는 일이 자본주의적 정의이고 운영의 핵심 원리라지만 그것은 언제나, 아주 완곡하게 표현해서, 누군가의 서운함을 당당하게 전제하고 있다. 카메라 앞에서 최현숙씨의 손이 얼굴 없이 빛날 때, 또 마사지사의 섬세한 보살핌을 누릴 때, 그의 발도 어둠 속에서 공식화하지 못하는 서운함으로 힘들어하듯이.

전흔과 망각이 맞서
공존하는 그곳 비무장지대 DMZ

환경부 습지사업단의 안내를 받아
하루 반나절 동안
DMZ 인근을 누비다 왔다.

엄밀히 말하면 민간인출입통제지역. 이름과 달리 민통선 검
문소에서 철책선까지 이어진 고밀도 무장지대이고, 허락된
길과 활동의 범위가 엄격히 제한된 긴장의 공간이다.

　　군사분계선이 그어진 1953년 이맘때부터 지금껏 인간이
쉽사리 덥적거릴 수 없는 곳이어서 자연의 생명들이 마음껏
활개 치며 누려온, 그래서 어떤 이들은 'The last Galapagos
in Earth(지구의 마지막 갈라파고스)' 라고도 부르는 곳. 우리 일
행이 찾은 곳은 임진강 유역을 끼고 있어 습지가 특히 좋다는
서부 민통선 지역이었다.

　　DMZ(DeMilitarized Zone · 비무장지대)는 한국 영토이면서
유엔군통합사령부의 배타적 관리 영역이다. 전후 유엔과 북
한, 중국이 서명한 정전협정에 따라 규정된 전쟁억지 공간이
고 역설적 평화의 땅이다. 이 협정은 지금도 여전히 유효한
한반도 군사안보의 핵심 규정이다. 남북 군 당국에 의해 그
사이 백만 번도 넘게 조롱당해왔고, 구역의 경계나 중무장
금지 등 상당수 규정은 사실상 구속력을 잃었다지만, 그래도
배제와 차단의 근본 원칙은 살벌하게 지켜지고 있다. 그러므

로 DMZ는 진공의 땅이다. 한반도민에게 그리고 인간에게, DMZ는 삶의 상징적인 바깥 공간이고 서해 장단반도에서부터 동해 고성까지 이어진 700리 철책선의 물리적 바깥이다.

그렇듯 다양한 의미에도 불구하고 DMZ의 이미지는 그리 다채롭지 못하다. DMZ는 냉전과 분단, 보다 직접적으로는 전쟁의 엄연한 실재이고 흔적이다. 세월이 가고 세상이 바뀌면서 그 농도는 많이 옅어져, 서울 어디 가면 'Dance Music Zone'이라는 간판을 단 노래방도 있다지만, 그래도 DMZ는 좌우의 이념 진영 모두에게 '유보된 전쟁'의 그리 미덥지 못한 안전벨트이고, 6·25가 뭔지 모르는 이도 적지 않다는 젊은 세대에게도 불편하고 불길한 잿빛 철책의 이미지와 오버랩되기 십상이다.

그래서 DMZ는 흔히 극복의 대상으로 지목된다. 감상적·민족주의적 통일론의 입장에서 보자면 하루라도 빨리 지워야 할 상처이고, 개발론자의 입장에서는 'The Last Bonanza in Korea(한국의 마지막 노다지)'쯤 될 것이다.

반면 환경·생태주의자에게 DMZ는 적극적이고 긍정적인 의미 공간이다. (그들을 두고 '철딱서니'를 들먹이는 극우의 논리와 '인간의 개입은 무조건 악惡'이라는 등식에 목매는 환경 근본주의적 논리는 무시하기로 하자.) DMZ생태연구소 전선희 조사부장의 말이다. "DMZ와 민통선 지역은 주요 생물종의 다양성과 서식 밀도 면 등에서 아주 우수한 생태낙원입니다. 금강,

공간의 풍경이 일변하기 전 으레 측량 장비나 포크레인보다 먼저 등장하는 게 저런 부동산 광고판이다. 인간의 소음에 놀란 해오라기가 멋지게 날아오르곤 하던 경기 파주 점원리 인근이었다.

낙동강, 영산강 등 주요 하천의 하구에 둑이 들어서면서 물의 흐름 자체가 왜곡된 반면 서부 민통선 지역은 임진강이 한강과 북쪽 예성강을 만나 서해로 이어지는 거대한 기수역(민물과 갯물이 섞이는 곳)을 형성하고 있는 데다 인간의 간섭도 거의 없죠. 그만큼 생태계가 건강하다는 얘기입니다. 시베리아와 호주를 왕복하는 두루미나 재두루미, 독수리 등 국제적 멸종위기 조류의 중간 기착지이고, 노랑부리저어새 등 희귀 조류의 먹이활동 공간이기도 합니다. 습지식물의 식생은 물론이고 금개구리 등 양서·파충류와 삵 등 포유류가 생태계의 건강한 먹이사슬을 형성하고 있는 드문 공간입니다." 그 논리 안의 DMZ는 무한한 생명의 공간이고, 철책선의 운명과는 전혀 다른 맥락에서, 적극적으로 지켜가야 할 소중한 가치다.

전부장의 말처럼 서부 민통선 지역의 자연은, 제 발밑 살피기에도 바쁜 눈으로 봐도 자못 탐스러웠다 국립공원 철새연구센터 최창용 연구원이 들이밀어준 망원경 속에는 지구상에 1200여 마리밖에 남지 않은 멸종위기종이라는 저어새 무리가 먹이를 찾아 제 이름처럼 자발스럽게 부리를 젓고 있었다. 동화나 유행가 가사에나 등장하는 진부한 보통명사쯤으로 여겼던 파랑새가 *Eurystomus Orientalis*라는 학명을 지닌 어엿한 고유명사라는 사실도 그를 통해 처음 들었고, 여름 햇살을 등져 더 깊어 보였던 날개깃의 매혹적인 코발트 빛깔도 처음 보는 것이었다.

퍼붓는 장대비 속에 야산과 논밭 두렁을 누비며 알게 된 애기마름, 원추리, 한산덩굴, 달맞이꽃 따위의 여름 풀꽃들도 좋았고, 그 풀과 꽃들을 생경하게 들여다보던 외국인 참가자들의 진지함도 좋았고, 숲길을 늘 앞장서 걷던 소설가 서영은 선생의 젖은 맨발도 꽃처럼 고왔다.

습지사업단 관계자는 우리가 둘러본 지역을 포함한 DMZ 벨트의 몇몇 지점을 소규모 생태투어 루트로 개발해, 민간 사업자의 참여를 유도해볼 참이라고 했다.

얼음산이 녹는 것을 살펴보는 빙하투어나 열대 평원의 사파리투어 같은 스릴과 스펙터클이 없는 작은 자연의 섬세한 생태가, 또 고단하고 번거로운 그 누림의 형식과 절차가 얼마나 '사업성'이 있을지는 두고 볼 일이지만, 그 자체로 의미 있는 시도임에는 틀림없어 보였다. 생태 보존과 홍보도 좋지만, 탐방객들의 느긋한 이어짐이 팽팽한 철책보다 더 위력적인 평화의 방벽이 될 수도 있을 것이다.

사실 DMZ의 생태적 가치에 먼저 주목한 것은 유엔 산하 국제기구나 민간 환경단체들이었다. 국제환경NGO인 'DMZ 포럼'이 미국 뉴욕에서 출범한 게 1997년이다. 그들은 매년 학술포럼을 개최하면서 DMZ 생태계 보전을 위한 다양한 경로의 외교적 활동을 벌여왔다. 습지사업단도 유엔개발계획 UNDP과 환경부가 협약을 맺고 함께 예산을 내서 2004년 출범시킨, 한반도 습지보전 및 개발정책에 간여하는 준NGO다.

그럼에도도 불구하고 환경·생태의 가치를 표
나게 편드는 것은 수많은 바깥의 생명들은 제
권리의 중함을 호소하기 위해 촛불조차 들 수
없기 때문이다.

　환경부는 문화관광부 등 관계 부처와 함께 대규모 국제
DMZ심포지엄 등 행사를 추진할 계획이다. 그에 앞서 DMZ
에 대한 평화적·생태적 활용 방안을 마련해 청와대에 보고
할 방침이라고 한다. 요컨대 DMZ는 일찌감치 뜨거운 시선
안에 포획된 이슈의 공간, 요컨대 역설적인 바깥이다. 2007
년 만리장성 패션쇼로 세계인의 주목을 끈 바 있는 세계적인
명품 패션 브랜드 '펜디'는 'DMZ 패션쇼'의 가능성을 살피
기 위해 현지 조사를 벌였고, 미스월드 한국지사 대표도 한국
대회 개최시 피날레 패션쇼의 무대가 DMZ여도 좋을 것이라
말하기도 했다.

　정부 부처들의 DMZ에 대한 이해관계도 복잡하게 얽혀
환경부 외에도 문화관광부, 건설교통부, 행정자치부, 통일부
등이 미묘하게 협력하거나 맞서고 있고, 민통선을 끼고 있는
기초·광역 자치단체들도 나름의 지역 활용 방안을 놓고 비
슷한 목소리를 따로 높이고 있다. 서울과 가까운 서부지역은
서울-평양 축의 중간 거점인 데다 개성공단과도 가까워 특히
주목 받는 지역. 부동산으로서의 잠재 가치가 높다는 것은 그

만큼 개발 논리의 공세에 취약하다는 뜻이다. 이미 남북 교류 물류센터며 출입국관리사무소 등이 들어섰고 2년 전 독수리 월동지 인근에는 개성공단 송전탑들이 줄지어 섰다. 탐사단의 첫 방문지였던 공동경비구역 옆길은 최근 군 당국에 의해 야무지게 시멘트로 포장되어 있었다.

신의 영역 바깥에서 절대적인 가치를 찾기란 불가능하거나 극히 어려운 일이다. 따라서 어떤 특정의 가치를 내세우는 목소리가 압도적이라면 왜곡된 사회가 아닌지 의심해볼 필요가 있다. 생명의 가치가 절대 가치의 영역에 아주 가까이 있긴 하지만, 환경과 생태 역시 다른 현실적인 가치들과 최대한 조화해야 한다고 보는 것도 그런 이유에서다. 우리 현실에서 국방 안보의 논리를 폄하하기는 힘들 것이다. 긴 세월 동안 각종 규제에 짓눌려온 민통선 지역 주민들의 삶의 질과 재산권도 적극적으로 챙겨야 할 소중한 가치이고, 가난한 지자체들의 빠듯한 계산도 무시해서는 안 될 것이다.

그럼에도 불구하고 환경 생태의 가치를 표 나게 편드는 것은 수많은 바깥의 생명들은 제 권리의 중함을 호소하기 위해 촛불조차 들 수 없기 때문이다. 습지사업단의 생태투어 구상도 그 생명들의 원군을 모으고자 함일 것이다. 지난 5년간 거의 매주 이 지역 생태계를 조사해왔다는 전부장은 근년 들어 하루가 다르게 바뀌고 있는 서부 민통선 지역 환경을 걱정했다. "불과 며칠 전에 이 지역에서 희귀종인 금개구리 서식지 두 곳을 발견했어요. 지금 추세라면 우리 눈에 미처 띄기도 전에 사라질 생명들이 적지 않을 거예요." 생태계 전반을 철저히 조사해 보존할 곳과 개발할 곳을 구분하고, 생태계의 연결고리를 유지하기 위해 복원할 곳은 복원하는 것이 시급하다는 얘기다.

다양한 가치와 복잡한 이해의 주체들이 얽혀 첨예하게 맞서 있는 흔들리는 바깥 DMZ는 모든 가치가 조화롭게 화해하는 마당, 모든 꿈이 공존하는 'Dream Matching Zone' 이 될 수 있을지를 전후의 우리 세대에게 묻고 있다.

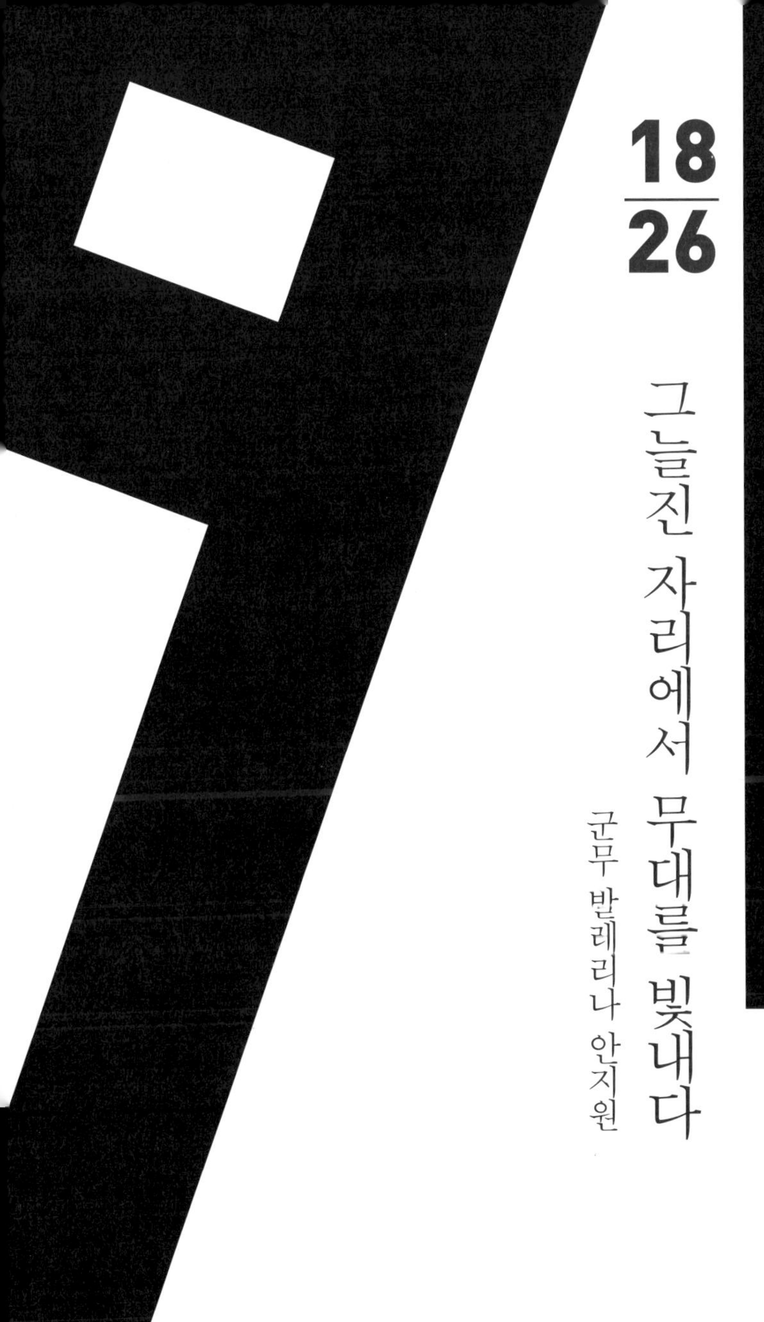

18
26
그늘진 자리에서 무대를 빛내다
군무 발레리나 안지원

이야기 투로
시작해보자.
여리고 수줍음 많은
한 소녀가 있었다.

어느 날 엄마는 내성적인 성격도 바꿔줄 겸 소녀를 동네 발레 교습소에 데리고 간다. 초등학교 3학년. 소녀는 처음 보는 분홍빛 비단신(토슈즈)과 하늘하늘한 선녀치마가 예뻐서 금세 재미를 붙인다. 소질이 있었던지 3년 뒤 소녀는 서울예고 콩쿠르에서 금상을 타고, 이듬해 예원학교에 입학, 중3이던 1995년에는 한국발레협회 콩쿠르에서 다시 금상을 거머쥔다.

홀쩍 자란 키만큼 꿈도 자란 그즈음의 소녀는 화려한 프리마 발레리나로서의 미래를 구체적으로 그리기 시작한다. 발레의 세계를 더 알게 된 만큼 연습량은 늘어났고, 욕심이 커진 만큼 훈련 강도는 세졌다. 그의 끼와 재능을 눈여겨본 한국예술종합학교의 한 교수가 소녀의 유학을 주선한다. 러시아 전통의 바가노바 발레학교. 그리고 3년여의 힘든 과정을 마치고 2002년 귀국한 소녀는 곧장 유니버설발레단에 입단한다.

아이 엄마가 됐어도 모자라지 않을 나이에 이른 지금의 그녀는 자신과 별반 다르지 않은 꿈을 키워왔을 이삼십 명의 발레리나들과 더불어, 꿈꾸던 「백조의 호수」의 오데트 공주가 아니라 이름 없는 백조 무리의 일원으로 군무를 춘다. 알다시피, 세상 어디나 그렇듯, 발레 역시 주역의 자리란 선택된 극소수만이 선다.

경력 20년차 발레리나 안지원(29)씨. 그의 역할은 코리페 Coryphée다. 발레단은 배역에 따라 크게 프리마 발레리나-솔리스트-코리페-코르 드 발레Corps de ballet의 서열로 조직되어 있다. 프리마 발레리나는 주역이다. 솔리스트는 비중 있는 조연, 코르 드 발레는 군무群舞 혹은 군무자를 뜻한다.

코리페는 군무의 리더란 의미다. 코르 드 발레 가운데 경험 많고 기량이 뛰어난 무용수가 주로 맡는다. 자신의 춤뿐 아니라 군무의 박자와 호흡까지 챙겨야 하는 힘든 역할. 주역이나 솔리스트는 자신의 춤만 연습하면 되지만, 가끔씩 솔로 춤도 춰야 하는 코리페는 연습해야 할 양이 그만큼 많다.

그를 만난 것은 발레단 연습실 입구에서였다. 막 오전 연습을 미치고 나온 그의 얼굴에는 다 훑어 모으면 에스프레소 잔 하나쯤은 너끈히 채울 만큼의 땀방울들이 송골송골 맺혀 있었다. "인터뷰는 태어나서 처음 해봐요, 대답을 잘해야 하는데…." 연신 심호흡을 하며 가쁜 숨을 달래면서도 그는 땀을 닦지는 않았다. 화장이 지워질까봐 염려하는 듯했다. 멀찍이서 사진기자의 카메라 렌즈가 그의 경황없는 얼굴을 겨냥하고 있었다.

"솔리스트가 춤을 출 때도 군무진은 각자의 포즈로 정물처럼 무대 위에 서 있어야 해요. 땀이 눈에 들어가서 따갑고 다리도 저리고 발에 쥐가 나기도 해요." 그래도 움찔거리면 안 된다. 노하우는 없고 오직 인내심이라고, 자신과의 싸움일 뿐이라고 그는 말했다. 몸의 사소한 떨림 하나에도 공연 전체가 흐트러질 수 있는 게 발레다.

246

"발레 보시는 분들은 대개 주역을 보러 오시잖아요. 코르드 발레는 들러리쯤으로 생각하기 쉽죠. 발레단 안에서조차 그렇게 여기는 이들도 없진 않아요. 그러면 정말 안 되는데…."

엔진의 핵심 부품인 실린더와 피스톤이 그 자체로 중요하지만 밸브나 샤프트 없이는 제 기능을 못하는 것처럼, 군무 없는 발레도 없다. "주역을 돋보이게 하고 공연을 웅장하게 받치는 역할이죠. 하지만 좋은 군무는 그 자체로도 여느 솔로 춤이나 파 드 되pas de deux(이인무) 못지않게 환상적이에요. 군무를 보러 공연장에 온다는 분들도 계세요."

코리페인 그는 공연 중에도 말을 많이 한다고 했다. "앞뒤좌우로 곁눈질하면서 군무진의 위치를 조정하고 숫자를 세면서 박자를 맞춰요. 시선이나 목의 각도, 발의 위치 하나하나가 마치 한 몸처럼 움직여야 하거든요. 물론 관객들은 전혀 눈치 채지 못할 순간의 타이밍에 맞춰서요.

얼마 전에 했던 「라 바야데르La Bayadere」는 장기 공연이었어요. 3막까지 두 시간 반 동안 군무는 거의 못 쉬어요. 3막쯤 되면 숨이 턱에 닿는데 솔리스트가 춤을 출 때도 군무진은 각자의 포즈로 정물처럼 무대 위에 서 있어야 해요. 땀이 눈에 들어가서 따갑고 다리도 저리고 발에 쥐가 나기도 해요."

그래도 움찔거리면 안 된다. 노하우는 없고 오직 인내심이라고, 자신과의 싸움일 뿐이라고 그는 말했다. 몸의 사소한 떨림 하나에도 공연 전체가 흐트러질 수 있는 게 발레다. "누군가 살짝만 흔들려도 금세 눈에 띄거든요. '쟤는 가만히 서 있지도 못하냐'고 말할지 몰라요. 물론 그건 용납될 수 없는 실수죠. 그래도 몸의 본능적 반응에 저항하는 일이 정말 쉽진 않거든요. 그럴 땐 서러워요."

그의 말처럼 발레는 고진직 엄격미의 한 극단에 있는 예술이다. 정형화한 마임이 있고, 엄격한 테크닉이 있다. 몸짓과 동선은 물론이고, 몸의 맵시조차 그 규범적 아름다움에 최대한 순종해야 한다. 그러므로 무대 공간은 넓어도 발레리나가 누리는 운신의 공간은 극히 제한적이다. 안무자의 지시에 따라 수십 명 많게는 백여 명의 출연자가 정교하게 조화하고 맞물려야 한다. 그 숨 막히는 틈 안에서 각자의 기량과 표현의 개성을 극대화하는 몸짓이 발레다. 요컨대 발레의 화려함은 절제의 화려함이고, 그 우아함은 규율의 우아함이다. 물론 출연자 개개인에게 부여되는 운신의 여백은 배역에 따라 다르다. 주요 배역일수록 넓고, 주목을 덜 받는 배역일수록 개성을 발휘할 여지는 적다. 코르 드 발레가 그렇다.

발레리나에게 몸은 연주자의 악기다. 그 악기가 우선 아름다워야 하는데, 그 기준이 일상의 그것과 사뭇 다르다. 발레 교본은 길고 가는 다리와 곧게 아래로 가늘어지는 각선미, 작고 납작한 엉덩이와 골반, 우아한 목과 윤곽이 뚜렷한 등, 평평한 복부와 작은 가슴을 최적의 체형으로 꼽고 있다. 실제로 발레리나의 가슴은 서럽도록 작은데, 어떤 교범은 '뼈 위에 가죽을 살짝 덮은 정도가 이상적'이라며 잔인하다 싶게 표현해놓고 있다.

발레리나에게는 보편적 아름다움에 대한 여성적 갈망이 없을까. "어떨 때 연습실에서 동료들끼리 그런 말은 가끔 해요. '어, 이게 뭐야, 이제 가슴도 없어졌어' 그런 말… 평소엔 별로 의식 안 해요. 살찌면 안 되니까 잘 못 먹고, 입에 단내 나도록 뛰고 구르다보면 그나마 있던 지방도 빠지죠. 그러다 어느 날 문득 자신의 몸이 낯설게 보이기도 해요." 그때의 심정이 은밀한 성취의 기쁨만은 아닐 것 같았다. 안지원씨도 "그렇다"고 했다. 점심시간이 따로 없기 때문에 굶기를 밥 먹듯 해서 배고픔은 일상이라고, 속쓰림도 일상화되면 아무 생각이 없어진다고 말했다. "아침은 선식이나 미숫가루로 때우

발레리나에게는 여성적인 곡선과 풍만함이 모두 군더더기일 뿐이다. 납작할수록 좋다. 그나마 우아한 목선과 직선으로 쭉 뻗은 다리가 그녀들이 가꿀 수 있는 아름다움이다. 하루에 저녁 한 끼를 먹고 단내 나도록 뛰고 구르면서도 이런 조건을 받아들이는 이유는, 춤에 실릴 때 그녀들이 완성된다는 걸 알기 때문이다.

니까 제대로 된 식사는 저녁 한 끼예요."

'발레리나에게 고통은 친구' 라는 말이 있던데.

(슈투트가르트 발레단의 강수진씨가 인터뷰에서 한 말이다.)

"뼈에 금이 가도 진통제 먹고 춤추는 일은 흔하죠. 저도 발목이 별로 안 좋아서 약 먹고 무대에 선 적은 많아요. 공연할 땐 모르는데 끝나고 집에 가면 아파요. 아침에 보면 퉁퉁 부어 있고, 좀 무리하면 통증이 다리를 타고 올라오기도 하고…. 발레리나가 아픈 데 없다고 하면 거짓말이죠. 어디든 아픈 게 우리 일상이긴 해요. 하지만 강수진씨는 무서울 정도죠."

발레단에 입단한 뒤 고정 레퍼토리인 「춘향」 초연을 끝내고 안씨의 오른쪽 엄지발톱이 가로로 쪼개져 결국 빠진 적이 있다고 했다. "반창고로 단단히 동여매면 좀 불편하고 아프긴 해도 춤을 못 출 정도는 아니에요."

강수진씨 발 사진을 보고 놀란 적이 있는데.

"전 그 정도는 아니에요. 발 생김새에 따라 변형의 정도는 다 달라요. 가령 둘째 발가락이 엄지보다 표 나게 길면 고통이 훨씬 심하고 변형도 많죠."

급여는 어느 정도?

"등급마다 다른데 저는 월 200만 원 정도예요. 수석 발레리나는 300~350만 원 될 거예요."

고생하는 데 비하면 적은 것 같다고 했더니 "그런가요? 그래도 춤이 좋으니까요"라고 말했다.

언제까지 할 계획인가.

"체력이 되는 한 하고 싶죠. 외국에는 나이 꽤 먹은 발레리나도 많아서 자연스러운데 우리는 좀 달라요. 35세 정도면 점차… 배역에 따라 차이는 있어요. 주역은 조금 더 있을 수 있고요. 그래서 결혼도 다들 미루는 것 같아요. 아이 낳고 무대에 서는 경우는 정말 드물거든요."

은퇴 후에는?

"대안이 많지는 않아요. 동료나 선배들 보면 현대무용을 하는 경우도 있고, 요가나 필라테스 강사 자격증을 따기도 하고, 발레 개인 교습소를 열기도 하고, 아예 무대장치 쪽 공부를 하는 분도 있죠. 저는 대학을 안 갔으니 학위를 따서 그쪽으로 갈까 생각도 하는데 아직은 잘 모르겠어요."

그는 유니버설발레단에 입단하던 그해 가을에 심한 발목 부상을 당한다. 그런 뒤 겨울 내내 공연은커녕 연습도 못 했고, 숫자 보기 두려워서 저울에 올라서지도 못했다고 한다. 부질없는 가정이지만 주위에서는 '그 일만 없었다면 어쩌면 안씨의 등급이, 배역이 달라지지 않았을까' 생각해주는 이들도 있다고 한다. 주역이 되려면 기량과 끼도 뛰어나야겠지만 몸매도 얼마간은 타고나야 하고 체력도 뒷받침돼야 한다. 또 발레단 입단 타이밍 등 어우러져야 하는 변수가 적지 않다고들 한다. "가끔 아버지가 아주 조심스럽게 물어보세요. 이번 배역은 뭐냐고요. 지금껏 한 번도 말씀은 안 하셨지만 제가 덜 돋보이는 역할만 하는 데에 서운하고 안타까운 감정을 저버리지 못하시는 것 같아요. 그럴 때 죄송하죠."

그와 그의 코르 드 발레 동료들이 한나절 만에 토슈즈가 망가질 정도로 몸을 혹사해가면서, 별로 주목받지도 못하면서 한사코 무대에 서는 것은, 당장은 춤이 좋고 그보다 더 좋은 게 없어서일 것이다. 비단 분홍신 처음 신고 하늘거리는 튀튀(발레리나의 치마) 처음 입으며 품었던 화사한 꿈이 여전히 바래지 않고 서러운 가슴속에 남아 있기 때문일 것이다. 그리고, 다들 발레를 앙상블의 예술이라고는 하지만 그래도, 객석을 메운 수천 개의 시선이 모두 주역에게 쏠릴 때 그중 몇 개는 그늘진 자리의 '나'를 주목하고 있을 것이라는 기대와 믿음이 있기 때문일 것이다.

"공연이 끝난 뒤 객석에서 본 다른 주역이나 솔리스트들이 저를 보고 제일 예뻤다고, 잘했다고 칭찬해줄 때 행복해요." 완벽한 발레 앙상블이란 그가 그러하듯, 수십 수백의 무용수가 모두 제 배역의 프리마 발레리나로 춤을 추어야 완성되는 것일지 모른다.

'춤은 모든 언어가 끝난 뒤 비로소 시작되는 언어'라는

요지의 글을 어느 책에선가 읽은 적이 있다. 춤이란 궁극의 상징, 절정의 교감이라는 의미쯤으로 이해했던 것 같다. 그런 데 어쩌면 춤의 언어는, 공연이 끝난 뒤 비로소 열리는 무대 처럼, 모든 몸짓이 멎은 뒤에야 고요히 시작되는 교감이라는 의미는 아닐까. 토슈즈 챙겨 들고 다시 연습실로 향하는 안씨 의 뒷모습이 그렇게 말해주는 듯했다.

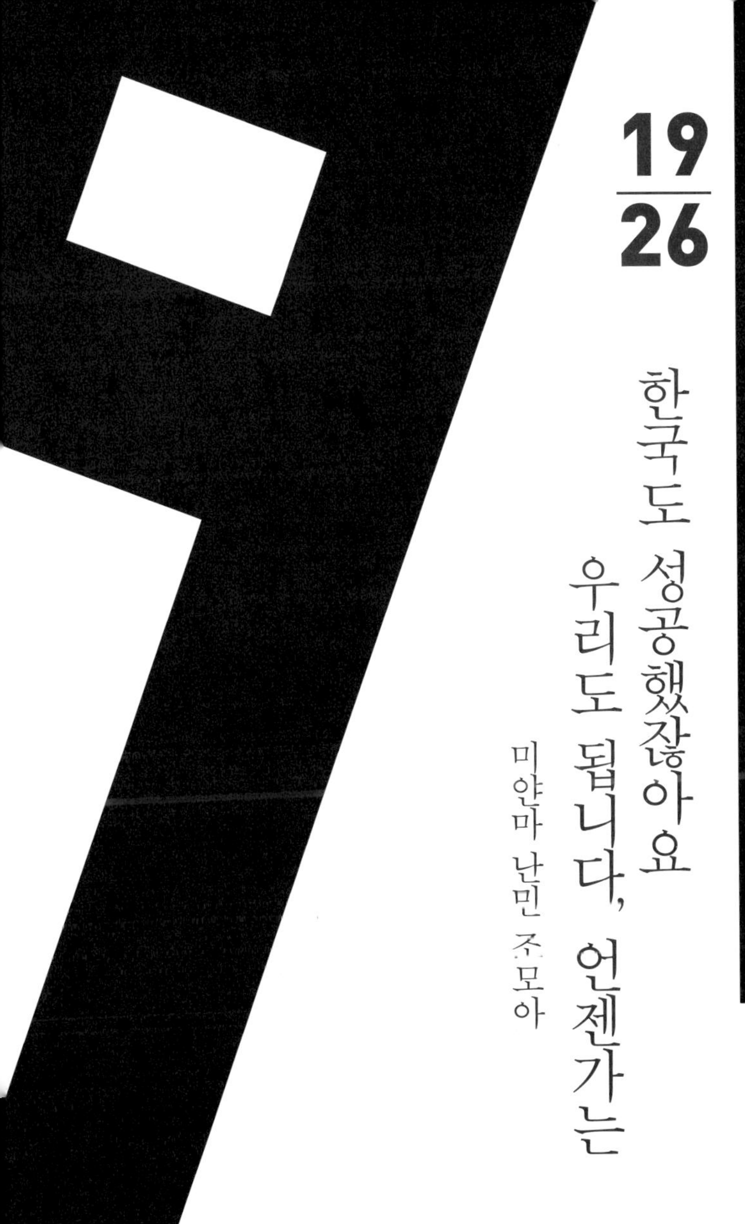

19/26

한국도 성공했잖아요
우리도 됩니다, 언젠가는

미얀마 난민 조모아

한국 체류 만 15년 동안 조모아씨의 고국 미얀마의 현실은 크게 달라지지 않았다. 하지만 그
는 자신 있다고 했다. "좋아질 겁니다. 한국도 성공했잖아요. 우리도 됩니다. 언젠가는…"

"한국은 내 나라 버마와
비슷한 경험을 지닌 나라입니다.
식민지와 군부독재 시절을 겪었고
망명 정부를 운영하기도 했죠."

"지금 우리가 겪는 정치적 억압과 난민, 이주노동자 생활을
한국민도 체험했습니다. 말은 서로 통하지 않아도 우리에게
는 서로를 이해할 수 있는 여지가 많다고 생각합니다."

조모아Zaw moe aung(36) 씨의 국적은 미얀마(버마)다.
그의 전직은 노동자이고, 현직은 정당 정치인이다. 그가 건넨
명함에는 '민족민주동맹(자유지역) 한국지부National League
for Democracy(Liberated Area) Korea branch 부총무' 라는 직함
이 찍혀 있었다. NLD는 1991년 노벨평화상 수상자인 아웅
산 수 치 여사가 이끄는 미얀마 최대 야당이다.

하지만 그의 국제법상의 지위는 난민難民이다. 난민협약
(난민의 지위에 관한 협약)에 따르면 난민은 '인종 종교 국적 또
는 특정 사회집단의 구성원 신분 또는 정치적 의견을 이유로
박해를 받을 우려가 있어 국적국 밖에 있는 자로서 국적국의
보호를 받을 수 없거나 국적국의 보호를 받는 것을 원하지 아
니하는 자' 이다.

근대국가의 구성원은 태어나는 즉시 국민으로 편입되며

국적국이 정한 법률의 보호를 받게 된다. 그러니까 조모아 씨는 바로 그 근대국가 근본 기획의 바깥, 토대의 바깥에 있는 사람이다. 1992년 난민협약에 가입한 한국은 조모아 씨처럼 법무부가 인정한 난민에 한해 취업과 사회복지 등 기본권(참정권 등 제외)을 내국인에 준해 보장한다. 이를 '협약 난민'이라 하는데 현재 국내에는 155명이 있다.

2009년 12월 16일 오후, 서울 광화문광장에서 그를 만났다. 낡은 외투 차림의 그는 어깨를 잔뜩 움츠리고 있었다. 더운 나라에 살다가 여기 온 첫해 겨울엔 사우나 있다가 갓 나온 것처럼 상쾌하더니, 이제는 한국인들과 똑같이 춥다고 했다.

NLD 한국지부를 소개해달라.

"한국에 있는 버마 동포들을 중심으로 민주화운동을 하다가 1999년 5월에 NLD 자유지역 본부—미얀마와 태국 국경에 있는 NLD의 해외 본부—로부터 지부로 인정받았어요. 현재 동지는 저를 포함해 31명입니다."

하시는 일은?

"강연이나 집회 등을 통해 버마의 실상을 알리고, 주요 기념일마다 행사를 합니다. 수 치 여사의 가택연금 해제와 2200명에 이르는 정치인 수감자 석방 서명운동도 하죠. 매주 화요일에는 용산의 주한 버마대사관에서 1인 시위를 하고 있고요. 저는 6개월 임기의 상근 부총무라 경기 부천의 사무실에 주로 있고, 필요할 때는 통번역 아르바이트도 합니다."

<u>사무실 운영비는 어떻게.</u>

"동지들이 매달 15만 원씩 냅니다. 일거리가 없거나 몸이 아파 일을 못 하는 이들이 많아 매달 돈을 내는 동지는 15명 안팎입니다. 형편이 안 돼 적게 내는 동지도 있고요."

그는 공식 국호인 미얀마 대신 버마라는 옛 국호로만 말했다. 1988년 쿠데타로 집권한 버마 군부는 그해 8월 8일 시작된 시민항쟁(88항쟁)을 무력으로 진압한 뒤 국호를 미얀마로 변경했다. NLD와 미얀마 민주화운동 진영은 군정의 결정을 보이콧하며 버마라는 국호를 고집하고 있다.

그가 한국에 입국한 것은 스물한 살 때인 1994년이다. 중학교 다니던 열다섯 살에 88항쟁이 일어났고, 자신도 시위에 가담했노라고 자랑스럽게 말했다. 그해부터 미얀마 군정은 대학을 사실상 폐쇄했고, 1993년 고등학교를 졸업한 그는 대학에 들어갈 기회조차 얻지 못했다고 한다. "삼촌이 운영하는 인쇄공장에서 일하다가 산업연수생 시험을 봐서 한국에 왔어요." 한국행을 택한 것은 국내에 있으면 언젠가는 투옥될 것 같았고, 김대중 선생의 나라이니 버마 민주화에도 도움을 주리라 기대했기 때문이라고 했다. "선배들이 죽고, 끌려가서 갇히는 얘기를 많이 듣고 경험했어요. 어머니도 제 걱정을 많이 하셨고…."

　입국 후 그는 월 18만 원씩 받으면서 조명공장, 양말공장 등에서 일했고 2년 뒤부터는 불법체류 노동자 생활을 이어간다. "2004년까지 10년 동안 가구 일 빼고는 안 해본 게 없어요. 대전, 김포, 청량리, 안양, 부천 등지를 떠돌았죠." 불법체류 이주노동자들이 흔히 겪는 부당한 모욕을 그도 겪는다. "산업연수 기간이 끝난 뒤로는 월급이 80~120만 원이었어요. 하지만 떼인 적도 많았죠. 욕설 듣는 건 예사고, 얻어맞기도 했어요." 그는 수줍게 웃으며 "어디나 나쁜 사람은 있지 않냐"고 덧붙였다.

　그의 한국어는 매끄러웠다. 기를 쓰고 우리말과 글을 익혔다고 했다. 억양과 어휘는 그가 이 땅에서 부대껴온 거친 시간이 무색하리만치 단정하고 유순했다. 한국어에 능숙하지 못한 탓인지는 모르겠으나 '습니다' '합니다'로 일관하는 그 깍듯힘이 싯눌린 상처의 흔적처럼 느껴져 애잔했다, 그의 눈빛처럼.

　"한국말 잘하게 된 뒤로는 억울한 일은 별로 당하지 않아요. 낯설게 흘깃흘깃 쳐다보는 표정들이 불편하긴 하지만요. 2004년 이후로는 이주노동자 상담소 같은 데 다니면서 통역을 해주고 있어요. 그런 건 물론 공짜로요." 그는 현재 한국다문화센터 운영위원, 경기 고양시 YMCA청소년수련관

다문화위원 등으로 활동하며 이런저런 강연회와 토론회에 초청받아 일한다. 청소년들에게 미얀마의 전통을 소개하기도 하고, 인권·시민단체와 함께 미얀마 사진전도 연다. 여행 관련 방송 프로그램이나 다큐멘터리, 관광 팸플릿 제작 작업을 거들어 돈을 벌기도 한다. 그렇게 버는 돈이 월 20~30만 원이라고 했다.

현재 국내에 체류 중인 미얀마인은 4000명 남짓이다. 그들도 가끔 NLD 행사에 동참하냐고 묻자 낯빛이 어두워진다. "이따금 찾아오는 분들도 있습니다. 제가 통역으로 도와준 분들도 있고요. 하지만 대부분 한국에 돈 벌려고 온 사람들입니다. 버마에서 출국할 때 특정 단체에 가입하거나 가담하면 안 된다고 서명을 하고 나와요. 또 우리 쪽 사람들과 어울려 다니면 대사관에서 비자 받기 힘들어진다고 얘기하는 한국인 고용주도 계신대요." 그러다보니 그는 동포들과 어울리고 싶고 도와주고 싶어도 먼저 선뜻 손을 내밀기 어렵다고 말했다.

고향과 가족이 그리울 때, 힘들거나 서러운 일을 당할 때 외롭기도 할 것이다. "처음에는 언어랑 음식에 적응하는 게 힘들었는데, 세월이 가니까 그리움이 힘들어요. 그래도 그런 생각 하면 안 된다고 다짐해요. 거기서 고생하는 분들이 지금도 많고, 또 여기서 제가 할 일이 많으니까요."

그는 "며칠 전(12월 6일)에 결혼을 했다"고 말했다. 칠순이 넘은 고국의 어머니가 며느릿감으로 소개한 이이문Yi Yi Mon 씨와 전화로 선을 봤는데 서로 마음이 맞더라고, 이이문 씨가 최근 입국해 식을 올리게 됐다고 했다. 주례는 부천외국인노동자의집 이사장으로 알게 된 이래 그를 아들처럼 보살펴주는 부천 석왕사 주지 영담 스님이 섰다. "주지 스님은 명절 때면 과일도 주시고 김장하면 김치도 챙겨주시고… 2년 전부터는 절 경내에 저와 동료들이 묵을 수 있는 숙소도 마련해주셨어요." 영담 스님은 각시와 알콩달콩 살라며 절 인근에 살림집 한 칸을 새로 마련해줬다고 한다.

한국 사람들에게 하고픈 말 있으면 들려달라고 했다. 잠시 머뭇거리더니 하는 말.

"일하면서 알게 된 NGO 활동가 중 한 분이 얼마 전에 이런 농담을 하셨어요. '한국 민주주의도 다시 망했으니 한국 민주화운동 함께하자' 고요, 우리더러 한국 민주화 되게 도와달래요. 한국과 버마의 상황은 하늘과 땅 차이니까 물론 농담을 하신 거죠. 다만 저는 투표 이야기를 하고 싶어요. 저는 태어나서 지금껏 투표를 해본 적이 없어요. 현 군정이 내년 (2010)에 총선거를 다시 한다고 했지만 그 투표도 진정한 민주주의 투표는 아닐 겁니다. 투표해서 자기 마음에 드는 사람을 대통령으로 뽑고 국회의원으로 뽑을 수 있는 한국의 민주주의가 부러워요. 그 귀중한 가치를 한국민들은 잘 모르는 것 같아요. 대통령 일 잘 못 한다고 욕하기 전에 투표를 잘했어야죠."

그의 한국어는 매끄러웠다. 기를 쓰고 우리말
과 글을 익혔다고 했다. 억양과 어휘는 그가
이 땅에서 부대껴온 거친 시간이 무색하리만
치 단정하고 유순했다. 한국어에 능숙하지 못
한 탓인지는 모르겠으나 '습니다' '합니다'
로 일관하는 그 깍듯함이 짓눌린 상처의 흔적
처럼 느껴져 애잔했다, 그의 눈빛처럼.

크리스마스를 앞둔 광화문의 밤은 울긋불긋 현란했다. 그 불빛을 받아 그의 얼굴도 살짝 상기된 듯했는데, 그의 마음은 벌써 꽃다운 새색시가 기다리는 보금자리에 가 있는 듯했다. 내 얼굴이 붉었다면 그건 그 순간 내가 한국인이라는 사실이 부끄러워서였을 것이다.

법무부에 따르면 현재 국내에는 협약 난민 외에 우리나라가 난민으로 인정하지는 않지만 난민에 준하는 처지로 판단해 비자 의무를 유예한 '인도적 체류 허가자', 요컨대 난민 지위도 인정받지 못한 주변인이 91명 체류하고 있다. '호모 사케르'의 철학자 조르주 아감벤은 근저 『목적 없는 수단』에서 1789년 프랑스대혁명 이래 주창돼온 천부인권이란 게 '벌거벗은 생명 자체'가 아니라 '국민'에게 부여된 권리라는 점을 들어 그 인권의 바깥에 놓인 난민의 문제에 천착한다. "난민이라는 주변적인 현상은 국가-국민-영토라는 낡은 삼위일체를 파괴한다는 바로 그 이유 때문에 오히려 우리 정치사의 중심적 형상으로 간주될 만한 가치가 있다." 아감벤은 그 형상과 가능성에서 라이덴병이나 뫼비우스의 띠처럼 안과 바깥이 구별되지 않는 새로운 공간의 가능성을, "세계도시라는 그네들의 고대적 소명을 되찾을" 가능성을 엿본다.

눈앞의 실리를 쫓는 데 너무 바빠 지금 우리는 그 매혹적인 미래의 가능성을 못 보고 있지나 않은지…, 그런 이면을 조금은 되새겨봐야 할 때이다.

20
26
오만한 문명의 냄새를 지우다
다큐감독 최기순

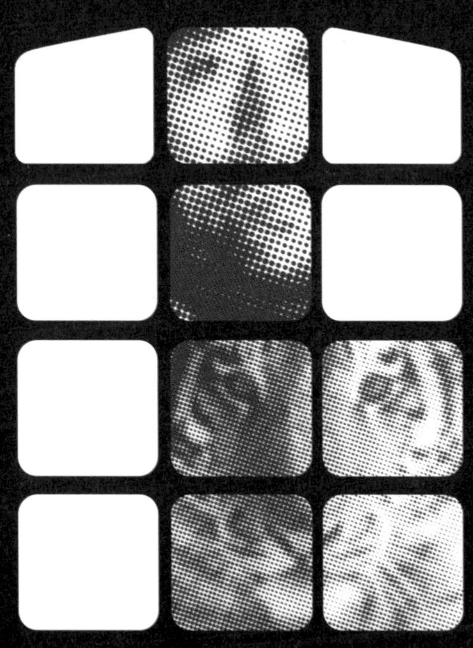

러시아 이르쿠츠크에서 뻗어나와 두만강 너머 우리 땅으로 이어질 천연가스관이 전 세계에 300여 마리밖에 안 남은 아무르 표범의 서식지를 관통한다고 한다. 누만년 진화의 결정이 또 순식간에 짓밟힐 위기다. 최기순 감독은 자신의 작업이 "경제성 너머의 가치를 일깨우는 데 작은 힘이 되기를 바란다"고 말했다.

장사를 하기는 할까 싶은
외진 동네
허름한 식당.

그런데 웬걸, 문을 열자 도사리고 있던 온기가 와락 안겨든
다. 방바닥도 쩔쩔 끓는다. 피가 다시 도는 듯 손끝 발끝이 저
릿저릿, 몸이 먼저 그 환대에 감응한다. 언 입이 풀리자마자
터져 나오는 흥감스러운 감탄사들. 정신의 수작이 시작되기
전에 터져 나오는 몸의 말들…. 겁나게 추웠던 세밑 어느 날,
강원 홍천군 화촌면 구성포리.

270　살얼음 앉은 동치미를 향한 일행의 젓가락질이 분주하
다. 김치 그릇이 바닥을 보일 즈음 매콤한 양념장에 꼬신 참
기름을 얹은 막국수가 탐스럽게 나왔고, 그 막국수 그릇을 물
끄러미 내려다보던 최기순(46) 감독. "몸은 며칠 지나면 환경
에 적응하는데 마음은 그게 안 돼요. 맛의 기억 같은 거요. 그
걸 다독여 앉히는 게 어찌나 힘든지…." 막국수를 비비는 그
의 젓가락질은 표 나게 느려 자못 경건해 보였는데, 그는 또
곧 시베리아 허허벌판으로 호랑이를 찍으러 떠날 모양이다.
2010년 경인년庚寅年이 호랑이 해이니 이 마당에 그를 초대
하라고 권한 지인은 그를 '고독하고 쓸쓸하게(?) 오로지 한
길을 가는 친구'라고 했다. 그는 뜨신 방 맛난 음식을 앞에 두
고도 고독하고 쓸쓸해했다.

영하 20~30도는 예사라는 시베리아의 한 귀퉁이에 터 잡고 앉아 호랑이가 나타날 때까지 한 달이고 두 달이고 돌처럼 기다려야 하는 촬영의 일상. 태곳적부터 한결같았을 것만 같은 겨울 툰드라의 풍경과 냄새와 소리. 거기에 낯선 것이 조금이라도 섞였다 싶으면 미련 없이 자신의 영역 한 토막을 떼어 줘버리고 얼씬도 안 한다는 호랑이다. 최감독의 호랑이 촬영은, 그것이 정말 그의 말과 같다면, 스스로 생경한 극한 자연의 일부가 되어야만 가능한 일이다. 첫 안간힘의 며칠 동안 몸은 그럭저럭 적응을 하는데 마음은, 동치미에 막국수 먹는 이 기억은, 밤낮없이 치밀어 안절부절 못하게 한다는 거였다…. 덩달아 '쓸쓸해진' 일행은 묵묵히 막국수만 먹었다.

맹수의 길목을 찾아 튼실한 나무 위에 바닥 치고 텐트 놓고 위장막 얹으면 촬영이 본격적으로 시작된다. 촬영 경비가 넉넉하면 장비를 날라주는 포터나 베이스캠프에서 촬영지까지 오갈 때 경호해줄 이들도 고용할 수 있지만, 가난한 그는 내개 혼자다. 촬영 전 한동안은 비누를 안 쓴다. 옷과 신발도 현지의 풀잎 등과 섞어 밀봉해둬야 한다. 냄새를 동화시키는 거다. 그렇게 일단 자리를 잡으면 최소 열흘은 눌러앉아야 한다. "호랑이가 자는 낮에 버너를 켜고 세 끼분 햇반을 익혀놔요. 반찬은 냄새 적고 부피 적은 장아찌와 콩자반을 한 끼 분량씩 비닐 포장해서 먹고요. 용변은 햇반 그릇에 봅니다. 봉지에 싸서 나뭇가지에 매달아두면 금세 얼죠."

　　때로는 땅속도 그의 거처가 된다. 맹수의 눈높이, 혹은 그 아래에서 바라봐야 제대로 드러나는 위엄과 몸놀림이 있기 때문이다. 그러자면 땅이 녹은 여름에 참호 대여섯 개를 파둬야 한다. 당연히 천장은 철판과 나무로 가린다. "아무르표범이 1미터 앞까지 접근한 적도 있어요. 녀석도 저의 존재를 인정한다는 거죠. 그쯤 교감이 이뤄지면 어지간한 소음을 내도, 서로의 입김이 섞여도 도망치지 않아요. 물론 제 몸이 녀석의 공격권 안에 노출되면 끝장이지만요." 그는 첫 만남, 첫인상이 중요하다고 말했다.

　　맹수에게 인간은 손쉬운 먹잇감일 테지만 제 영역 안에서조차 피하는 것은 인간의 몸에 밴 문명의 냄새, 자신들보다 더 난폭한 기운을 본능으로 감지하기 때문이다. 인간이 아무리 제 존재를 가린다 한들 맹수의 감각을 끝내 속일 순 없을 것이다. 그래도 최대한 문명의 흔적을 지우는 것은, 야생에 대한 예禮의 한 형식이다. 그 예가 기특하게 여겨질 때 맹수는 모습을 드러낸다. 그러니까 최감독의 에토스 안에서 호랑이는 지금도, 전설에서처럼 신령이다.

　　그래서일까. 영국의 BBC나 미국의 내셔널지오그래픽 같은 명문 자연 다큐멘터리 영상팀이 담아내지 못하는 호랑이의 인문학이 최감독의 영상에는 있다. 그들의 호랑이가 위기의 야생, 맹수의 아름다움이라는 범주 안에서만 배회한다면, 최감독의 영상은 유전해온 전前 세대의 시선, 숭배의 뉘앙스

를 거느린다. 물론 그것은 영상 자체의 차이일 수도 있고, 동북아 백두대간 자락의 영혼들에 깃들인 호랑이에 대한 관념 탓일 수도 있다.

　그가 방송카메라를 처음 든 건 이십대 말이다. 첫 직장인 한국교육개발원에서 촬영 일을 해보라는 제안을 받고, EBS에서 영상을 배웠다고 한다. 요컨대 카메라가 그를 선택한 것이다. "가곡도 찍고, 교과서 내용 각색한 드라마도 찍고…, 나름 재미있었어요." 실력이 붙으면서 각본 연출 공간에 갇힌 촬영이 조금씩 답답해졌을 것이다. 몇 년 뒤 그는 제일기획 뉴미디어팀으로 일터를 옮겼고, 6년 남짓 특집 다큐 전문 촬영감독으로 아마존, 남극, 파푸아뉴기니 등지를 돌면서 이런 저런 상도 탄다. "첫 단추가 중요해요. 그쪽 일을 한번 하니까 비슷한 일은 늘 저를 시키데요." 그는 운이 좋았다고 말했다.
　1997년 그는 호랑이를 찍어달라는 요청을 받고 EBS로 복귀한다. 야생이 그를 선택한 것이었다. 복귀 7일 만에 장비를 챙겨 '맨땅에 헤딩하듯' 시베리아로 떠난다. "4월부터 터 잡고 앉았는데 낙엽 지고 첫눈 올 즈음인 10월 말에야 호랑이를 봤어요. 그날은 카메라 놔놓고 그냥 지켜봤어요. 먼저 느끼고 싶었어요. 저게 진짜 호랑인가 싶더군요. 물론 그 뒤로도 녀석은 나타났고 촬영은 성공했어요. 한번 온 놈은 또 오거든요." 그게 이듬해인 1998년 방영된 「시베리아의 야생호랑이」다.

그래서일까. 영국의 BBC나 미국의 내셔널지오그래픽 같은 명문 자연 다큐멘터리 영상팀이 담아내지 못하는 호랑이의 인문학이 최감독의 영상에는 있다. 그들의 호랑이가 위기의 야생, 맹수의 아름다움이라는 범주 안에서만 배회한다면, 최감독의 영상은 유전해온 전前세대의 시선, 숭배의 뉘앙스를 거느린다.

시청자의 시선을 붙들기 위해 자연 다큐조차 기승전결의 매듭을 바투짓는 방송 콘텐츠의 불합리를 견디기 힘들더라고 그는 말했다. 보다 자유로운 작업 여건에 대한 갈망도 있었을 것이다. 2000년 그는 사표를 내고 강원 홍천의 지금 거처에 정착한다. 마침내 그가 먼저 방송카메라를, 야생을 그리고 자유를 선택한 것이다. 운이 어떠했든 그는 그날 이후 지금껏 만 10년을 '쓸쓸하고 고독하게' 그 길을 걸어왔고, 걸어가고 있나.

그가 숙소 겸 작업실 겸 사진전시장 겸 체험·휴식 공간으로 꾸며놓은 4500여 평 공간. '최기순 감독의 까르돈' (러시아어로 '산막' 이라는 의미)이다. 진입로를 따라 시베리아의 새하얀 자작나무가 줄지어 서서 바람에 흔들리고 있었다. 10년째 가꿔온 공간 곳곳을 안내하며 그가 들려준 말. "숲을 제대로 보려면 혼자서, 움직이지 않고 오래 멈춰 있어야 합니다. 그래야 크고 작은 생명들이 제 모습을 드러내요. 색의 변화,

바람의 변화, 소리의 변화를 느끼려면 스스로 고요해지고 겸손해져야 합니다."

2010년 4월 그는 불곰을 찍으러 캄차카반도로 떠난다. 온천이 분포해 있어 눈이 가장 먼저 녹고, 겨울잠 자고 일어난 배고픈 곰들이 가장 먼저 모여드는 곳이다. 날이 풀리면 곰들도 너른 공간 속으로 뿔뿔이 흩어질 것이고, 가난한 그에겐 그 곰들을 뒤따라다닐 만큼의 경비가 없다. 그래서 그는 불곰들보다 먼저 캄차카반도로 들어가야 한다. 불곰들이 탐내지 않을 가장 차갑고 후미진 곳을 찾아 자리를 잡고, 몇 날 며칠을 돌처럼 앉아 기다려야 한다. 그리고 그들이 들려줄 새 생명의 이야기, 몸의 말들을 영상에 담아 우리에게 전해줄 것이다. "호랑이 영화도 찍고, 곰 영화, 표범 영화도 찍을 생각입니다. 그래서 돈도 좀 벌려고 합니다. 이왕이면 3D 입체영상을 만들기 위해 카메라를 두 대씩 설치할 생각이에요. 야생동물 촬영은 기술이나 끈기 못지않게 돈이 필요한 일이고, 좋은 영상도 좋은 장비에서 나오거든요."

두툼한 웃음으로 격랑을 버텨내다

노래 「광야에서」를 만든 문대현

‘노래를 찾는 사람들’의
첫 공연이 있던
1987년 10월 서울 종로5가의
한국기독교100주년기념관.

3부의 끄트머리 합창곡 「광야에서」의 전주가 시작되자 객석은 예약된 감동의 긴장으로 고요해졌다. 곡 중반, 호흡의 율동처럼 잔잔히 오르내리던 음률이 잠시 주춤거리다가 폭발하듯 제 옥타브 너머로 치솟을 즈음, 기다렸던 듯 객석도 함께 분수처럼 솟구쳤다.

무대와 객석은 하나로 절규하듯 "우리 어찌 가난하리요~"를 노래했고, 그날의 극장은 모두가 함께 섰던 '광야' 였다. 6 · 29 선언 직후, 다소 숨통이 트이긴 했지만 그래도 긴장하며 조심스럽게 마련된 공연이었고, 제대로 된 극장에서 가진 첫 '운동(권)가요' 공연이었다.

그날 그 공연의 감동과 격정은 노래 자체에 대한 감동이기도 했겠지만, 견고한 금기의 파열이 주는 희열이었고, 분화噴火하듯 터진 승리 혹은 벅찬 희망의 용출이었다. 그 공연 내내 이십대 중반의 청년 문대현(성균관대 무역학과 82학번)은 무대 뒤에서 이따금 심벌즈로 반주 양념을 치면서 무대에 오를 연주자들의 기타를 튜닝해주느라 정신이 없었다고 했다.

　　2008년 6월 성공회대에서 열린 노무현 전 대통령 추모 공연 '다시, 바람이 분다'의 첫 무대에도 '노래를 찾는 사람들(노찾사)'이 섰고, 그들의 마지막 노래 역시 「광야에서」였다. 공연 진행자는 '희망의 바람'을 이야기했고 수만의 관객은 22년 전 그날처럼 박수와 함성으로 호응했지만, 아마도 거기에는 아득한 슬픔과 울분, 다급한 어떤 다짐의 목놓음이 섞여 있었을 것이다. 2002년 연세대 노천극장 공연 '바람이 분다'의 연출을 맡았던 문대현씨는 이 공연에 가지 않았다고 했다. 왜? 그는 잘 모르겠다며 웃었다.

　　성글고 두툼한 웃음…. 그는 서글프거나 겸연쩍거나 화나거나 어이없거나, 심지어 뿌듯할 때에도 별로 다르지 않은 표정과 소리로, 성글고 두툼하게 웃었다. 그 어떤 정서와도 푸근히 연대할 듯한 저 웃음이 그의 노래와 같은 것은 아닐까…, 나는 생각했다. "여행을 가도 슬프고 연애를 해도 슬펐던" 스물두 살의 그가 저 노래 「광야에서」를 만들었다.

　　"87년 공연의 사연은 아주 길죠. 70년대 민기 형(김민기) 얘기를 해야 할 거고, 서울대 노래패 '메아리'와 80년 광주항쟁 이후 메아리의 정체성을 놓고 고민했던 노래운동 선배들의 이야기를 해야 할 겁니다. 또 그들의 열정과 헌신으로 만들어진 비(반)합법 전위노래운동집단 '새벽'과 노래운동의 외연을 넓히기 위한 다양한 고민과 시도들도 말해야겠죠."

그 시도들 가운데 하나가 노찾사 1회 공연 직전 서울 여의도 여성민우회관에서 가졌던 새벽의 '노래 한마당' 공연이다. 200석 남짓의 강당을 빌려 홍보랄 것도 없이 벌인 공연이었는데 "과장 없이 정말 무슨 사고가 나지 않을까 걱정스러울 정도"였다고 한다.

그 공연 직후 그의 형인 문승현(서울대 정치학과 78학번)을 비롯한 새벽의 주역들이 서울대 메아리와 이화여대 한소리, 고려대 노래얼, 연세대 울림터 등에서 활약하던 노래꾼 20여 명을 모아 야심차게 출범시킨 게 노찾사다.

"6·29 선언 이후 유화 국면이 이어지고는 있었지만 여전히 조심스러웠어요. 그래서 전위 집단 새벽은 온전히 지키면서 비교적 알려진 이들을 중심으로 합법적인 대중 노래운동 단체를 만든 거죠."

1987년 이후 3년 남짓 동안은 노래운동의 프리미엄 시대였고, 노찾사의 전성기였다. 하지만 그는 첫 공연 직후인 1987년 11월 입대한다. '폼 나던' 시절을 내내 군대에서 보내고 제대할 즈음에는 동구권이 줄줄이 분주히 엎어지던 때였고, 노래운동을 포함한 대다수 부문운동 진영들도 제 조직 추스르기에도 헉헉대던 시기였다.

노찾사의 인기도 예전만 못했고, 새벽 역시 문민정부 출범 이듬해인 1993년 2월 공연을 끝으로 파장 무드가 완연했다. "우울했죠. 김포공항 나갈 일이 잦았던 시절입니다." 리

더였던 문승현이 러시아로 음악공부 하러 떠났고, 여건이 되
던 새벽 멤버들 여럿도 그즈음 독일로 미국으로 제 길을 찾아
떠났다.

제대 직후 그는 노찾사의 음악감독을 맡아 뚝심 있게 일
했고, 1994년의 노찾사 10주년 기념음반 등의 작업을 주도했
다. 사이사이 대기업 미디어회사에 취직해 음반 장사도 했고,
무역회사에 취직해 돈을 번 적도 있다고 한다. 1998년부터는
작업실(문스튜디오)을 만들어 녹음 일을 하면서, 드라마와 영
화음악 작업을 지금껏 이어오고 있다. 요컨대 그는 단 한순간
도 음악운동의 큰 흐름에서 벗어난 적이 없다.

음악은 언제 시작했나.

"초등 3, 4학년 때부터 피아노를 쳤고 중학교 땐 형 기타를
들고 독학했죠. 노래를 시작한 건 대학 2학년 때 성균관대 노
래패 '소리사랑舍廊'을 만들면서부터예요."

「광야에서」는 어떻게 만든 건가.

"84년 이화여대 '한소리' 공연을 보고 각자 공연 평을 하는
자리에서 제가 '그래도 노래팀이면 창작곡 한 곡 정도는 있어
야 하는 거 아니냐'며 큰 소리를 쳐버렸어요. 얼마 뒤 성균관
대 공연이 예정돼 있었거든요. 막걸리 잔뜩 마시고 앉아서 한
30분 만에 만든 노래예요. 잘난 척하는 게 아니라 정말 그랬
어요, 희한하게…"

초연 반응은 어땠나.

"성대 강당에서 기타 두 대로 반주하면서 합창을 했어요. 그 땐 정말 벅차더군요. 앵콜도 여러 번 받았던 것 같고요."

가사가 은근히 민족주의적인데.

"독립군가가 유행했고, 신독립군가가 만들어지던 시절이었죠. 한·일 문화교류 한답시고 전두환씨가 일본 가서 천황 알현한다고 난리였던 때고요. 그러다보니 만주 벌판이 떠올랐나봐요. 민기 형의 「천리길」이나 「아침이슬」의 상징적 이미지 등등이 뒤섞여 내재해 있다가 술기운에 그렇게 나온 것 같아요."

훗날 그는 어떤 글에서 "(「광야에서」는) 거창한 이념이 아니라 암울한 현실 속에서 무엇도 할 수 없어 자괴하던 나의 독백이었다"며 "그 광야는 어느 시인의 것이기도 하고, 술 취해 부르던 노래 「아침이슬」의 광야이기도 하다"고 썼다.

노래방 저작권료는 얼마나 나오나.

"얼마 안 돼요. 다 뭉뚱그려서 1년에 수백만 원 정도?"

군대 시절 만들어 김광석이 부른 「꽃」과, 정호승의 시에 곡을 붙인 「슬픔이 기쁨에게」, 친한 사람들 다 잡혀가는 바람에 함께 술 마실 사람이 없어 만든 「동지를 위하여」 등을 죄다 뭉뚱그렸다는 의미이고, 드라마 「불새」 등의 몇몇 삽입곡과 영화 「국화꽃 향기」의 음악까지를 뭉뚱그렸다는 의미다.

　형 문승현은 80년 이후 노래운동의 도드라진 주역이다.
「오월의 노래」「그날이 오면」「사계」「영산강」 등을 만들었고,
메아리와 새벽, 초창기 노찾사의 이념적·실질적 리더였다.

<u>형 영향이 컸겠다.</u>
"컸죠. 줄곧 형 기타 치다가 제 기타를 처음 산 게 삼십대 초
반이었으니까요."

　그가 지향했던 노래운동의 대척점에 그룹 '동물원'이 있
었다. 1988년 활동을 시작한 동물원은 흑백 이데올로기에 갇
힌 사회와 대학에 대한 냉소를 실어 동물원이라는 이름을 짓
고, 회색분자를 자처하며 숨 막히는 젊음의 서정을 노래했다.
동물원의 리더 김창기씨는 김광석 등과 함께 지금도, 그 시절
에도, 문씨의 "둘도 없는" 82학번 동갑내기 친구다.

<u>김창기씨가 몇 년 전 한 인터뷰에서 그 시절을 두고 "천박한 노래와 용맹스</u>
<u>러운 노래들만 존재하던 때" 라 말한 적이 있는데.(전화 통화에서 김창기씨는 "한</u>
<u>쪽에서는 '아~ 대한민국' 이 흘러넘쳤고 다른 한쪽에서는 피와 죽음이 난무했다" 며</u>
<u>"친구의 노래가 시대적 요구에 성실히 임했다는 점은 높이 평가하지만 '도구로서의</u>
<u>음악' 에는 지금도 동의할 수 없다고 말했다.)</u>
"그건 창기가 우리와 생각이 달랐기 때문이기도 하지만, 우리
노래를 마음 열고 충분히 깊이 듣지 못했기 때문일 수도 있을
겁니다. 창기와 제가 그사이에 어떻게 얼마나 변했는지는 모

르겠는데…, 얼마 전에 만나서는 '우리 같이 음반 하나 만들어보자'는 얘기도 했어요. 정말 그럴 마음도 있고요."

판단들은 다 다르겠지만, 그 시절 불리던 적지 않은 노래들이 시대적 요구에 쫓겨 미학적 요구까지 수용할 만큼 여유가 없었던 측면도 있지 싶다. 마찬가지로 대중성과 운동성, 음악적 아름다움의 가치까지 넉넉히 품었던 노래들, 그래서 한 시절의 물결에 얹혀 흘러가버린 유행가가 아니라 지금 여전히 푸르게 출렁이는 노래들도 적지 않다. 그의 말처럼. 그의 노래처럼.

2007년 6월 노찾사 공연의 제목은 '노찾사 김민기를 부르다'였다. 노찾사 원년 멤버이자 현 대표인 한동헌(서울대 경제학과 77학번)씨는 당시 그 공연을 두고 "김민기 선배의 음악을 재조명함으로써 우리 시대의 요구인 '지성적 대중음악'의 실체와 활로를 모색하고자 했다"고 천명한 바 있다.

지성적 대중음악이 뭔가.
"뭔 말인지 대충은 알겠지만 잘 모르겠어요. 수준이랄까, 품위랄까, 세상과 삶에 대한 고민의 깊이랄까, 표현의 방식이랄까 하는 것들이 더 깊어지고 높아져야 한다? 말로 설명하긴 어렵고…, 그거야말로 노래로 보여주는 도리밖에 없지 않겠어요?" 한동헌씨는 노찾사나 정태춘의 몇몇 노래, 이적의 노래, 외국의 경우 레너드 코헨이나 밥 딜런, 데오도라키스의

대학로 학림다방 흡연석을 찾아 앉자마자 그는 "저는 대표성도 없고, 노래운동의 중심에 있은 적도 없어서…, 녹음기 끄고 얘기나 나누자"고 했다. 두 시간 남짓 인터뷰하는 동안 그는 저 말을 백 번 정도 했던 것 같다.

그 시절 불리던 적지 않은 노래들이 시대적 요구에 쫓겨 미학적 요구까지 수용할 만큼 여유가 없었던 측면도 있지 싶다. 마찬가지로 대중성과 운동성, 음악적 아름다움의 가치까지 넉넉히 품었던 노래들, 그래서 한 시절의 물결에 얹혀 흘러가버린 유행가가 아니라 지금 여전히 푸르게 출렁이는 노래들도 적지 않다. 그의 말처럼. 그의 노래처럼.

노래 등이 전범이 될 수 있을 것이라고 말했다.

한씨의 말처럼 우리 노래운동 이야기 첫 문장의 주어는, 본인은 손사래 칠지 모르지만, 아무래도 '김민기'여야 할 것이다. 그 뒤로 문승현, 김창남(서울대 경영학과 78 · 성공회대 교수), 한동헌 등이 굵은 서체로 뒤따를 것이고, 김광석, 안치환, 권진원, 윤도현 등 이제는 대중적으로도 스타가 된 이름들이 따라붙을 것이다. 그리고 이 마당의 손님 '문대현'은 그 사이 어딘가에서 조금은 낯설게 눈에 띨 것이다. 그는 언제나 굵고 듬직한 뼈대로 노래운동 흐름의 구비들을 받치며 서 있었지만 그것은 그리 눈에 띄는 자리는 아니었다.

그래서 나는 그를 만났고, 그래서 그는 한사코 인터뷰를 사양했다. 그는 '불성실(?)'하고 기억력마저 비협조적(?)인 인터뷰이였고, 그랬기에 나는 몇 권의 책을 뒤적여야 했고, 책에 소개되지 않은 배경과 사실들을 확인하기 위해 그의 몇몇 이웃들과 때로 진화 인터뷰를 해야 했다.

지금이야말로 '노래(지성적 대중음악)를 찾는 사람들'이 간절히 필요한 시대 같다고 하자, 그는 아무런 대꾸 없이 또 두툼하게 웃었는데, 착각인지 모르지만 그 표정에 언뜻 겸연쩍음이 비친 듯도 했다.

22/26

작은 네모 속 큰 세상에

매료된 사람들 우표

햇살이 순해지고
바람도 제법
냉기를 품기 시작한다.

나무와 풀들이 제 몸을 말릴 채비로 분주해지는 이맘때면, 계절의 감성에 예민한 영혼들은 오히려 눅눅히 가라앉곤 한다. 상투적이지만, 그리운 것들을 떠올리기 딱 좋은 계절이다.

'가을'과 '편지'라는 사뭇 먼 두 단어가, 동서를 막론하고 이리 길고 질긴 인연으로 어울려온 것, 낙엽이 두 단어를 함께 품는 만고의 상징으로 군림해온 것, 그것은 뿌리 있는 생명들의 물기가 뿌리 없는 인간의 세포 속으로 삼투한 결과일까. 가을과 편지의 인연은 인간의 문학적 감성이 아니라 신의 말씀 혹은 자연의 섭리가 만들어낸 숙명인지 모른다.

바람이 제법 쌀쌀하던 가을날 새벽, 우연히 튼 라디오에서 한 여성 진행자가 눅눅한 음성으로 천양희 시인의 「우표 한 장을 붙여서」를 낭송했고, 출근길 내내 그 시에 담긴 몇몇 시어와 가을, 낙엽, 우표, 편지 따위의 감상적인 단어들을 되새김질했다. 계절 탓일 것이다. 그러다 내친 김에 이 마당에 우표를 초대하기로 했다.

사전은 우표를 '우편요금을 낸 표시로 우편물에 붙이는 증표'(네이버 국어사전)라 밝힌다. 그리고 다들 알다시피, 기능과 사용가치에 근거한 이 정의가 부여한 우표의 지금 자리는 그리 너르지 못하다. '요금 별납' '요금 후납'이 찍힌 스탬프나 '요금증지'(스티커) 등 우표를 대체할 수 있는 다양한 우편 서비스가 등장한 지 오래다. 인터넷이 보편화되면서 편지봉투에 우표 붙여서 우체통 찾아 넣는 수고 자체가 크게 줄었다. 이제 누구나 어지간하면 '메일'을 쓰지, '편지'를 쓰지는 않는다.

또 우표는 국가가 발행하는 가장 작고 헐한 유가증권이다. 최저가 10원. 우표를 제작하는 한국조폐공사 사업처 관계자는 '공공기관 정보공개에 관한 법률' 제9조를 들어 영업 비용은 '비공개 대상 정보'에 해당된다며 우표 제작 원가를 밝히지 않았지만, 보나마나 액면가는 훨씬 웃돌 테다. 대체 수단이 널려 있다는 점에서 우표의 사정은 10원짜리 동전화폐와도 사뭇 다르다.

해서 우표는 수요지에게시도 공급사로부터도 그리 푸근한 대접을 못 받는다. 우정사업본부가 발행한 '2008 우편통계편람'에 따르면 2008년 발행된 우표는 보통·기념우표를 합쳐 약 2억2200만 장. 이보다 5년 앞선 2003년에는 2억9600만 장, 2005년에는 2억7500만 장이었다. 전국의 우체통 수도 해마다 줄어 4만여 개가 넘던 게 지금은 1만7000여 개만 남아 있다고 한다.

안 그래도 안쓰러워진 우표의 처지를 결정적으로 위협하

는 게 있는데, 바로 '인터넷 우표'다. 인터넷 우체국에 접속해 우표를 구매한 뒤 프린트해 사용할 수 있도록 고안된 인터넷 우표는 미국 등 몇몇 국가에서는 이미 쓰이고 있고, 한국의 우정사업본부도 이르면 2010년부터 상용화한다는 계획을 잡고 시스템 개발에 한창이다. 비용과 효용 면에서 우표는 인터넷 우표에 대적하지 못할 것이다. 경제 논리 속에서 우표는 여지없이 사양 품목이다.

우표는 크게 보통우표와 특수우표(기념우표, 특별우표, 시리즈우표, 연하우표, 공동우표)로 나뉜다. 보통우표는 우표 수급 상황에 따라 수시로 제작된다. 반면 특수우표의 대표 격인 기념우표는 어떤 행사나 사업을 기념하기 위해 해당 기관이 사전에 신청하면 학계와 문화·예술계 인사 20명으로 구성된 우표발행심의위원회가 심사를 거쳐 선정한다. 특별우표는 '우정 100년 기념' 등 우정 본부가 기획한 기념우표이고, 공동우표는 국가수교 기념우표처럼 두 당사국이 디자인과 제작 과정을 협의해 공동으로 발행하는 우표다. 연간 우표 발행 계획은 즉각 우표디자인실로 전달되고, 완성된 우표 도안은 한국조폐공사로 옮겨져 제작 공정 위에 얹히게 된다.

서울 종로구 서린동 우정사업본부 우표디자인실. 여섯 명의 디자이너가 2010년도 우표 디자인을 위해, 그들이 즐겨 쓰는 표현대로 '작은 네모 속 큰 세상'을 창조하느라 여념이 없었다. 김소정씨는 입사한 지 10년이 넘는 베테랑 우표 디자이너다. "2010년 8월에 세계산림협회 세계총회가 한국에서 열려요. 그 기념우표를 디자인하고 있는데, 지금 생각하는 콘셉트는 생명과 숲의 공존입니다. 그림 조각들이 하나하나 맞춰지면서 아름다운 그림을 이루는 직소퍼즐처럼, 인간과 동물, 곤충들이 모여 거대한 생명의 숲을 이루게 하면 어떨까 생각 중이에요." 그 '거대한 생명의 숲'을 그는 가로 세로 35밀리미터의 팔각형 캔버스 안에 담을 계획이다.

작은 네모 속 큰 세상에 매료된 사람들은 또 있다. 우취郵趣인들이다. 그들은 스스로를 스탬프 컬렉터stamp collector가 아닌 '필라텔리스트philatelist'라 부른다. 100여 년 전 한 프랑스 우표 수집가가 그리스어로 사랑이라는 뜻의 'philo'와 세금 면제라는 뜻의 'ateleia'를 합쳐 만들어 세계적으로 통용돼온 단어라고 한다.

우리나라에는 '한국우취연합'이 있다. 전국의 크고 작은 필라텔리philately(우표수집) 단체 61개가 모여 결성한 순수 민간단체다. 그 단체 대표인 김장환(전 연세대 화학과 교수) 회장은 초등학교 2학년이던 1945년 우표 수집을 시작한 원로 필라텔리스트. "몇 장이나 모으셨냐"고 묻자 그는 "그건 초등학생들끼리나 하는 질문"이라며 면박을 줬다. 마니아에겐 수량이나 가격이 아니라 장르와 테마를 먼저 묻는 게 예의라는 것이다. 다시 고쳐 물었더니 화학이나 대학 관련 우표 그리고 우표 자체를 기념하는 우표를 모은다고 말했다.

우표의 다양한 가치를 설명하며 그는 "각국의 화학자들 얼굴이 담긴 우표를 대학 화학사 강의 교재로 쓴 적도 있다"고 말했다. 그러더니 국내외의 저명 우취인들을 열거했다. "정치학을 전공한 연세대 신명순 부총장의 필드는 민주정체, 제3세계 정치인 등인데 그이도 수업 때 우표를 부교재로 더러 썼어요. 천주교 서울대교구 최익철(베네딕도 최) 신부는 『우표로 보는 구세사』라는 책도 썼고…." 정보통신부를 오랫동안 출입한 경향신문 출판국 이종탁 기획위원은 우정郵政, 우표 등과 관련한 재미있는 이야기들을 묶어 출간한 책『우체국 이야기』에 미국의 저명 필라텔리스트였던 제32대 대통령 루스벨트의 한마디―우표에서 얻은 지식이 학교에서 배운 것보다 더 많다―를 인용하기도 했다.

우표 디자이너 노정화씨는 "우표를 추억이나 향수의 오브제처럼 소개하지 말아달라"고 당부했다. "우리에게 우표는 언제나 새로운 실험과 창조적 도전의 대상이자 성과예요." 향기 나는 우표, 보는 각도에 따라 그림이 달라지는 시변각 우표도 그들이 최근 선뵌 작품이다. 독도 관련 우표처럼 디자인 도안이 조폐공사로 넘어간 상황에서 외교적 고려에 의해 발행이 취소돼 사장되는 경우도 있고, 대통령 취임 기념우표처럼 거의 하루 만에 디자인을 해내야 하는 경우도 있다. 그래서 스트레스도 많고 애환도 있다. 그래도 그는 그 일이 즐겁

마패나 봉화가 그러했듯, 우표라는 소통의 얼굴도 늙고 잊히고 사라질 수 있다. 그때 우표는 추억이 아니라 더 아득한 역사의 오브제가 될 것이다. 어쩌면 지금 우리는 우리 시대의 소통의 얼굴이 바뀌어가는 순간의 역사를 경험하는 중인지 모른다.

다고 말했다. "우표는 그 나라 정서와 문화, 역사를 담는 얼굴이잖아요. 국가가 존속하는 한 우표는 영원할 것이고, 그 영원한 상징 속에 저도 담기는 것이니 영광이죠."

그래도 우취 인구의 노령화는 어쩔 수 없는 현실이고, 이제 성년이 된 대다수 유년의 수집가들에게 우표는 프루스트의 마들렌처럼 추억의 오브제이기 쉽다. 김장환 회장은 "국내 최고最古 우취동호회가 '대한우표회'인데 2009년 출범 60주년을 맞았습니다. 출범 초기에는 청소년이 주력 세대였는데 지금은 고교생이 한 명도 없어요"라고 말했다. 그나마 최근 출범한 온라인 동호회 '한국 인터넷 우취회'의 회장이 이십 대라며 그는 반가워했다.

대한우표회는 2009년 10월 가을이 가장 깊어지는 며칠을 잡아 국립중앙우체국 로비에서 60주년 기념 우표전시회를 열었는데, 그 자리에 한국인터넷우취회를 초대했다. 두 세대의 시간 거리를 뛰어넘는 소통의 자리를 우표가 주선했다는 사실이 의미심장하다. 우표를 국가의 얼굴이라고 했지만, 보다 근원적으로는 소통의 얼굴이다.

세계 최초의 우표가 1840년 영국 왕실이 발행한 '페니 블랙'이니, 우표의 역사는 그리 길지 않다. 대한제국 우정총국이 우리나라 최초의 우표인 '문위우표'(액면 금액이 당시 화폐 단위인 '문'으로 표시된 우표)를 발행한 것은 1884년이다(갑

신정변으로 불과 18일간 쓰이고 사장된 비운의 우표다). 마패나 봉화가 그러했듯, 우표라는 소통의 얼굴도 늙고 잊히고 사라질 수 있다. 그때 우표는 추억이 아니라 더 아득한 역사의 오브제가 될 것이다. 어쩌면 지금 우리는 우리 시대의 소통의 얼굴이 바뀌어가는 순간의 역사를 경험하는 중인지 모른다.

천양희 시인은 저 시에서 사랑하면서 사랑하지 못한 자의 안타까움과 슬픔을 이야기했다.

마음이 궁벽해서 새벽을 불렀으나 새벽이
새, 벽이 될 때도 없지 않았다. 그럴 때
사랑은 만인의 눈을 뜨게 한 한 사람의
눈먼 자를 생각한다 누가 다른 사람
나만큼 사랑한 적 있나 누가 한 사람을
나보다 더 사랑한 적 있나 말해봐라
표 한 장 붙여서 부친 적 있나

한마디로 사랑할 수 있을 때 사랑하자는 이야기다.

우정사업본부 우표디자인팀 회의가 한창이다. 우표 하나 디자인하는 데 소요되는 기간은 대략 6개월에서 1년이라고 한다. 그러므로 우표 발행 계획은 최소 1년 전에 수립된다. 그러니 우표 디자이너들은 1년의 시간을 앞질러 사는 사람들이다.

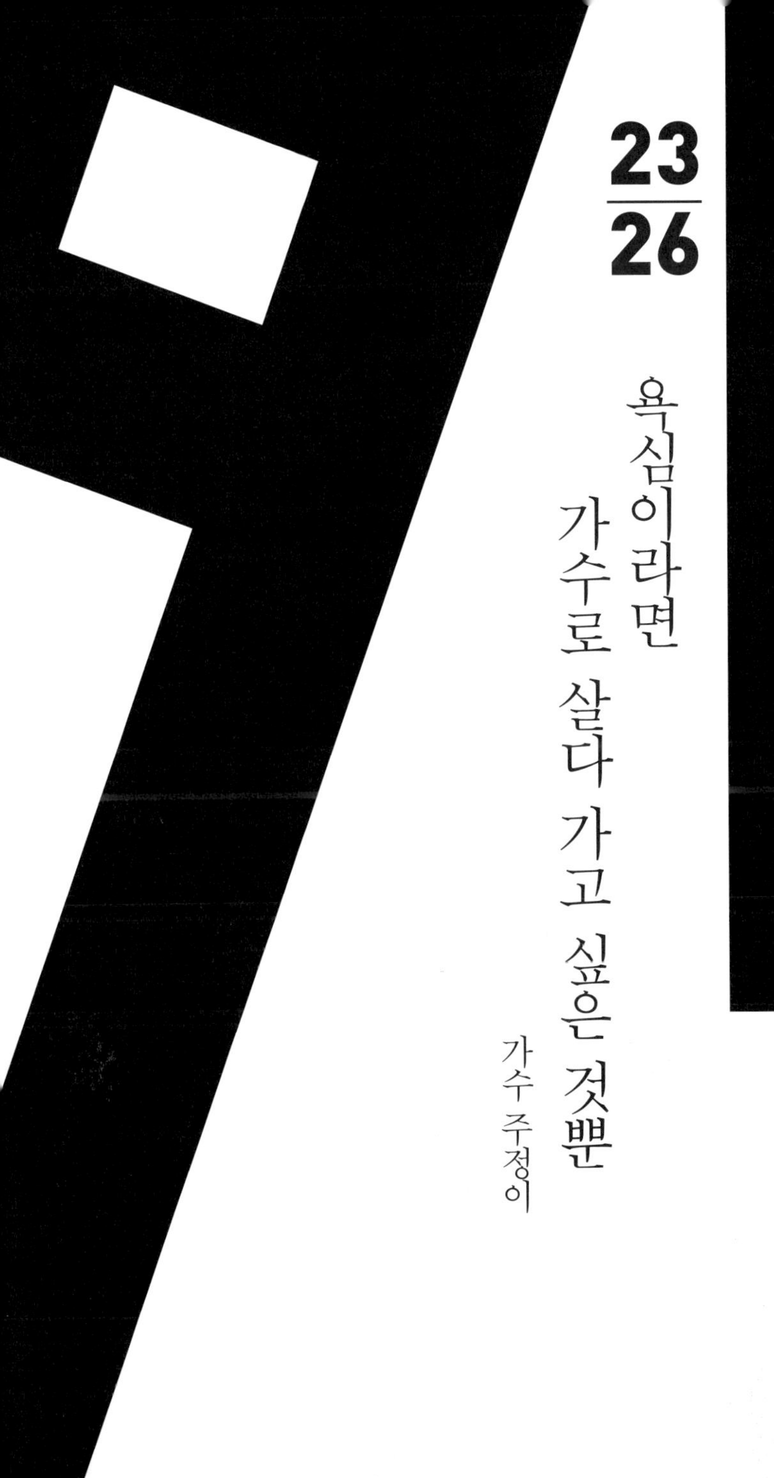

욕심이라면 가수로 살다 가고 싶은 것뿐

가수 주정이

주정이씨의 새 앨범 타이틀곡인 신곡 「가을이 오면」은 가을이 깊어가도록 좀체 들려오지 않는다. 또다른 신곡의 제목은 「사랑이 있는 날까지」다. 주정이씨는 "공중파가 안 되면 케이블, 그도 저도 안 되면 작은 공연장에서라도 친구들과 어울려 노래할 것"이라고 말했다.

어떤 노래의 한 대목,
혹은 전주의 한두 마디 선율이
기억의 단층 속에 이미지의 화석처럼
눌러 붙는 예는 드물지 않다.

'두만강 푸른 물에 노 젓는 뱃사공'이 가수 강산에의 아버지에게 그러했다는 것처럼, 어떤 노래가 세대적 감성 혹은 집단 심성에 스미는 경우도 있고, 개별적이고 내밀한 계기로 전혀 뜬금없는 이미지로 내면화하기도 한다.

그런 메커니즘을 이용한 대표적인 예가 군가나 애국가, 노동가요일 것이고, 음악방송 선곡 담당자들이 달력과 날씨를 챙기는 것도 대체로는 그래서일 것이다. 『잃어버린 시간을 찾아서』의 프루스트는 마들렌 향기를 통해 그 길고 쫀쫀한 삶의 이야기를 펼쳐 보였지만, 어떤 청각 치료사들은 인간의 영혼이, 코나 뇌가 아니라 귀에 맞닿아 있다고 믿는다고 한다. 대중 음악방송에 간여하는 이들은 그들의 의도야 어떻든 사소한 선곡 행위를 통해 청취자의 영혼의 한 지층을 흔들 수도 있다.

주정이(54)라는, 그리 잘 알려지지 않은 가수가 있다. 생애로나 가수로서나 가장 푸르렀던 1970년대 중반의 3년 남짓 동안 그는 '산이슬'이라는 여성 듀엣의 이름으로 활동했다. 그들이 부른 대표곡은 「이사 가던 날」과 「밤비야」라는 노래다. 그러다 이런저런 이유로 팀이 해체되고 두 가수는 솔로활동을 시작한다. 산이슬 멤버 중 다른 한 사람은 「곡예사의 첫사랑」이라는 노래로 당대의 10대 가수 반열에 들었고, 연전에 암으로 세상을 떠난 박경애씨다. 주정이씨는 그다지 주목을 받지 못했다. 솔로 데뷔 직후인 1979년 겨울, 안소영·임동진이 주연한 공전의 히트 영화 「애마부인」 1편의 주제가 「서글픈 사랑」을 불러 노래는 제법 알려졌지만 그를 돋보이게 하지는 못했다.

통기타 포크가수들이 활약하던 음악살롱도 하나둘 자취를 감춰가던 시절이었다. 불러주는 데가 없으니 노래 부를 기회도 차츰차츰 드물어졌다. 그의 노래들은 이후로도 오랫동안 바람이 선득선득해지는 이맘때 아주 잊히지는 않을 정도로 들려왔지만 가수 주정이는 가뭇없이 잊혔다.

꼭 30년이 시난 2009년, 그가 신곡까지 챙겨 넣은 새 앨범을 들고 활동을 재개했다는 소식을 듣고 어렵사리 연락처를 수소문해 약속을 잡았다. 결혼하고 20년 넘게 전철이 닿는 서울 외곽의 한 도시에서 살았다는 그를 서울 명동의 한 커피숍에서 만났다.

"이렇게 많이 변했네요. 한동안 무교동, 명동의 음악살롱 누비면서 거의 매일 밤 친구들과 어울려 기타 치고 놀면서 노래를 했거든요. 저쪽 블록에 '오비스캐빈'이 있었는데…, 지금은 없어졌죠?!" 살짝 상기된 듯한 얼굴로 그는, 자신이 직접 썼거나 가족 중 누군가가 정리해줬음 직한 A4용지 한 장짜리의, '가수 주정이'를 소개하는 보도자료를 새로 낸 음반과 함께 내밀었다. "제 기사를 처음 써주시는 거예요." 우리는 옛 이야기서부터 차근차근 풀어보기로 했다.

"박경애씨와는 인천에서 중학교, 고등학교를 함께 다녔어요. 실업학교였는데 합창단이 있었고, 우리는 장부정리 공부보다 노래를 훨씬 잘했고 좋아했어요. 졸업하면서 전국노래자랑에 나갔고…." 푸근한 동네잔치 같은 요즈음과 달리 그 시절 전국노래자랑은 실력파 가수 지망생들의 진지한 등용문이었다고 한다.

그들은 월 장원들끼리 겨루는 연말대회에서는 입상하지 못했지만 당시 가요계 한 실력자의 눈에 들어 음반을 낸다. "팀 이름 '산이슬'은 팝 칼럼니스트 이양일 선생이 지어줬어요. 음색이 맑고 곱다시며…." 번안가요들로 채워 낸 데뷔 앨범에는 그들의 이름과 생년월일, 심지어 주소까지 인쇄돼 있었노라며 그는 순수하고 무모했던 그때를 그리워했다.

데뷔하던 그해(1974년) 말 「이사 가던 날」을 발표한다. 경쾌한 듯 느린 그들의 포크 가락과 노랫말에서 이농과 산업화의 폭력적인 물살에 저항하는 감성의 힘을 느꼈던 것일까. 미국과 유럽의 본토 포크를 그대로 소비할 만한 세대가 미성숙했던 탓도 있겠고, 젊은이들이 누릴 만한 버젓한 우리 가요가 드물었기 때문일 수도 있을 것이다. 짧은 몇 년 동안 그들의 노래는 뜨겁게 소비된다. "대학은 못 갔지만, 전국 팔도 대학 축제를 초청받아 다니면서 안 가본 대학은 거의 없어요."

1977년 겨울 동양방송이 주는 그해의 중창단상을 타고 절정의 인기를 누리던 즈음 팀이 해체된다. "이유요? 잘 모르겠어요. 우리 둘 사이에 라이벌 의식도 있었겠고, 늘 붙어 다니다보니 감정이 상했을 수도 있죠." 각자 솔로로 활동을 시작하고 얼마 뒤 그는 결혼했고, 가요계의 중심을 누비며 승승장구하는 친구를 먼발치에서 바라보며 세월과 함께 나이를 먹었다. 그러다 이렇게 다시 활동을 시작한 것이다.

"경애가 세상 뜨던 즈음에 다른 친구들도 여럿 갔어요. 아이들 키우느라 엄두를 못 내다가 '내 목소리 가기 전에 CD 한 장 갖고 싶다'는 생각이 들데요. 준비를 시작하고 보니 새 곡도 넣고 싶고, 좋은 곡 얻고 보니 옛 생각도 나고, '나 지금도 이 정도 한다'고 자랑도 하고 싶고…."

그 결단과 결행이 쉽지 않았을 것이다. LP가 CD로 바뀌더니 아예 음원이 유통되는 세상이 됐다. 비트와 리듬뿐 아니라 노래를 만들고 소비하는 시장 자체가 변했고, 가수가 활동하는 시스템과 메커니즘도 달라졌다. 어쩌면 가수라는 개념 쥐고 있던 뭔가를 놓고 나면 세상이 달리 보이듯, 뭔가를 새로 움켜쥐려는 이에게도 세상은 낯선 모습으로 버텨 선다. 흔히들 삶을 여행에 비유하지만, 삶에서 맞닥뜨리는 세상은 새로운 여행지와 달리 대개는 외롭고 황량하다.

자체가 변했는지도 모른다.

그는 몇몇 또래 가수의 이름을 거론하며 그들도 음반 낼 채비를 하고 있다고, 몇 년째 준비는 하면서도 선뜻 못 내는 것은 비용도 비용이지만 뒷일을 감당할 자신이 없기 때문이라고 말했다. "저도 개인적인 기념 이벤트쯤으로 음반을 준비할 때는 의기양양했는데, 조금씩 욕심이 생기니까 두렵고 외로워요."

모멸감도 가끔 느낀다고 했다. "음반 들고 방송국 찾아가면 쳐다도 안 보고 '거기 두고 가세요' 하는 경우가 다반사예요. 우두커니 서 있다가 눈치 보여서 돌아 나올 땐 '다 늦게 왜 내가 이런 짓을 벌이나' 싶기도 하죠. 안면 있는 친구들은 '매니저도 없이 그 수모를 어떻게 감당하려고 그러냐'며 걱정해주기도 하고요."

돈 때문도, 이름을 알리고 싶다는 욕심 때문도 아니라고 했다. 남편과 함께 20년 넘게 운영해온 자신의 카페에서 지금도 노래는 하고 있지만 그게 가수로서의 자의식을 만족시키기에는 부족하더라고 말했다. "가요판은 온통 제 아들, 딸보다 어린 십대들이잖아요. 얼굴, 몸매는 얼마나 예쁘고 춤이나 목소리도 얼마나 짱짱해요? 그들과 경쟁한다는 건 말도 안 되죠. 다만 '저 가수 아직 노래하는구나' '괜찮네' 그런 소리 들으면서 가수로 살다 가수로 가고 싶은 거죠."

지방에 통기타 살롱이라도 개업하면 기념공연 하러 가수 여럿이 팀을 이뤄 대절 버스 타고 다니던 시절에 함께 활동했던 이들은 대부분 가요계를 떠났고, 몇몇은 세상을 떴다. 누구는 성형수술이 잘못돼 담쌓고 지내고, 또 누구는 두툼해진 몸매 내보이기 싫어 사람을 피하고, 또 누구는 아파서 요양하고 있고…, 드물게 남아 음악방송을 하고 있는 이들이 지금의 그를 도와준다고 했다.

"그 시절에 우리 팀 막내로 이따금 공연에 합류하던 후배가 있어요. 지금은 아주 유명하고 영향력도 막강해져서 이름을 말하는 것도 부담스러운데… 아무튼 조만간 그 후배에게 음반 들고 한번 찾아가보려고요. 모르겠어요. 예전처럼 살갑게 맞아줄지, 아예 몰라볼지, 알면서 누구시더라 하면서 데면데면할지…." 서글퍼지려는 마음을 다잡듯 그는 "서운하게 대해도 할 수 없죠. 지난 세월 동안 어쨌든 저는 바깥에서 지냈고, 그들은 얼마나 열심히 했겠어요? 대접을 기대하는 건 욕심이고 도둑 심보죠."

쥐고 있던 뭔가를 놓고 나면 세상이 달리 보이듯, 뭔가를 새로 움켜쥐려는 이에게도 세상은 낯선 모습으로 버텨 선다. 흔히들 삶을 여행에 비유하지만, 삶에서 맞닥뜨리는 세상은 새로운 여행지와 달리 대개는 외롭고 황량하다. 그것은 우리가 지나쳐갈 나그네나 구경꾼이 아니라, 불편한 시선을 무릅쓰고 어떻게든 비집고 껴 앉아야 하는 이방인이기 때문이다. 그리고 좋은 세상은 그들이 마음 편히 앉을 수 있는 빈자리가 넉넉한 세상, 지금보다는 훨씬 헐겁고 느슨한 세상이라고 나는 믿는다. 그리고 그의 노래는 우리가 잊어온 세상, 감성의 지층 속에 보존된 그 세상의 이미지를 내장하고 있다.

주정이씨의 새 앨범 타이틀곡인 신곡 「가을이 오면」은 가을이 깊어가도록 좀체 들려오지 않았다. 또다른 신곡의 제목은 「사랑이 있는 날까지」다. 주정이씨는 "공중파가 안 되면 케이블, 그도 저도 안 되면 작은 공연장에서라도 친구들과 어울려 노래할 것"이라고 말했다.

24/26

향토 맛까지 막 거르진 마시라

막걸리

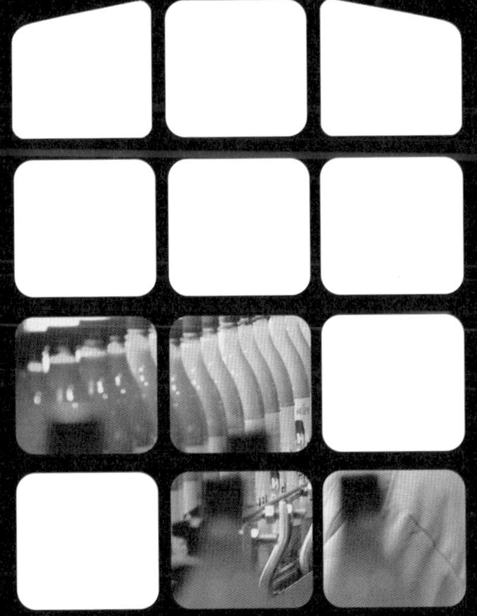

마구 걸러서 막걸리가 아니라 '막' 걸러 마셔야 제 맛이 나기 때문에 막걸리다. 예전에는 잔
칫날 직접 담가 마당 한구석 큰 들통에 담아놓고 하룻저녁에 동나게 마셨지만, 세계로 수출
하는 요즘은 막 거른 막걸리 맛을 장기 보존하는 게 바로 기술이다.

"5000년 동안 괄시하더니
요새는 있는 것들이
더 떠받든다더만."

골프장에서 게임 중간중간 다리쉼하며 목을 축이는 곳을 '그늘집'이라 한다는데, 얼마 전 거기서 막걸리를 주문해 마시던 한 지인이 그러더라며 회사 선배가 툭 던진 말이다. '바깥' 마당에 막걸리를 써보라고 주문한 게 벌써 한 달 전인데, 줄곧 미적거리는 게 내심 못마땅했던 모양이다.

마케팅 용어로 '막걸리의 TPO(Time, Place, Occasion)', 곧 막걸리가 놓여 어색하지 않은 때와 장소, 분위기가 일변했음은 다시 들춰 확인하기도 객쩍을 만큼 자명해졌다. 대형 매장의 유제품 냉장 판매대에 막걸리가 우유와 나란히 진열된 지도 오래됐고, 도심의 주요 백화점들도 와인 매장을 줄이고 막걸리 매장을 따로 마련할 정도로 모심에 열심이다.

10여 년 전 캔막걸리를 처음 선보인 한 주류업체가 '국적기에 전통 술 하나쯤은 들어가야 하는 것 아니냐'고 제안한 적이 있는데, 그때는 콧방귀도 안 뀌던 항공사들도 경쟁적으로 막걸리 기내 서비스에 나섰다. 크고 작은 국제 행사 참석자들이 와인잔에 담긴 막걸리를 건배주로 드는 장면은 이제 뉴스가 아니게 됐다. 부산의 한 대학은 막걸리 연구소를 설립

했고, 학생들의 막걸리 애호가 학교 이미지를 텁텁하게 만든다고 우거지상을 짓곤 하던 서울의 한 대학은 학교 이름을 붙인 막걸리 브랜드를 내놓을 태세다.

그래서 오히려 이 마당에 어울릴까 깐을 봤던 것인데, 그에 이렇게 초대를 한 것은 애초에 이 '바깥' 마당의 경계가 흐릿할 것이라고 밝히기도 했거니와, 막걸리가 도자기 용기에 담겨 백화점 진열장에 놓였더라도 그 원래의 '바깥스러운' 뉘앙스까지 바뀌지는 않을 것 같아서다. 그게 편견이나 선입견 때문이라 해도 그대로도 들여다보고 반추할 필요는 있을 터. 가동 중인 곳만 700여 곳에 이른다는 중소 규모 양조장 대신 설비나 기술 면에서 가장 앞서 있다는 막걸리 제조 공장을 찾아간 것도 그런 이유에서였다.

강원 횡성군 둔내면 현천리 국순당 공장의 막걸리 라인은 전해들은 바대로 숨을 헐떡이고 있었다. 수요가 그만큼 늘어나기도 했겠고, 새로 개발한 막걸리 상품을 막 출시한 까닭도 있는 듯했다. "2008년 한 해 동안 35만 병(750밀리리터 기준)을 생산했는데, 요즘은 하루에 10만 병씩 만드는 날도 있습니다. 막걸리 전용 라인을 곧 증설할 계획입니다." 생산본부 최영환 생산부장은 "약주(백세주) 공장이 근래엔 막걸리 공장이 다 됐다"고 살짝 들뜬 기색으로 말했는데, 공장 안은 과연 아린 듯 싸한 알코올 기운과 새큼달큼한 향기로 그득해

금세 낯빛마저 불콰해지는 듯했다.

　　이런저런 기회로 양조장 술도가는 구경한 적 있지만 '컴퓨터 제어 최첨단 술 공장' 견학은 처음이었다. 자체 연구소에서 필요한 미생물만 선별적으로 키웠다는 배양액으로 밀기울을 반죽하는 공정에서부터 누룩을 띄우는 항온항습실, 효모 저장고, 발효된 술을 거르고 적정 도수를 맞추는 제성 공정까지 기계와 파이프가 일괄 라인으로 짜여 있고, 사이사이 하얀 위생복 차림의 직원들이 기계의 일을 거들거나 관리하고 있었다. 어른 키 세 길이 넘는 높이로 줄지어 선 4만 리터들이 스테인리스 발효탱크마다 막걸리 원주原酒가 그득그득 부글거렸다.

　　"별다른 설비나 기술 없이도 '마구' 걸러 마실 수 있다고 막걸리라 한다지만 전 '막' 걸러서 마셔야 제 맛을 느낄 수 있는 술이라는 의미라고 생각합니다. 이게 바로 그 막걸립니다." 맛의 정수를 선뵌다는 자부심으로 최부장은 '막' 걸러낸 걸쭉한 원주를 한 국자 떠서 건넸는데, 술맛은커녕 알코올이라면 도수 불문 경기하는 체질인 나도 그의 자부와 정성 깃든 대접을 받드느라 어쩔 수 없이 한 모금 베어 물어야 했다. 그가 면접관 앞에 선 수험생처럼 골똘히 표정을 살피려드는 바람에 오장까지 뒤틀면서도 차마 얼굴은 찡그릴 수조차 없었는데….

맛이 아주 와일드하네요.(︿;)

"알코올 도수가 17도쯤 됩니다."

그 와일드한 막걸리의 맛을 그는 "둥글둥글하다"고 표현했다. "어느 안주, 어떤 음식과도 어울리죠. 곡류를 주식으로 먹어온 사람이라면 막걸리는 첫맛부터 결코 낯설지 않을 겁니다." 그의 말처럼 막걸리는 주조 원리와 절차가 베이직하고, 또 그래서 원료의 원형적 개성이 가장 잘 살아 있는 술 가운데 하나다. 전분에다 누룩(효소)을 넣으면 당분으로 분해되고, 당분에 효모가 끼어들면 알코올로 발효되는데, 이 두 공정이 한꺼번에 진행된다고 해서 전문가들은 막걸리의 양조법을 '병행 복複발효'라고 부른다.

발효된 액을 용수나 체로 거른 게 약주나 청주이고, 남은 술에서 지게미만 거르면 탁주, 곧 막걸리다. 공정이 단순하고 숙성도 필요 없이 값이 싸고, 대충 걸러 식이섬유와 식물성 유산균이 닉닉하기 때문에 정장 효과와 피부미용에 좋고, 안주 없이도 목 넘김이 좋은 데다 칼로리도 상대적으로 낮아 다이어트에도 좋고, 기술도 좋아져 막걸리의 단점들—트림, 텁텁함, 저장성 등—도 대폭 개선됐고…, 예제서 들리는 막걸리 찬가는 끝이 없는데 그 좋은 걸 왜 지금껏 거들떠보지도 않다가 이웃 나라에서 입맛을 다시니까 이제야 '환장'들을 하는지 의아해질 지경이다.

원주原酒가 양조의 긴 여정을 끝내고 쏟아지고 있는 모습.

막걸리는 추억과 이야기가 스민 술이다. 양은주전자 들고 어른 심부름 다니던 어릴 적부터 젖은 손등 핥아가며 맛보던 달착지근함, 술지게미의 고소하고 시금털털한 맛을 기억하는 이들도 있을 것이다. 막걸리의 두터운 빛깔과 툽툽한 질감에는 소주나 맥주, 와인이 넘볼 수 없는 푸근함이 있다.

그래서 막걸리는 서민의 대표 술로 꼽히기도 하는데, 그 같은 서민성이 과연 사적史的 정통성의 받침 위에 얹힐 수 있는지는 의문이다. 서민들에게 쌀이나 밀은 고사하고 옥수수, 조 수수, 보리, 기장 따위의 탄수화물이 넉넉했던 시절이 그리 넉넉했을까 싶기 때문이다. 즐겼다면 귀하게 즐겼을 것이고, 그만큼 귀한 것이어서 더 즐겼는지도 모른다.

막걸리 맛의 정체성도 다른 술과 달리 짧은 몇 마디로는 묶이지 않는다. 지역에 따라 재료도 달랐을 테고, 전분을 당분화하고 당분을 알코올로 분해하는 효소와 효모의 종류—최부장은 이깃들이 막걸리의 맛을 결정짓는 데 상당히 기여한다고 했다—도 마을마다 집집마다 달랐을 것이다. 막걸리는 금세 변질되기 때문에 아무리 이름난 막걸리여도 그 위세를 먼 이웃 마을까지 떨칠 수 없었고, 저장·포장 기술이 좋아진 지금까지도 그 복잡 미묘한 다양성의 춘추전국시대를 누리고 있는 것일 테다.

모르긴 해도 프랑스 보르도 와인과 칠레 와인의 맛의 차이가, 컴퓨터로 제어되는 스테인리스 발효탱크의 쌀막걸리

세계시장에 진출하려는 막걸리 경쟁의 양상
이 지역 단위 양조장까지 질식시킬 정도로
'와일드' 하지는 않았으면 좋겠다. 경쟁의 논
리란 본래의 의미와 달리 힘센 자들이 사후적
으로 펼치는 패권의 논리인 경우가 많고, 그
논리는 문화의 본래적 의미에 비춰 비문화적
이거나 반문화적이기 쉽기 때문이다.

맛과, 쉰 보리밥을 옹기에 넣어 손으로 빚는다는 제주도의
'쉰다리' 맛의 차이만큼 크지는 않을 것이다.

농수산물유통공사에 따르면 막걸리 수출 물량은 1998년
약 63만 킬로그램에서 10여 년 만인 2008년 550만 킬로그램
으로 급증했고, 2009년 들어 9월까지 440만 킬로그램을 기록
하고 있다. 국순당 막걸리의 경우 이미 아프리카와 남극을 제
외한 전 대륙 15개 국에 수출되고 있고 대상 국가와 물량도
늘어나는 추세라고 했다.

막걸리가 세계시장에서 영속적으로 돋보이기 위해서는
어느 정도는 맛의 정체성도 유지해야 할 것이고, 규모의 경제
효과도 무시하기 힘들 것이다. 하지만 그 경쟁의 양상이 지역
단위 양조장까지 질식시킬 정도로 '와일드' 하지는 않았으면
좋겠다. 경쟁의 논리란 본래의 의미와 달리 힘센 자들이 사후
적으로 펼치는 패권의 논리인 경우가 많고, 그 논리는 문화의

막걸리 원료인 누룩곰팡이를 배양하는 모습

본래적 의미에 비춰 비문화적이거나 반문화적이기 쉽기 때문이다. 가령 민족(국가) 문화의 경쟁력을 위해 지방 문화의 희생은 사소하다는 식의 발상이 그런 것일 텐데, 우리에게는 거대한 규모의 경쟁력에 눌려 질식해버린 것이 너무 많았고 그중에는 한때 700여 종에 달했다는 빛나는 가양주家釀酒(집에서 빚은 술) 문화도 포함될 것이다.

막걸리의 자기동일성은 그 탁한 빛깔처럼 모호하고, 또 모호해야 막걸리다.

모호함은
다양성의 한 형식이고
무한한 가능성의 잠재태다.

시음한 한 모금의 막걸리에 취해 '미몽米夢(국순당의 일본 수출용 막걸리 이름)'으로 어수선했던 귀경길. 막걸리가 지금 꾸고 있는 꿈도 화려한 현실의 양상처럼 달지만은 않을 듯 여겨졌다.

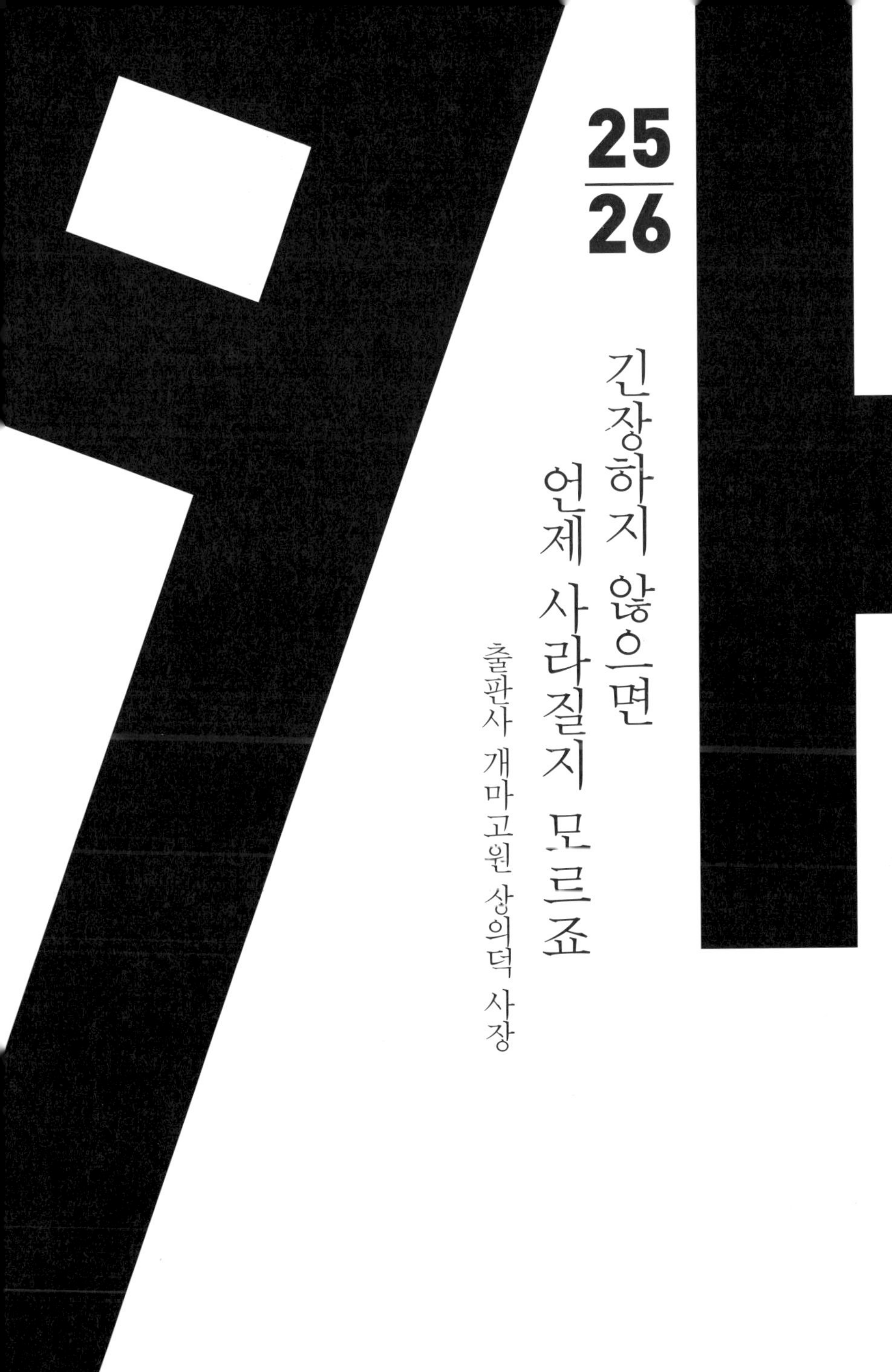
25
26
긴장하지 않으면
언제 사라질지 모르죠
출판사 개마고원 상의덕 사장

개마고원 장의덕 대표는 자신은 기본적으로 영리를 추구하는 사업가이되 "돈만 보고 출판하지는 않겠다"는 게 원칙이라고 밝혔다. 최대한 부드럽게 표현한 것이겠지만 이 정도 원칙으로도 그는 한국 출판계에서 유명한 원칙주의자로 통한다.

" '바깥'의 의미가
정확히 뭡니까?"

대중 사회과학서적 전문 출판사 '개마고원'의 장의덕(52) 사장은 대뜸 자신이 바깥의 초대에 응해도 좋을 명분을 요구했다. 요컨대 콘셉트를 중시하는 출판기획자로서의 직업의식과, 못 말리는 그의 염결주의가 짙게 스민 질문이었다.

머뭇거리는 내게 그는 먼저 사업 업종으로서 출판이 '바깥'은 결코 아니라는 점을 분명히 했다. "출판의 전망은 밝아요. 다들 지식산업 시대, 문화산업 중심 시대라고들 하지 않습니까. 출판은 모든 문화 콘텐츠의 기반 아닙니까. 한마디로 돈 벌어들이는 원천이죠. 게다가 개마고원은, 돈을 벌든 못 벌든 누가 알아주든 않든, 올해로 문 연 지 만 20년이 됐어요. 출판사가 국내에 2만여 개가 있다는데 그 가운데 잊히지 않을 정도로 책을 내는 곳이 1000곳쯤이고 대형 온·오프라인 서점들이 유의미하게 쳐주는 곳은 200개쯤 된다더군요. 최소한 그 안에는 드니까 그만하면 '바깥'은 아니죠."

잠시 뜸을 들이더니 궁지에 몰려 있는 나를 배려하듯 이렇게 덧붙인다. "다만 20년 전 이 일을 시작할 때 꿈꾼 게 '사회과학 출판의 메카'였는데, 현실을 보자면 '변방에서 우짖는 새' 꼴로 남아 있으니 그리 보면 '바깥'이 맞는 것 같기도 하고…."

그의 변방 운운은 물론 겸사다. 개마고원을 잘 모르는 이들도 전북대 강준만 교수의 『인물과 사상』 시리즈나 『김대중 죽이기』, 진중권씨의 『네 무덤에 침을 뱉으마』 등의 책 제목 정도는 들어봤을 것이다. 개마고원은 '안티 조선' 운동의 진앙지였고, 전략 거점이었다. 지금껏 정치, 법, 역사, 환경, 노동 분야 등 현실 정치·사회의 가장 거친 물줄기 한복판에 앉아 파고를 헤쳐왔고, 헤쳐나가고 있는 도드라진 출판사 가운데 한 곳이다. 그 점에서도 그와 개마고원이 '바깥'은 아니다.

하지만 그와 개마고원은 출범 이래 지금껏 집요하게 추구해온 저항적·전투적 지향과 '돈벌이로서의 출판 너머'를 막연한 미래진행형이 아닌 현재 시제로 구현해온 드문 출판사 가운데 한 곳이라는 점에서, '바깥'이다. 그는 출판인들 사이에서도 원칙주의자로 통하는데, 그의 원칙이 도드라지게 드러난 두 가지 사례를 소개하자.

1. 출판사들은 대개 신간을 내면 언론사에 책을 보낸다. 기사를 써서 지면을 통해 소개해달라는 취지다. 신간 소개 기사는 돈 들여 광고할 처지가 못 되는 출판사 입장에서는 제법 의미 있는 홍보의 방편으로 알려져 있고, 적어도 책의 저자나 편집자의 노동의 가치에 대한 최소한의 보상적 평가는 되기 때문이다. 하지만 그는 무려 15년 동안 자신의 책을, 한국 사회에서 영향력이 가장 큰 언론사 가운데 하나라는 조선일보에는 보내지 않고 있다. 그가 책을 통해 그릇됨을 비판해온 만큼

그 신문의 위세와 영향력에 편승하는 것은 옳지 않다고 보기 때문이다. 얼마 전부터는 동아일보도 블록리스트Block-List에 추가로 올렸고, 경우에 따라 배제하는 언론사 목록이 추가되기도 한다. "몇 년 전 그 신문사의 안면 있는 기자가 전화를 해서는 '기사 써줄 테니 이제는 책 좀 보내달라'고 부탁하더군요. 웃으면서 '우리 같은 출판사도 있어야 하지 않겠냐'며 거절했어요. 또 다른 곳 기자는 '우리 신문 잘 아시지 않느냐'며 이해를 구하더군요." 한국 언론 비판하는 자리에 앉으면 누구에게도 뒤지기 싫다는 듯 목청을 높이는 출판인들이 허다하지만 그처럼 표 나게 모난 이는, 내가 아는 한, 없다.

2. 얼마 전 개마고원은 여러 필자가 참여한 에세이집 『나만의 공간』이라는 책을 낸 바 있다. 필진에는 홍세화, 강금실, 진중권씨 등 당시나 지금이나 어지간해서는 글 받기 힘들다는, 이른바 '돈 되는' 필자들이 대거 포진했다. 개마고원의 형편이 나아졌으면 좋겠다는, 기획자와 필자들의 바람이 노골적으로 반영된 기획 출판이었지만, 장사장은 그 끄트머리에 결정적으로 소금을 뿌린다. 책 표지의 대표 필자 자리에 상대적으로 '덜 팔리는' 시인 황인숙씨의 이름을 올린 것이다. "가나다순으로 하자니 강금실씨가 제일 앞이더군요. 당시에는 정치인이었는데 책의 콘셉트와 어울리지 않는 것 같았어요. 나이순으로 해서 홍세화씨를 앞세우자는 제안도 있었지만 왠지 책 팔아먹자는 천한 욕심 같아서…. 결국 가나다순

의 역순으로 했어요." 그 때문인지 어쩐지는 모르지만 어쨌든, 책 판매량은 기획자나 필자들의 기대나 시장 일반의 예상에는 턱없이 못 미쳤다.

그는 원칙주의자라는 낙인 자체를 달가워하지 않았다. "저는 근육질 소신을 가진 이들을 두려워합니다. 지독한 자기 확신은 긍정적인 면보다는 부정적인 면이 많다고 봐요. 저는 널널한 출판인입니다. 영리를 추구하는 사업가죠. 다만 원칙이라면…, 이 말은 욕 얻어먹기 딱 좋은 말인데…." 한참 머뭇거린 뒤 민망해하며 하는 말. "돈만 보고 책을 만들고 싶지는 않다는 겁니다." 가치관이나 식견, 순간의 기분 따위에 따라 막무가내로 꼬부장해질 수도 한없이 낙낙해질 수도 있을, 저 자의성과 모호함의 느슨한 원칙 위에서 그는 원칙주의자로 불려온 것이다.

그는 78학번 국문학도다. 문청 시절이 있었고, 스스로 재능에 좌절했고, 그래도 아주 그 바닥을 떠날 수는 없어 대학 졸업 후 몇몇 출판사를 다녔고… 그러다 1989년 자본금 600만 원으로 출판사를 시작했다고 했다.

<u>학창 시절 운동권이었나.</u>
"전혀 아니다. 심지어 사회 자체에 무관심했고, 참여문학에 대한 관심조차 없었다."

지금은 운동권인 것 같은데.

"대학 3학년 때 '서울의 봄'을 경험했다. 학교 정문에 서 있는 탱크와 학생이 학교에 못 들어가는 상황이 충격적이었다. 졸업 후 직장 일로 당시 갓 출감한 서준식씨를 사흘 정도 쫓아다니며 인터뷰한 적이 있다. 지금 내가 운동권이라면 늦깎이 운동권이다."

개마고원의 첫 책도 노동시집이던데.

"대학 동기들이 노동자 문화운동 진영에 더러 있었다. 출판사 이름도 당시 시를 쓰던 친구(정광호 한국노총 부위원장)가 지어줬다. 그 인연 때문이지 어떤 원칙에 따라 그리된 건 아니다."

아무래도 『김대중 죽이기』가 출판사의 색깔을 선명히 한 것 같다.

"실은 그 전이다. 어느 날 일면식도 없던 강준만씨가 출판사로 원고 한 뭉치를 보내면서 '고료와 인세 안 줘도 되니 책 내고 싶으면 내고 50부만 증정본으로 달라'는 메모를 넣었더라. 개마고원에서 낸 책이 당신 마음에 든 것 같더라. 당시에도 강준만씨는 『말』지에서 날리던 필자였다. 『김영삼 정부와 언론』이라는 제목으로 냉큼 출판한 뒤, 그 인연으로 내가 기획해뒀던 『김대중 죽이기』의 집필을 의뢰했다."

어쨌든 세상에 알려진 건 『김대중 죽이기』 아닌가.

"20만 부 이상 나갔다. 무엇보다 사회적 반향이 컸고, 출판인으로서의 만족감도 처음 느꼈다. 출판사 형편도 한결 나아졌다. 그와의 인연이 개마고원의 색깔을 결정하는 데 크게 기여한 게 사실이다."

그리고 2년 뒤, 당시 지식사회를 경악하게 만든 강준만 교수의 저널룩Journalism+Book 『인물과 사상』을 내기 시작한다. 실존 인물을 익명이 아닌 실명으로, 모호한 인상비평이 아닌 구체적 행적과 발언을 근거로 한 강교수의 1인 비평은 내용과 형식 모든 면에서 가히 혁명적이었다. 사실상 계간지처럼 출간되던 『인물과 사상』은 지령33호까지 무려 만 8년을 이어가며 국내외 200여 명의 인물에 대한 작은 평전을 남겼고, 투명한 비평과 건강한 논쟁의 열기와 새로운 관심을 촉발시켰다.

『인물과 사상』도 꽤 잘 팔리지 않았나.

"1호는 3만 부 가까이 나갔다. 뒤로 갈수록 차츰 독자가 줄어 중반 이후부터는 호당 1000만 원씩 적자를 냈다."

왜 그리됐다고 보는가.

"건강한 논쟁의 광장이고자 했다. 강준만-유시민, 고종석-김정란, 강준만-권성우, 강준만-임지현·윤평중, 강준만-진중권 등 사안별로 몇몇 의미 있고 성과를 챙긴 논쟁도 있었다. 하지만 상당수는 우리 비평을 외면하거나 무시했다. 인터넷 토론광장이 열리기 시작한 이유도 있을 것이다."(강교수는 『인물과 사상』 종간호의 머리말 제목을 '인터넷 시대의 커뮤니케이션'이라 달고 그 형식의 축복과 병폐를 분석한 뒤 "초기의 민중적 장점에만 주목하기엔 인터넷은 너무 비대해졌고 금력과 권력의 눈독이 집중되고 있"으며 "오프라인 행위마저 규제하는 '규범 테크놀로지'로서의 위상을 갖게 되었다"고 우려한 바 있는데, 그 지적은 지금도 여전히 유효하다.)

경영 사정은 어떤가.

"유지하는 수준이다. 정통 사회과학 서적은 매출이 오래 지속되는, 이른바 '백리스트back list'로 쌓이는데, 우리가 내는 책은 주로 이슈와 함께 가기 때문에 분위기가 식으면 매출도 순식간에 멈춘다. 그러다보니 20년이 돼도 늘 이 수준이다."

개마고원은 출범 이후 7년간 1인 출판사였고 현재 식구는 그와 편집자 2명, 경리 1명, 해서 모두 4명이다.

경영 전략을 잘못 세웠다는 얘기 아닌가.

"내가 경영 잘하는 사장은 아니다. 현실이 그러니 인정해야지 어쩌겠는가. 그래도 후회는 없고, 앞으로도 큰 변화는 없을 것이다."

한국 출판산업의 구조 개편은 이미 시작됐다는 게 그의 판단이다. 출판의 미래는 낙관적이지만, 그 '출판'은 인쇄 출

그와 개마고원이 바깥이라면 그의 바깥이 한반도에서 가장 넓은 고원이라는 북한의 개마고원처럼 튼실하게 넓어 안처럼 넉넉한 바깥이었으면 좋겠고, 바깥이 아니라면 바깥에서 확장된 안이었으면 좋겠다.

판뿐 아니라, 랜덤하우스나 베텔스만그룹 등이 '퍼블리싱'이라는 말로 포괄하는 사실상의 '미디어 전반'이라는 의미에서다. "우리 출판계도 이미 움직이기 시작했어요. 메이저 출판사들의 몸집 불리기가 그 맥락인데, 자연스럽게 출판계의 양극화로 이어지겠죠." 그는 대형 출판그룹이 시장의 대부분을 장악할 것이고, 좁은 영역에서 전문성으로 승부를 거는 출판사들이 나머지 시장을 두고 경쟁하게 될 것이라고 내다봤다.

그에게도 최근 한 메이저 출판사에서 '돈 대줄 테니 자회사로 들어오라'는 제의가 있었다며 씁쓸하게 웃었다. "버티려면 배리스트가 있어야겠기에 최근에 '청소년을 위한 세상 읽기 프로젝트'라는 시리즈를 시작했어요. 청소년 사회과학 교양서 시리즈인데 번역서와 국내 저작을 섞을 생각입니다."

나의 이 '바깥'은 경계가 흐리마리한 공간이라 애당초 선언한 터인데, 초대의 명분을 밝히라는 그의 따짐에 말려들어 그와 개마고원을 지나치게 바깥으로 몰아간 듯도 하다. 어디선가 고은광순(사회운동가)씨가 '중앙을 넓혀 변방 없는 세상을 만들고 싶다'고 썼고, 그 글을 받아 칼럼니스트 고종석씨가 어느 책에서 '변방을 넓혀 중앙 없는 세상을 만들고 싶다'고 쓴 적이 있다. 그와 개마고원이 바깥이라면 그의 바깥이 한반도에서 가장 넓은 고원이라는 북한의 개마고원처럼 튼실하게 넓어 안처럼 넉넉한 바깥이었으면 좋겠고, 바깥이 아니라면 바깥에서 확장된 안이었으면 좋겠다. 그의 원칙과 고집에 동조하든 않든, 그의 말처럼, 우리에겐 이런 출판사도 있어야 하겠기에.

'바깥' 이란 용어를 놓고 이런저런 이야기를 나누던 끝에 장의덕씨는 "제 자리를 바깥에 둔다고 적당히 그 선에서 안주한다는 건 아닙니다. 안이든 바깥이든 팽팽히 긴장하지 않으면 언제 사라질지 모르는, 다들 치열한 마당들이니…"라며 인터뷰를 정리했다.

성균관 다 죽었다고
유림에게 욕 많이 먹었지

최근덕 성균관장

최근덕 성균관장이 두루마기를 갖춰 입은 채 유교에 대하여 말하고 있다. 그에게 유교는 으뜸 되는 가르침이기 때문에 말 그대로 종교宗教다. '내세관' 이나 '절대자가 있어야 한다' 는 것은 종교의 기준이 될 수 없다고 그는 힘주어 말했다.

“내가 논어를 새로 한 권
지어올 테니 여기 어디 묻어뒀다가
발굴해줄 테요?”

공자孔子의 고향인 중국 산둥성山東省 취부曲阜에 들러 그쪽
사람들과 대화하던 중 최근덕(76) 성균관장이 했다는 말이다.
공자가 논어에다 '논어 읽으면 복 받는다' '공자 믿으면 천국
가고 극락 간다'는 식으로 현·내세 기복祈福 문구를 한 줄이
라도 넣어뒀다면 오늘 유교의 위상이나 성균관 살림이 지금
같지는 않았을 거라는 푸념 섞인 농담이었다.

모름지기 유림이란 경經과 법法의 자구字句 하나하나에서
권위를 찾고, 그 권위에 대한 개결한 복종에서 삶의 의미를
얻는 이들이고, 그들을 대표하는 자리가 성균관장이다. 최관
장의 말은 물론 농담이었고 좌중도 뒤집어졌다지만, 그의 마
음까지 그 자리의 웃음처럼 가볍지는 않았을 것이다. 한국 유
학, 한국 유림이 지금 서 있는 자리는 그만큼 옹색하고 위태
롭다.

서울 종로구 명륜동 유림회관 2층 관장실. 최관장은 두루
마기를 갖춰 입은 뒤 기자에게 자리를 권했고, 명함을 건네자
마자 관향과 고향을 물었다. 피의 계통을 두고 몇 마디 덕담
이 건너왔고, 고집으로 명이 난 지리산 동남쪽 몇몇 마을에

대한 이야기가 펼쳐졌다. 그 전이轉移가 불편하기도 해서 대뜸 '유교는 교敎냐 도道냐 학學이냐'며 별렀던 질문을 꺼냈는데 최관장의 대답은 서슴없었다. "그게 그거야. 신라시대에는 술術이라고도 했어. 유술, 유술 그랬거든."

그는 유교를 생활윤리라고 생각하면 된다고 말했다. "중국 한 무제(기원전 156~187)가 국교國敎로 정하면서 정치이념화되지만 근본은 생활윤리야. 국교라는 말도 엄밀히 말하면 국학이지. 어쨌거나 중국 문화가 우리를 비롯한 동양 문화의 주맥이고, 중심은 당연히 유교이고…." 그는 유교가 종교냐는 상식적 의문에 대해 엄연한 종교라고 말했다. "종교라는 게 뭐야? '으뜸宗 되는 가르침敎'이잖아. '내세관이 있어야 한다' '절대자가 있어야 한다' 따위를 종교냐 아니냐를 판별하는 기준처럼 들이대는 건 서양 종교들이 그들의 종교관을 갖고 동양 정신문화에 적용하려는 방식이지. 일본 문부성에서 세계 석학들을 대상으로 조사를 했더니 종교의 정의가 무려 170여 가지나 나왔다잖아." 이런 말도 덧붙였다. "갑오경장 직후에 고종이 유시를 내려. 요지는 '우리 종교는 유교다. 교조는 공자이고, 교주는 짐과 태자니라.' 서양 종교의 기세, 곧 사기邪氣를 꺾고 원기元氣를 북돋우자는 취지였지."

유교가 위기냐는 데에는 이론異論이 있을 테다. 『공자가 죽어야 나라가 산다』를 쓴 김경일 상명대 중문과 교수처럼, 외려 그 기세가 너무 승해 나라를 망치고 있다는 비판에 동의 하는 이도 적지 않을 것이다. 성 불평등이나 가부장주의의 균열을 두고 '생활윤리의 위기'라 할 이도 드물 것이다. 최관장이 염려하는 위기란 우선 성균관의 위기이고, 향교 조직의 위기이며, 유림의 위기다.

"일단 사람이 없다. 지방은 그나마 사정이 나은 편인데 서울은 사람이 안 모인다. 청년유도회도 있지만 거의 활동하지 않는다. 유림 노령화가 그만큼 심각하다는 의미다."

"전국 234개 향교마다 교육 시설이 있다. 거기서 초·중등생 예절 교육도 하고, 주부 유도회도 대중활동을 한다. 하지만 아이들이 안 온다. 영어학원 다니기 바쁘고 수능·내신 챙기는 게 급하다는데 어느 부모가 아이를 향교에 보내겠나. 심지어 나이 든 유림들조차 아들 며느리 눈치 보여서 손자 손녀 향교 보내기 어렵다고들 하는 실정이다."

인간은 적자지심赤者之心(벌거벗은 순수한 마음)으로 태어나지만 사는 동안 욕심의 때가 묻게 된다는 게 유교의 인간관이다, 그 때를 벗겨내는 게 교육의 기능이다, 하지만 지금은 교육조차 정신이 아닌 기술에 치우쳐 있고 도덕이 아닌 실용을 우선시한다, 이런 때일수록 유교의 생활윤리가 절실하다…며 최관장은 안타까워했다. 요컨대 그가 말한 위기에는 생활윤리로서의 유교의 위기도 포함돼 있던 셈이다.

유儒의 원리란 도리로 자기 몸을 적셔 그 부드러움柔으로 이웃에게 스미듯濡 교화하는 것이라 들었다. 그래서 유儒는 반드시 필요한需 사람人이라던데, 그게 위기라면 결국 자기든 이웃이든 제대로 적시지 못했다는 의미 아닌가. "유학의 근본 정신은 인仁이지만, 그 철학적 기반은 역易이다. 대전제가 '바꿈'이고, 변화의 철학이라는 의미다. 선한 인성처럼 불변의 대경대법大經大法은 있지만 그 밖의 주의 주장은 시대에 따라 끊임없이 변해야 한다. 유학(더 엄밀히 말하면 유림)은 그 변화에 능동적으로 적응하지 못했다. 오히려 작은 변화의 시도에도 저항한다. 그게 안타깝다."

서당 교육 마지막 세대인 최관장은 1955년 성균관대에 입학하던 때부터 성균관 일에 간여했고, 십수 년 전부터 유교의 현대화를 위해 목청을 높여온 이들 가운데 한 사람이다. 음력 2월과 8월 초정일(1~10일 중 천간이 '丁'인 날) 열리던 석전대제를 공자 기일(음력 4월 11일)과 탄강일(음력 8월 27일)로 바꾼 것이나, 문묘 제례에 여성의 참례를 허용한 일, 제사도 4대 봉제사가 아니라 2대만 올리자고 제안한 일, 향교의 실무임원인 장의掌議에 여성 참정권을 보장한 일 등 그가 이끈 변화의 성과가 적지 않다. "유림들이 얼마나 나를 욕하는지 몰라. 심지어 '성균관도 다 죽었다'고 말하는 이들도 있어. 한국 유학이 바뀌어야 할 것들은 여전히 많은데, 가장 시급한 것은 유림의 마인드가 바뀌는 거야."

최관장은 유학에 드리워진 그늘들, 이를테면 남존여비, 반상차별 등이 유학의 폐단인 양 인식되는 것도 그릇됐다고 말했다. "양반 특권의식이나 군자·소인 차별 등은 유교에서 금하는 폐습이야. 공자 시대에 어디 그런 게 있어? 조선후기로 오면서 봉건 전통의 역기능에 침윤된 거지. 성차별도 그래. 여자를 제사에서 배제하는 건 일부, 우리의 경우 우암 송시열 선생의 노론 계열에서 지금도 그러지만, 『주자가례』를 보면 제사의 초헌은 종손, 아헌은 종부, 종헌은 집안의 어른이 하도록 돼 있어. 혼인을 해도 제 성을 유지하는 드문 나라가 우리나라잖아."

그는 다만 유교의 사랑은 차별적 사랑이라는 데 대해서는 인정했다. "자비나 박애랑 달리 유교의 사랑은 '친친애인 親親愛人'이거든. 가까운 사람부터 사랑하고 그 사랑을 남에게 넓혀가자는 거지. 그게 현실적이고 솔직한 거 아닌가? 어떻게 내 혈육이랑 남을 똑같이 사랑해? 먼저 내 혈육을 사랑하고 그 간절한 마음을 이웃으로 넓히니까 더 큰 사랑이라고 볼 수도 있지."

그는 이명박 대통령이 어떤 연설에서 한국의 G20 회담 개최를 두고 변방에서 중심국으로 부상했다고 한 말을 인용하며 웃긴 얘기라고 했다. "단군성조 시절부터 이화세계를 표

정신과 문화에 상품 논리를 들이대는 것도, 번
갯불에 콩 볶듯 밀어붙이는 것도 삐뚜름하게
보자면 최관장이 말한 배금주의에 뿌리를 둔
발상이겠지만, 최관장은 그게 어디냐고 여기
는 듯했다.

방했고 중심이었는데 그게 뭔 소리냐, 이태리 볼로냐 대학이
11세기에 만들어졌다는데, 우리는 372년에 대학(고구려 태학)
을 세우지 않았어?! 문화가 아니라 돈 몇 푼 많고 적고를 근
거로 중심 변방 운운하는 것은 어리석은 얘기지."

민족(우월)주의와 친친애인의 논리는 어떻게 양립하냐고
묻자 그는 동도서기東道西器를 이야기했다. "배서주의, 배금
주의가 얼마나 기세등등해. 요즘은 시골을 가도 누가 돈 잘
번다면 그 집 아들 잘 됐다고 칭찬해. 그러니 우리의 정신세
계를 강조하고 앞세워야지."

최관장은 1995년 중국 베이징에서 출범한 국제유학연합
회International Confucians Association의 초대 이사장을 맡았는
데, 그때부터 이미 중국은 공자와 유교 통치 이념을 떠받드는
데 적극적이었다고 말했다. "출범식 다음 날 장쩌민江澤民 국
가주석이 나를 불러. 갔더니, 내 손을 잡으면서 산업화하면서
가정과 직장, 사회윤리가 파괴되고 있다며 우리더러 도와달
라더군. 공부자 탄강 2550주년(1999) 행사를 베이징 인민대
회당 상무회의실에서 했는데 장쩌민 주석이 당시 돈으로 800

만 위엔을 주더군."

　중국 정부는 2004년 11월 서울에 공자아카데미를 연 이래 공자학원을 81개 국에 324개나 설립했고, 최근에는 공자 탄신일을 '국제 스승의 날'로 지정하자는 제안까지 국제사회에 내놓고 있다. 2008년 취푸에서 열린 석전대제에는 중국 정부 고위 인사 등 1000여 명이 참석해 성황이었고, 앞서 열린 국제유학토론회에는 자칭린賈慶林 중국인민정치협상회의 주석(당서열 4위)이 참석해 "유학을 깊이 연구해 중국의 현실적 문제 해결에 적극 활용하자"고 강조했다고 한다. 장쩌민의 덕치론이나 후진타오胡錦濤의 이인위본以人爲本(국민을 근본으로 삼음)도 유가사상에 뿌리를 댄 통치 이념이다. 불과 40년 전에 공자의 비석조차 자르던(문화대혁명) 중국이 한 무제 시절로 회귀한 듯 공자 받들기에 낮밤이 없다.

　제례나 전례 격식의 전통이 끊긴 중국은 중앙방송 CCTV에서 성균관 문묘 석전대제를 취재하기 위해 서울에 한 달 넘게 머물며 성균관의 제주 담그기부터 제수 장만까지 모든 절차를 찍어갔고, 우리 측 유림 대표단을 베이징 국자감으로 초청해 대제를 시연하도록 하기도 했다. 그래서 우리의 유학에 드리운 그늘이 더 짙어 보이는 것도 사실이다.

　2008년 석전대제에는 유인촌 문화관광부 장관이 초헌관으로 나섰다. "달포 전 세계종교문화축제 때 유교 제관들의 옷을 보더니 장관이 입어보고 싶다더군. 그래서 그럼 초헌관 하라고 했더니 그러겠대. 그런데 그 사람, 장관이라 그런지 다르더군. 잠깐 와서 해보더니 이걸 원형 복원해서 세계문화유산으로 등재하고 관광상품화 하자는 거야. 며칠 뒤에 문화재청과 관련 기관 사람들이 모여 회의를 한다더군." 정신과 문화에 상품 논리를 들이대는 것도, 번갯불에 콩 볶듯 밀어붙이는 것도 삐뚜름하게 보자면 최관장이 말한 배금주의에 뿌리를 둔 발상이겠지만, 최관장은 그게 어디냐고 여기는 듯했다.

책꼬리에

이 책은 2009년 한국일보의 기획기사 '최윤필기자의 바깥'을 토대로 만들어졌습니다. 편집국 식구들에게 큰 신세를 졌습니다. 또한 정보자료부에서 제공해준 사진 덕택에 책이 아름다운 꼴을 갖출 수 있었습니다.

사진 출처(쪽수)

한국일보 ⓒ 19, 25, 31, 38, 41, 44, 49, 52, 57, 63, 74, 79, 82, 88, 95, 102, 109, 111, 114, 119, 122, 128, 142, 149, 154, 173, 181, 186, 192, 199, 202, 206, 218, 225, 230, 232, 242, 249, 253, 256, 262, 265, 268, 273, 279, 287, 297, 300, 304, 312, 316, 322, 325, 329, 340, 347

경향신문 ⓒ 68

사람과 산 ⓒ 166

어느 날 나는 바깥으로 들어갔다
ⓒ 최윤필 2010

초판인쇄 2010년 2월 8일
초판발행 2010년 2월 16일

지은이 최윤필
펴낸이 강성민
기획부장 최연희
편집장 이은혜
마케팅 신정민
온라인 마케팅 이상혁 한민아

펴낸곳 (주)글항아리 | 출판등록 2009년 1월 19일 제406-2009-000002호

주소 413-756 경기도 파주시 교하읍 문발리 파주출판도시 513-8
전자우편 bookpot@hanmail.net
전화번호 031-955-8891(마케팅) 031-955-8898(편집부)
팩스 031-955-2557

ISBN 978-89-93905-17-5 03810

글항아리는 (주)문학동네의 계열사입니다.

이 도서의 국립중앙도서관 출판시도서목록(CIP)은 e-CIP홈페이지(http://www.nl.go.kr/ecip)에서
이용하실 수 있습니다. (CIP제어번호 :CIP2010000264)